怪談精選集
從江戶到昭和的幻想引路人
邱香凝 譯
曲辰 編選

CONTENT ｜ 目錄

太宰治

出版緣起

「文豪」的再發現

——獨步文化編輯部

看到書名的「文豪」二字，是否瞬間有種必須要正襟危坐地捧讀此書的直覺呢？而獨步文化做為一個成立以來一直堅持著類型小說出版這條路的出版社，為什麼又會看似轉了個彎，和文豪扯上關係？

對於精熟日本偵探小說發展史的讀者來說，偵探小說是在十九世紀末進入日本，逐漸落地生根，成長為今日我們熟悉的模樣。

另一方面，怪談則是根植於日本本土的文化脈絡，一路發展至江戶時期，成為庶民百姓的大宗娛樂來源。

然而，不論是來自海外，或是從本土發芽，兩者都是日本如今的類型小說的根源；兩者剛在日本文學史上探出頭時，也是我們望之儼然的文豪的創作養分。而文豪吸收消化了這些養分寫下的作品，也絕對是日本類型小說史上不可忽視的一道風景。

因此，這次獨步和推理小說研究者曲辰一起合作了文豪創作的類型小說選集。透過梳理日本近代文學史上的重要作者，嘗試尋找出現今廣受歡迎的文類的發展軌跡，為讀者提供另一個日本文學史的切入角度。

當然，也可不需要以如此嚴肅的態度看待文豪的這些作品，單純從類型小說萌芽之際，文豪們怎麼理解這些文類，進而發展出獨特又有趣的作品，也是本選集的閱讀樂趣之一。

凝視深淵的方法：文豪與怪談

——曲辰

我國中時念的是一間私立寄宿學校。學校老舊，宿舍也挺樸實的，這點光看門面就知道。每間寢室都有扇往內拉的木門與往外推的紗門，由於年歲已久，紗門的綠色紗網不如新的一般平坦，總會有點皺折起伏。

斜對門的寢室紗門上，不知為何有塊油漆潑濺到的污漬，約莫人臉大小，形狀本就有點人臉味道，搭配恰到好處地扭曲的紗網，路過時總會覺得有人正站在門後往外看。有次我深夜起床要去上廁所，路過那寢室時，在暗慘綠光的緊急逃生指示燈牌照映下，那塊油漆污漬差點沒嚇壞我。

跟我有差不多經驗的人，不在少數，不過不知道為什麼，就是沒人向學校反應，希望能更換那塊紗網。時至今日，我忽然意識到，那塊污漬彷彿是一個提醒，提醒我們文明力有未逮之處、提醒關於這個世界的縫隙，還有提醒我們想像一個悖離正常視域的存在。

很多時候，那塊污漬跟怪談有點像。

怪談存身之處

人對於世界總是充滿好奇，我們觀察朗朗晴天下的萬事萬物，並賦予他們意義與秩序；但同時，對於那些陰影中的無法測定之物，我們同樣希望能夠「看見」，並且可以想像人除了現世之外是否還有去處。

這樣的想像如果成為一個能夠自圓其說的系統，就會變成宗教的形式，無論天堂地獄或是輪迴轉世之類的說法，都提供人們對於「另一個世界」的解釋框架（有時也用來解釋現實世界）。然而，更多時候，理論跟不上實際的觀察，也就是即使相信諸天神佛會保護我們，但深夜天花板上的腳步聲總讓我們無法安眠。

而描述這種情緒的文學作品，就變成怪談。

如果不討論口傳文學的發展，怪談在日本的歷史大概要從西元一一二〇年前後，也就是《今昔物語集》的成書算起。只是，這時的古典怪談多半與佛教說法糾纏在一起，與其說是「故事」，不如說是勸善懲惡的「寓言」，而且文人氣息甚重，教化意義大於娛樂意義。

直到江戶時期（一六〇三～一八六八），商業社會初步成形，庶民娛樂得以發展成為一種產業，相應的作品才多了起來。一方面是劇場中開始積極搬演過去的古典文本，無論是歌舞伎或稍後的落語，都可看到類似的演目（〈牡丹燈籠〉、〈皿屋敷〉等等）；另一方面，則是開始有大量作家積極探訪日本各地，將鄉野傳說抄錄於紙上成書，成為風靡一時的大眾讀物。例如《曾呂利物語》（一六六三）、《宿直草》（一六七七）、《西鶴諸國昔話》（一六八五）皆為此類作品典範。

但某種程度上來說，這時的怪談帶有強烈的表演色彩，不是要坐在臺下觀賞，就是宛如看紀實一樣的讀本。直到明治時期後，怪談才逐步往更為凝縮的藝術形式發展。

外部目光介入之處

一八九〇年四月，當擁有愛爾蘭與希臘血統的派翠克・拉夫卡迪歐・赫恩（Patrick Lafcadio Hearn）終於看到橫濱港，並且懷著對神祕東方色彩的熱情而踏上日本土地時，恐怕沒有想到，接下來會有一股重要的文學潮流，以他為核心洶湧發展而去。

做為記者的赫恩，原本就對於人類陰暗面與未知世界有著強烈興趣，赴日前就寫過《中國鬼故事》（*Some Chinese Ghosts*，一八八七），參考法文譯本改編了六篇中國古典志異小說。而後在因緣際會下，讀到日本《古事記》的英譯本，對日本這個充滿神祕與奇想的神話故事的國家產生濃厚興趣，因此想盡辦法取得雜誌的委託，前來日本調查訪問。抵達日本後，赫恩發現這個國家簡直是他的心靈原鄉，於是決定與雜誌毀約，並透過《古事記》的英譯作者，亦即東京帝國大學教授張伯倫（Basil Hall Chamberlain）的介紹，在島根縣的松江中學獲得英文教師一職，並很快與小泉節子結婚，取得歸化日本的機會。

藉此機會，他有了一個日本名字，也就是我們熟知的「小泉八雲」，從此在日本長居直到一九〇四年過世為止。

這段期間，除了在日本各地學校擔任英文教師外（其中包括東京大學和早稻田大學），也保持著高度的創作熱情，幾乎每年都有書籍在歐美出版。綜觀他住在日本期間的創作，核心主旨大抵都是介紹一個更為生活化、更為貼近庶民內在世界的日本給西方觀看。無論有意還是無意，他都成為一個架構在日本與西方之間的橋梁，提供除了政治經濟等現象外的觀點。

在這種精神之中，他開始有意識地將日本各地的怪談翻譯改寫成英文，並在歐美出版。只是，不熟悉日文的他，總需要仰賴妻子轉述故事。儘管許多故事有定本得以閱讀，但小泉八雲仍舊要求其妻「不要看書，就用自己的話與感受把故事講出來就好」，再用英文撰寫出他聽到的故事。

值得注意的是，小泉八雲的日文並不好，小泉節子則是不會英文，因此他們發展出一套以日文單語為基礎，取消複雜的日文文法，改用簡易的英文語法的語言。可說是變種的日文，但也能說是披著日文外皮的英文，小泉節子逕以「赫恩語」（ヘルンさん言葉）稱之。在這種雙重轉譯的過程中，可見小泉八雲能掌握到的故事僅剩梗概，在人物的情感與動作上，尚需作者的填補與發揮。

平川祐弘甚至以為，小泉八雲有意識地使用法國短篇小說作家莫泊桑（Henri René Albert Guy de Maupassant）的自然主義風格，讓讀者意識到角色的動作與心理層面，而不是單純受敘事的腔調吸引。同時，他也從愛爾蘭恐怖小說家拉芬努（Joseph Sheridan Le Fanu）的鬼故事中汲取養分，靠著細節描寫營造出緊張而令讀者不安的氣氛。

換句話說，怪談開始從「故事」，往「小說」移動了。

非現實世界的現代性工程

比小泉八雲抵達日本早上一些年歲，日本正在進行這個國家有史以來最劇烈的改革，也就是自明治維新以來的現代化運動。一八八五年，堪稱日本現代化推手的福澤諭吉發表影響後世至今的重要文章〈脫亞論〉[1]，其中最重要的概念，恐怕就是文中提到的「相較猶豫於等待鄰

1 發表於明治十八年（一八八五）三月十六日的《時事新報》的〈脫亞論〉，原本是篇並未署名的社論，但普遍認為是福澤諭吉所寫，當然也有其他意見，在此直接沿用一般見解。

國開明，共同振興亞洲，不如脫離朋友關係，而與西洋文明國共進退」，也就是所謂的「脫亞入歐」。

固然開始有些跌跌撞撞，但日本的國民性格很快將這個自我改造工程推上軌道。派遣官員與學生於國外取經，學習如何在政治、司法、經濟、社會以及自然科學上齊頭並進，同時對國內民眾宣傳並加以教育，理解現代化的核心意義。現代科學帶有的工具理性精神，就這麼傳進日本。

有趣的是，我們總會把強調證據力與積極理解世界運作規則的科學精神，視為對抗迷信、否定不可見之物的最佳工具，似乎可假設科學精神總會排斥鬼故事的存在。但在西方，科學的興起固然壓抑了傳統宗教的發展，也吹散了許多原本蒙蓋在「另一個世界」上的迷霧；同時，哥德小說或鬼故事這類描寫鬼怪等非人存在的文類，正蓬勃發展著。

之所以會如此，主要是當時人們發現，其實掌握這個世界的力量不需向宗教祈求，只要發揮每個人都能具備的理性，於是對科學採取一種極為樂觀的態度，相信可用來衡量萬事萬物的尺度，即使是「另一個世界」也不例外。於是「心靈主義」誕生[2]，也就是相信人死後靈魂仍會長存，我們可透過諸多方法與他們溝通。例如，附身於對靈魂敏感的人身上、轉動桌子，或是用類似碟仙的通靈板來表達簡單的意思，同時也可看到愈來愈多宣稱拍到靈魂或是精靈（fairy）的靈異照片（柯南・道爾認證為真實不虛的那張知名照片即為其一）。

要言之，過去只能以口語或文字描述的鬼，在這個強調科學的時代變得「可視化」（visualization），於是可理解其運作邏輯，也因此為不可知的世界建立一套內在邏輯完備的認知體系。

當這帶著科學眼光審視「另一個世界」的思維方式傳到日本，也引起日本內部對於各種超自然力量的檢視。有的是希望藉由體系化靈異事件藉以打破眾人的迷信，例如，後來被人稱為「妖怪博士」的井上円了，自一八九一年展開的妖怪研究，縝密地透過各種實證方式將妖怪的「現象」予以歸類分析，得到「妖怪並不存在」這樣可信卻不可愛的結論。也有許多研究者開始收集各地流傳的怪談，例如，民俗學家柳田國男的《遠野物語》（一九一〇），就是靠著採訪岩手縣遠野地方的佐佐木喜善，收集到許多民間傳說，將過去口耳相傳的故事形構了一個標準定本。

不過，與研究者採取的科學立場相違背，許多作家同時投身於怪談創作，無論是改寫舊有文本，或是自己虛構的故事，都更傾向於不要那麼機械性地看待「另一個世界」。畢竟小說家

2 原文為「spiritualism」，這個詞大致有兩個主要的意思，除了文中提到的「心靈主義」外，另一個是由法國哲學家亞蘭·卡德克（Allan Kardec）發展出的哲學學說，相信人的靈魂不滅，只是不斷在人的身體之間流轉輪迴，一般譯為「唯靈論」。

本來就是努力描述「不可言說之物」，當科學取代宗教為超自然現象提出解釋，那些不能解釋的、做為科學與現實所除剩的餘數，便進入文學中，得到存身的空間。這點在夏目漱石的怪談中，可看到相當明顯的痕跡。他並不是告訴讀者一個全然架空的故事，而是在日常的縫隙中，一點一點滲入異端的影子，打造出一個瑰麗的世界。

甚至，我們也可將小說家的創作，視為一種對科學橫徵暴斂、賦予世界形狀的行為的抗議，畢竟日本的現代化是以西方為標準，但在不斷追趕西方，學著穿上西服、鋪好馬路、蓋起高樓的同時，屬於日本的特徵又在何處？泉鏡花的創作正好回應了這個問題。

幻想的公因數

讓我們先回到小泉八雲身上，在他所有的創作中，最為人所知的大概就是一九〇四年出版的《怪談》（〈無耳芳一〉、〈雪女〉、〈貉〉等知名篇目都出自這本書），而這本書的英文名字卻是直接用「怪談」的日文羅馬拼音「Kwaidan」[3]。

當然，這並非首見，例如，他之前的《心》（*Kokoro*，一八九六）跟《古董》（*Kotto*，一九〇二）也都是用日文羅馬拼音，但從他並未在書名中放入「ghost」這詞，或許代表他隱約感受到在日本「怪談」做為一種文類的特殊性。相較於西方鬼故事帶著強烈的恐怖意味，很多時候，怪談更接近一個容器，那些無法為正規文類包含的存在，便會歸類到這裡。

到了現代化之後的日本，「怪談」的位置顯得更值得玩味。明治晚期到大正時期[4]的日本文壇如同一塊海綿，大量翻譯海外文學並想要在最快速的時間吸光它們。故而日本作者無法保持足夠客觀的距離，像是馬奎斯筆下那個小鎮一樣，「世界太新，很多事物還沒有名字，必須伸手去指」，作者指到什麼就看什麼，也就學著寫什麼，於是那時的創作總帶著點混雜的氣息。

這其中，帶有強烈幻想意味的文學作品往往會被放入「怪談」這個容器，而並不帶有任何恐怖或不舒服的情緒。

所以，我們會看到佐藤春夫寫的怪談，充滿他對這個世界的觀察，以及與歷史相遇的摹想，或許有著陰慘的氣氛，但比起過度陰溼的感性，毋寧是期待讀者以一種全新的視角來閱讀並理解世界。太宰治也位於類似的延長線上，只是他的怪談總建立在屬於他的喃喃自語之上，他的憂鬱與奮發、激越與冷漠，以一種矛盾的方式融合著，形構了另一種太宰風味。

尼采有句太多人使用，幾乎變得陳腐的名言：「當你長久凝視深淵時，深淵也在凝視你」

---

3 按照現行的日文標準語拼音應該是「kaidan」，但由於小泉八雲的妻子老家是島根縣出雲地方，方言發音就是「kwaidan」。

4 明治時期約為一八六八年到一九一二年，大正時期約為一九一二年到一九二六年。

（出自《善惡的彼岸》），但不管怎麼說，深淵對人們總是充滿吸引力，我們好奇那些不可見、不可觸之物，並渴望理解一點點深淵中的存在。

於是，文豪書寫怪談，以摹寫他們所能探測想像的深淵；我們則閱讀怪談，以想像正在注視深淵。怪談成為我們注視深淵的方法，並小心翼翼地不要被深淵吞噬。

以閱讀，抵抗進入深淵的可能，這大概是我能想到的怪談最積極的意義了。

小泉八雲

作者簡介

小泉八雲（一八五〇～一九〇四）

本名派翠克・拉夫卡迪歐・赫恩（Patrick Lafcadio Hearn），一八九〇年抵達日本。對於保有未曾西化的傳統習俗與感性的日本抱有莫大關心，後與日本女性小泉節子結婚，歸化日本。他深深喜愛日本的古老傳承與傳統故事，收集了許多日本怪談。其中以一九〇四年出版的《怪談》最為知名。

騎屍體的人

身體冷得像冰，心臟停止跳動很長一段時間，然而，除此之外並無其他死亡的徵象。沒有人開口說要下葬那個女人。她是遭到拋棄，悲憤而死，下葬她也沒有用——這個將死之人為了復仇絕對不死的心願，肯定會破壞任何墳墓，無論多重的墓石也將為之粉碎。住在她躺臥的屋子附近的人，紛紛逃離自己的家。他們知道，她一直在那裡等待拋棄她的男人回來。

她死的時候，他出了遠門。等到他回來，聽聞這件事，頓時陷入恐懼。他心想「得在天黑前尋求幫助才行」，「那女人會將我大卸八塊」。儘管還只是辰時[1]，但他明白，這件事絲毫不可大意，愈快進行愈好。

他立刻拜訪某位陰陽師，請求對方幫忙。陰陽師聽了死去女人的事，也看了屍體，遂對前來求助的男人說：「你大難臨頭，我會試著幫助你，但你必須答應我，不管我說什麼，你都得照做。能救你的方法只有一個，那是非常可怕的方法，如果你沒有勇氣嘗試，就會被女人大卸

1 上午七點到九點左右。

八塊。如果你有勇氣，天黑前再來找我一次。」男人全身顫抖，但也答應無論陰陽師說什麼都會照做。

傍晚，陰陽師陪同男人前往放置屍體的屋子。陰陽師打開雨窗，要男人進屋。眼看天色就要暗了。「我不要。」男人從頭到腳都在發抖，氣若游絲地回答：「我不想看到那女人。」「不只要你看她，還有其他事得辦。」陰陽師這麼說，「你不是答應我會照做嗎？快進去吧。」陰陽師硬是把全身顫抖的男人帶進屋內，來到屍體旁。

死去的女人趴在那裡。「來，你跨上去。」陰陽師說：「像騎馬那樣，好好坐在她背上……快——非這麼做不可。」男人顫抖到必須讓陰陽師支撐著他——雖然抖得這麼厲害，他還是照辦了。「來，抓住女人的頭髮。」陰陽師下令：「右手抓一半，左手抓一半……快……像握韁繩那樣牢牢抓緊，把頭髮纏繞在手上——兩手都要……牢牢地抓緊。就是得這麼做，你聽仔細了。直到明天早上為止，都得這麼做。入夜後會發生很可怕的事，各種事。不過，無論發生什麼事，都不能放開她的頭髮。一旦放開了——儘管只是一秒，你也會被女人大卸八塊。」

之後，陰陽師對著屍體耳邊低喃幾句奇妙的咒文，便離開騎在屍體身上的男人——「好了，為了保護自己，我得留下你一個人離開。你就這樣待在這裡……別忘了，無論發生什麼事都不能放開女人的頭髮。」然後，陰陽師走出屋外，關上門。

男人懷著黑暗的恐懼，騎在屍體上經過好幾個小時。沉默的夜籠罩著他，靜謐逐漸加深，最後，他終於忍不住嘶吼打破靜謐。瞬間，屍體像要把他甩掉般由下往上跳起來。接著，死去的女人大叫：「啊，好重！不過，我現在就得去把那傢伙帶過來。」

說完，女人倏地起身，朝雨窗飛去。打開雨窗，飛進黑夜之中——從頭到尾她都將男人揹在身上。然而，男人只是閉著眼睛，抓住女人的長髮，緊緊地、緊緊地，將頭髮纏繞在手上。內心恐懼到連呻吟都發不出，也不知道女人究竟去了哪裡。他什麼都沒看見，只聽見黑暗中女人赤腳跑過的聲音——啪答、啪答——還有她奔跑時的吁吁喘氣聲。

終於等到她回頭，跑回屋子裡，和剛開始一樣倒在地上，在男人身下喘氣，直到雞啼響起，她才安靜下來。

男人的牙齒始終格格打顫，持續騎在屍體身上，直到天亮陰陽師趕來為止。「你沒放開頭髮，對吧？」陰陽師非常高興，「這樣很好……來，可以站起來了。」陰陽師再次對著屍體耳邊低喃，然後對男人說：「昨晚肯定是恐怖的一夜，不過，除此之外沒有其他方法可以救你。往後，女人不會再找你復仇了，放心吧。」

＊＊＊

我認為這不是符合倫理道德的故事結局。騎在屍體上的男人既沒有發瘋，頭髮也沒有一夜變白。我們只知道最後「男人哭著拜謝陰陽師」。這故事的附注也令人失望。日本的作者寫著：「聽說那個人（騎在屍體上的人）的孫子如今仍在世，住在一個叫大宿直的地方（似乎是個相當體面的村莊）。」

我在當今日本的地名錄上遍尋不著這個村名，只知道很多城鎮與村莊在這個故事被寫出來後更改了名字。

原題名 *The Corpse-Rider*，發表於《影》（*Shadowings*，一九〇〇）

自從十五世紀的大航海時代開始，西方就不斷地「發現」東方，然而，這種帶著經濟殖民心態的探索，總帶著某種權力上的不對稱。對西方而言，「東方」不具任何主體性，他們藉由人類學的研究、冒險家的札記、輾轉而來的奇談軼聞來定義東方，甚至任意決定東方人的功能。例如，一個商船船長寫給太太的信中提到，東南亞的人由於住在炎熱的區域，神經都過於放鬆懶散，需要藉由鞭子給予神經刺激，才能成為稍微文明一點的人。

換句話說，對西方而言，東方只是「物」，並非帶有人格的文化群體。日本在十九世紀解除鎖國以後，照理說也應該落入同樣的窠臼，不過還好，他們遇到了小泉八雲。

或許是小泉八雲和怪談的連結太過強烈，人們常常會忘記他其實是一名帶有觀察之眼的記者。事實上，在他抵日後出版的十三本書中，大概只有四成的分量是日本的志怪故事，其他多為觀察筆記、在日本生活的日記，或者對於東西方差異的思考。

剛到島根縣擔任英文教師的時候，小泉八雲參加附近神社的慶典，看到一個表演帳棚，同行的人告訴他上面寫著「地獄遊，只收一錢」，聽了之後，他開朗地說：「拿出兩文錢，我們一起下地獄吧！」（Pay two sen that we may both go to hell.）對我而言，這個細節很重要的是，小泉八雲並未把自己當成一個徹底的旁觀者，而是一個「進入」這個文化體並感知其中的一切的「居民」，所以他會說「我們一起下地獄」，而不是說「讓我看看地獄吧」。這個態度決定了他對日本的觀察有著強烈的草根性，可在他的文字中感覺到人與人的相處，而不是如同隔著動物園的圍籬看日本人一樣。

這種態度也決定了他重述日本故事的原則，本篇〈騎屍體的人〉的故事來自《今昔物語集》第二十四卷中的〈人妻成惡靈除其害陰陽師語 第二十〉，小泉八雲並未改動故事梗概，但第一段的女鬼心情卻是他創作添加的，可感受到他希望西方讀者不要以一種獵奇的眼光閱讀，而是將注意力放在女子的悲傷與憤怒之上。

即使是怪談，仍不忘記提醒讀者這是個關於人的故事，小泉八雲對日本的愛好可見一斑。

生靈

從前，江戶靈岸島有個名喚喜兵衛的有錢人，開了一間陶器店。喜兵衛長年僱用一個叫六兵衛的掌櫃。六兵衛能力很強，把店經營得有聲有色。由於生意實在太好，靠掌櫃一個人管理不過來，於是，喜兵衛答應讓他僱一個有經驗的伙計。六兵衛找來自己的外甥——是二十二歲的年輕人，曾在大阪的陶器店學過買賣。

這個外甥幫了很大的忙，做起生意還比經驗豐富的舅舅聰明伶俐。他的才能讓店裡生意蒸蒸日上，喜兵衛也很欣慰。然而，僱用年輕人才七個多月，他就生了嚴重的病，看起來似乎醫不好了。六兵衛找來整個江戶的好幾位名醫，誰都診斷不出他究竟生了什麼病，也無法開藥。醫生的共同意見是，他或許遇上什麼不為人知的傷心事，才會病成這樣。

六兵衛以為這是犯了相思病，於是對外甥說：

「你還很年輕，大概是暗戀哪個女人，卻進展不順利吧——我猜你或許是因此釀成了病，果真如此，你應該把擔心的問題全部告訴我。你遠離父母來到這裡，我就跟你的父親沒兩樣，所以，無論你有任何擔心或難過的事，我也早就做好心理準備，要像真正的父親一樣幫助你。如果你需要錢，無論多少儘管開口，沒必要覺得丟臉。我想自己還有本事照顧你，喜兵衛大人也一定希望你早點恢復精神，相信不管什麼事他都願意幫忙。」

見舅舅如此體貼，生病的年輕人露出為難的神色，沉默好一會，終於回答：

「您這番話太令人感激，我這輩子都不會忘記。不過，我並沒有心上人，也不是想跟哪個女人在一起。我得的這種病，不是醫生能治好的，錢也完全派不上用場。事實上，我是在這個家裡受到迫害，到了不想活下去的程度。不管在哪裡，不管白天還是晚上，不管在店裡還是在自己房間裡，一個人的時候也好，和眾人在一起的時候也好——總會有個女人的幻覺不斷糾纏我，很久沒有安眠一個晚上。只要一閉上眼，那女人的幻覺就會出現，勒住我的脖子，害我完全無法睡覺……」

「這種事，你怎麼不早點說出來呢？」六兵衛問。

「我想，說了也沒用。」外甥回答，「那個幻覺不是死者的鬼魂，而是活人——一個您很熟悉的人——的恨意化成的東西。」

「是誰？」六兵衛非常驚訝。

「這個家的老闆娘，喜兵衛大人的妻子……那個人想殺了我。」年輕人低聲說。

聽了外甥的告白，六兵衛不知所措。他一點也不懷疑外甥的話，只是怎麼也想不出生靈出現的原因。生靈通常因失戀或強烈的憎恨出現，往往連當事人都不知道。以老闆娘的狀況來說，首先不可能與戀愛有關，實在難以想像，畢竟喜兵衛的妻子五十多歲了。然而，六兵衛怎麼也看不出她對這年輕人抱持如此強烈的憎恨——難道他做了什麼令她怨恨到出現生靈的事？外甥謙和有禮，品行無可挑剔，甚至找不出一個缺點，平日努力工作，對老闆也很忠實。這個問題令六兵衛感到棘手，仔細思考後，決定對喜兵衛全盤托出，請求喜兵衛進行調查。

喜兵衛聽了也大驚失色。然而，四十多年來，他從未懷疑過六兵衛說的話，也沒有道理懷疑。喜兵衛立刻叫來妻子，將生病年輕人說的話告訴她，小心翼翼地詢問。起初妻子鐵青著臉，只是哭泣，猶豫一會，才吐露真相。

「那個新來的伙計說的生靈之事，我想應該是真的——其實，我拚命告訴自己絕對不要表現在言語和行動上，但怎麼也無法不討厭那個人。如您所知，那個人非常會做生意，做任何事都很機伶，所以你給了他很大的權限——像是差使家中員工和僕人的權力。相較之下，我們的兒子雖然是這家店的繼承人，卻是個老好人，動不動就被騙。我一直擔心，最後這個奸巧的新伙計將會欺騙兒子，強取橫奪家中財產。我相信那個伙計永遠不會露出破綻，不動聲色地搞垮我們家的生意，讓兒子陷入破產，所以恨那個男人恨得不得了。好幾次都想著，要是他能去死就好了，如果可以，我甚至想靠自己的力量殺死他……我當然知道如此憎恨一個人是不好的，但終究無法克制此一念頭。無論白天還是夜晚，我都暗中詛咒那個伙計。恐怕是這樣，才會出現六兵衛提到的那個東西。」

「為了這種事讓自己痛苦，妳真是太愚蠢了！」喜兵衛大叫，「那個伙計至今從未做過任何一件壞事，妳卻對他這麼殘酷，使他陷入痛苦……這樣吧，如果我在別的城鎮開家分店，讓他和他舅舅兩人去打理，妳應該可以放輕鬆一點吧？」

「只要不看到他的臉，不聽到他的聲音……」妻子回答，「如果你能讓那傢伙離開這個家——或許我就能壓抑心中的憎恨。」

「就這麼做。」喜兵衛說，「要是一直憎恨下去，那男人一定會死。這麼一來，妳等於犯下殺死無冤無仇之人的大罪。從阻止了這一點來看，那男人實在是無話可說的好伙計。」

接著，喜兵衛立刻準備在別的城鎮開新店，並將那間店交給伙計和六兵衛掌管。從此之後，年輕伙計再也不受生靈所苦，很快恢復健康。

死靈

越前國[2]的地方官野本彌治衛門死去時，他的幾名下官共謀欺騙已故主子的遺屬，以償還彌治衛門部分債務為由，將家中所有財物盡數沒收。不僅如此，這班人更捏造一份虛偽的報告，指稱彌治衛門生前非法欠下超過自身資產的債務，將這份虛偽的報告送到宰相那裡。於是，宰相下令放逐仍住在越前國的野本之妻。那個時代，即使地方官往生，若生前曾犯下罪行，家人也會遭到連帶處分。

然而，當放逐令正式送到野本的未亡人手中時，野本家的一名女僕身上發生了不可思議的怪事。只見她像被什麼附身一樣，全身顫抖。不再顫抖後，她倏地起身，將宰相的差使與已故主人的下官召集一堂。

「各位，仔細聽好。現在跟你們說話的不是這個女人，是我彌治衛門——從另一個世界歸來的野本彌治衛門。我愚昧地誤信了不該信的人，導致令人悲憤的下場。實在太過悲憤，我忍

2 現今福井縣北部。

不住從那個世界回來一趟……你們這些忘恩負義的下官，怎能忘記過去承受的恩惠，奪取我的財產，還做出侮辱我聲名的事？現在我就當著你們的面，把官府和我家的帳簿算個清楚。派一名家僕去監察官那裡取來帳簿，我清算給你們看。」

當女僕說著這番話時，在場所有人莫不感到驚訝。她的聲音與態度，和生前的野本彌治衛門完全一樣。那些做賊心虛的下官臉色鐵青，然而，宰相的差使立刻答應女僕的要求。從官府拿來的帳簿很快放在她面前，保管在監察官那裡的野本家帳簿也拿回來了。此時，女僕開始清算帳簿內容。只見她毫無錯誤地計算完每一項帳目，並算出總和，修正遭到竄改的部分。毋庸置疑，她寫下的是野本彌治衛門的字跡。

完成驗算後，她用與野本彌治衛門一模一樣的嗓音說：

「好了，全部完成。我無法再做更多，即將回到我來的地方。」

說完，女僕立刻躺下，像死人般睡了整整兩天兩夜（據說附身的魂魄離開後，被附身的人會承受極大的疲勞，並陷入深沉的睡眠）。等她再次清醒時，嗓音與態度已恢復原貌，並且，無論是當下或是往後，她都想不起被野本彌治衛門亡靈附身之際發生的事。

這起案件的報告立刻送到了宰相面前。最後，宰相不僅取消放逐令，還賜給野本遺屬許多禮物，並為往生的野本彌治衛門追封種種名譽。不僅如此，往後野本家一直受到政府的照顧，家道興旺。至於野本那班下官，則受到相當嚴厲的懲罰。

原題名 Ikiryō・Shiryō，原作發表於《古董》（Kotto，一九〇二）

解說

藤子．F．不二雄創造的知名漫畫人物「哆拉A夢」（ドラえもん）一開始在臺灣翻成「小叮噹」，之所以會改成現在這個毫無溫度的譯名，據說是漫畫家希望死後如果回到人世，就算在別的國家也能一聽就知道，是在指他熱愛的這個自己筆下的人物。

翻譯有時候並不是「A＝甲」，所以就用甲來指稱A，更是帶著某種策略與希望傳遞的情感。

在原文中，〈生靈〉與〈死靈〉的標題各被翻譯為「Ikiryō」、「Shiryō」，也就是生靈與死靈的日文讀音。事實上，小泉八雲不是不知道讀者會因這樣怪異的單字感到困擾，他還特別貼心地加上注腳：

生靈：依字面上的意思應該翻譯為「living spirit」，也就是還活著的人的鬼魂（ghost）。生靈是因憤怒而脫離自己的身體，去詛咒讓他憤怒的人，或是加以作祟。

死靈：相對於生靈，意指活人的幻影。「死靈」這個詞，就是死者的鬼魂。現在通常都用「幽靈」（yurei）代指幾乎所有的鬼魂。

請容許我再強調一次，在一般的狀況下，文學翻譯力求「透明感」，也就是我們彷彿可通過譯文直接看到原文一樣，不需補充、不需多想，但透明背後的代價往往是犧牲了文化的多元性，例如將zombie翻譯成殭屍，儘管在客觀標準上頗具同一性，但形象與可能表現的象徵則差多了。小泉八雲採取音譯的方式，保留日本獨有的靈魂觀，並以注腳的方式標記這個差異。從〈生靈〉中提及鬼魂的方式，也可看出作者的用心。但丁在《神曲》中將那些活生生在地獄中受苦的靈魂以Shadow稱之，小泉八雲也用了同一個字，在顧及差異性的同時，也提供足夠的熟悉感，協助讀者解讀該篇小說。

這或許就是小泉八雲以英文講述怪談的目的，藉由這種最為庶民卻又最為隱密的文化形式，協助西方更瞭解東方。

只是，他萬萬沒想到，日本人竟靠著他的作品，重新定義了自身。

夏目漱石

作者簡介

夏目漱石（一八六七～一九一六）

自小接受扎實的漢學教育，帝國大學（後來的東京帝國大學）文科大學英文科畢業後，前往英國留學。歸國後，在第一高等學校、東大擔任教師。一九〇五年，在高濱虛子的建議下發表《我是貓》，大受歡迎。自此在日本近代文壇大為活躍，代表作有《我是貓》、《少爺》、《夢十夜》、《心》、《從今而後》等。一九一六年去世，留下未完遺作《明暗》。

倫敦塔

留學的兩年之間，我只參觀過倫敦塔一次。之後想過要再去，最後還是放棄。有人邀我同行，但我拒絕了。若是再去第二次，破壞了曾經獲得的記憶，未免太可惜；去了第三次而洗掉第一次的記憶，則更是遺憾。我認為，參觀「塔」最好只限一次。

我抵達倫敦不久就去了。當時連東南西北都分不清楚，更何況是原本就不熟悉地理位置的地方。我的心情像一隻忽然從御殿場被丟到日本橋正中央的兔子，擔心出門會被人潮沖走，回到家又擔心火車會不會衝進家裡，朝夕不得安穩。一想到要在這雜沓、這人群之中住上兩年，恐怕我的神經纖維都要像泡在鍋裡的鹿角菜一樣軟爛不堪了，於是我恍然大悟，原來馬克斯．諾爾道（Max Nordu）的退化論才是真理。

再說，我和其他帶著推薦函留學的日本人不一樣，沒有可以投靠的地方，自然也沒有故舊，每天外出參觀或辦事時，只能忐忑不安地憑著一張地圖摸索。我不搭火車，也無法乘馬車，偶爾使用交通工具時，連自己會被帶往何方都不確定。儘管在這廣大的倫敦，火車馬車、電車鐵道四通八達，複雜有如蜘蛛網，我卻無法享受便利。逼不得已，每碰到十字路口我就攤開地圖，在行經身旁的路人推擠中找尋該走的方向。看不懂地圖時問人，要是問了人也不懂，就找巡邏的警察。萬一連找過警察都去不了，便再找其他人問，逢人就攔下來，問到有人知道為止。就像這樣，好不容易才抵達目的地。

去參觀「塔」時，應該還在不用這種方法就無法外出的時期。正如有句禪語「來時無跡去無蹤」，我完全不知道是走哪條路抵達「塔」，又是穿過哪些城區回到住處。無論如何都回想不起來，唯一能確定的是，我確實參觀過「塔」。「塔」本身的景象，至今依然歷歷在目。即使問我之前發生了什麼，我也會不知所措；若是問我之後的事，更是窮於應答。唯有介於忘卻與失落之間的那段空隙，清楚明白得不由分說，彷彿一道撕裂黑暗的閃電落在眼前，照亮一切又消失。當時的倫敦塔，宛如前世夢中的一個焦點。

倫敦塔的歷史，可視為英國歷史的濃縮。就像一幅遮蔽過往怪物的簾幕自行裂開，透出龕中的一縷幽光，朝二十世紀映照出這座倫敦塔。又或者，可將倫敦塔視為埋葬一切的時光洪流中，一塊逆向漂流至現代的古代碎片。人的血、肉與罪愆，形成結晶，遺落在車馬鐵道之間，這也是倫敦塔。

站在塔橋上，隔著泰晤士河眺望倫敦塔時，我專注到忘了自己究竟是現代人還是古代人，甚至忘了自己是誰。雖然時值初冬，那是個風平浪靜的日子。天空的顏色像攪拌過的鹼水，天幕低垂至塔的上方。牆上的灰泥彷彿融入泰晤士河，無聲無波的河水看似勉強流動。一艘帆船朝塔的下方滑行，畢竟是在無風的河面上操縱船隻，如白色翅膀般不規則的三角形船帆，老是在相同地方打轉。兩艘較大的接駁船逆流而上。只有一名船夫站在船尾划槳，船身幾乎一動也不動。塔橋欄杆附近有白影若隱若現，想來是海鷗。放眼望去，萬物皆籠罩在靜謐之中。看似慵懶又似沉睡，感覺一切都屬往昔。倫敦塔便在這氛圍當中傲然矗立，蔑視二十世紀。火車通行了，電車也通行了，倫敦塔始終站在那裡，像是在說歷史有多長，它就站在這裡多久。我這才驚覺它的偉大。習慣上稱這座建築為「塔」，只是方便的稱呼，其實倫敦塔是由許多堡壘與城樓組成的廣大區域。高聳的城樓或圓或方，各種造型都有，共通處是全覆上一層死氣沉沉的灰色，彷彿誓言紀念上一世紀漫長的年月。把九段的遊就館[1]想成石造建築，並且想像有二、三十座遊就館並列，再用放大鏡窺看，大概就與這倫敦塔的樣貌相去不遠了。我依然眺望著，站在飽含灰褐色水分的空氣中，出神眺望。二十世紀的倫敦從我心底逐漸消失，同時，眼前的塔影則在腦中描繪起過去幻影般的歷史。感覺就像晨起喝的那杯苦澀的熱茶，裊裊蒸氣猶如沒睡飽的夢境，拖著未完的尾聲。就這樣站了一會，驀地疑心起對岸正伸來一隻長長的手，試圖引我走去。原本一直佇立不動的我，忽然興起渡河走向倫敦塔的念頭。那隻手拉我拉得更猛了，我立刻邁開腳步，橫渡塔橋。那隻手不斷用力拉扯，我才剛渡過塔橋，一轉眼又奔到塔門前。我像是一片浮游現世的小鐵屑，瞬間被名為「過去」的三萬餘坪巨大磁鐵吸引。走進塔門

1　現今位在靖國神社的軍事博物館。

時，我回頭一看——

想前往憂患之國的人啊，穿過此門吧。
想承受光陰苛責的人啊，穿過此門吧。
想與肇事之徒為伍的人啊，穿過此門吧。
正義帶動了造物主，神威與最高的智慧及最初的愛創造了我們。
我眼前無一物，唯有無窮，我將遁入無窮境地。
想穿過此門的人啊，拋棄所有希望吧。

幾乎要以為眼前的哪裡雋刻了這樣的字句，當時的我，肯定處於失常的狀態。

渡過架在空壕上的石橋，對面還有一座塔。兩座塔狀似圓形的石製油槽，宛如巨人的門柱般屹立左右。從中間成排的建築底下穿過，走向另一側。這裡就是所謂的中塔（Middle Tower）。往前走一會，左手邊矗立著鐘塔。當發現手持鐵盾、身穿漆黑鐵甲的敵人，宛如一片籠罩原野的秋日熱浪般逼近時，塔上的鐘必將敲響示警。當月黑風高的夜晚，哨兵巡邏城牆之際，趁隙脫逃的囚人身影從斜立的火把下往黑暗中消失時，塔上的鐘聲也必將響起。又或者，當反對君王惡政的心高氣傲市民，如蟻群般齊聚塔下暴動時，塔上亦響起鐘聲。塔上的鐘遇事必鳴，鐘聲只為一件事響起，祖來時為殺祖而鳴，佛來時為殺佛而鳴。那個在霜朝雪夕、雨日風夜無一不響的塔鐘，如今安在？我抬頭仰望爬滿藤蔓的老城樓，只見一片寂然，不聞百年鐘聲。

再往前走一點，右邊即是叛徒之門（Traitors Gate），門上聳立聖湯瑪斯之塔。叛徒之門，光聞其名已令人戰慄。古來多少葬身塔中的罪人，皆乘小船通過這道水門送入塔中。一旦他們將小船抛在身後，穿過這道門，人世間的太陽就再也照不到他們身上。之於他們，泰晤士河就是黃泉，這座水門就是通往冥府的入口。他們乘坐的小船在淚水匯聚而成的波浪中搖晃，通過儼然洞窟的陰暗拱橋下，一道厚重的櫟木門在嘰咿聲中打開，就像鯨魚張嘴吸入成群的沙丁魚，將他們吞噬。門一關上，他們便被長久地阻絕於塵世浮光之外，隨命運成為惡鬼的食糧，不知道自己會在明天被吃掉，還是後天被吃掉？又或者，那一天在十年後才會到來？答案只有惡鬼才知道。罪人坐在橫泊於門旁的小舟中，一路上的心情究竟如何？每當船槳划動、水滴濺上船緣，或是船夫的手一動，對他們而言，或許就像生命又被削去一些。一把白鬍垂在胸口，身穿寬鬆黑色僧袍的人踉蹌著下船。他是克蘭默[2]大主教。青色頭巾幾乎覆蓋眼睛，將鎖子甲

2 Thomas Cranmer（一四八九～一五五六），第六十九任坎特伯里大主教，英國宗教改革領導人物，後遭瑪麗一世處死。

穿在天藍色絹袍下的高大男人約莫是懷亞特[3]，只見他連聲招呼也不打，兀自從船緣跳上岸。戴著插上華麗羽毛裝飾的帽子，左手握著黃金刀柄，踩著銀色扣環裝飾的鞋子，輕輕跳上石階的則大概是雷利[4]。我朝昏暗的拱橋下方窺探看，伸長脖子試圖看見拍上對岸石階的波光。然而，那裡沒有水，自從防波堤建設竣工，叛徒之門再也無緣得見泰晤士河之水。昔日的叛徒之門曾吞噬數不清的罪人，吐出數不清的押送船，如今徒留形式，再也聽不到過去洗刷它腳下的潺潺水聲，只剩對側血腥塔（Bloody Tower）牆上高懸的巨大鐵環。據說，那是從前用來讓小船繫纜繩用的。

往左轉，進入血腥塔大門。在昔日的玫瑰戰爭[5]中，這座塔幽禁過數不清的人。人命如草芥，被大片大片剷除；人命又如雞，被毫不留情壓榨。橫陳的屍體像晒乾的鮭魚般堆積塔中，難怪會命名為「血腥塔」。拱橋下有座像崗哨的亭子，一旁站著戴上盔型帽子的荷槍衛兵。儘管表情嚴肅，他一臉就寫著「恨不得早點交班」，好到常去的酒館喝兩杯，一如往常地調戲情婦，尋歡作樂。厚實的塔壁以不規則石塊疊成，表面絕對稱不上光滑，隨處可見藤蔓糾纏。高處有窗，或許建築物太高大，從下方望上去，窗戶顯得很小，看似鑲嵌著鐵窗。衛兵雖然仿若石像直立在旁，內心肯定打著與情婦幽會的主意，我站在他身邊，皺著眉頭，舉起手遮擋陽光，仰望高塔上的小窗。微弱日光映上鐵窗後的古老彩繪玻璃，反射出閃耀的光芒。很快地，掀起宛如煙霧的序幕，幻想的舞臺歷歷在目。窗內垂掛著厚重簾幕，連白天都幾乎陰暗無光。

面對窗戶的牆面並未上漆，赤裸的石塊砌起與鄰室之間，那道彷彿連世界末日降臨都不會崩坍的隔閡。六張榻榻米大的牆面中央，掛著一張褪色的縴織掛毯。深青的底色上，以淺黃色織出裸體女神的圖樣，女神四周則染上一整面的藤蔓圖案。石牆旁擺著一張大床，以厚實櫸木製成的雕花木床，只在手足得以觸摸之處，深深雋刻上鏤空的葡萄、葡萄藤與葡萄葉，光線就從這裡反射。看得見床角有兩個小孩，一人約莫十三、四歲，另一人則是十歲左右。年紀小的那個坐在床上，半身倚靠著床柱，雙腿無力垂落床邊。右手肘和半歪的頭掛在年紀較大的孩子肩上。年紀較大的孩子把一本有金屬裝飾的大書攤在腿上，右手放在打開的書頁上。他美麗的手像是柔軟的象牙。兩人都穿著比烏鴉還黑的上衣，將白皙的膚色襯托得更加醒目。兩人無論是髮色、眼珠的顏色或眉眼鼻頭的長相，甚至是服裝細節，幾乎都一模一樣，大概是兄弟吧。

哥哥以溫柔清朗的嗓音朗讀腿上的書。

「願神賜福，賜福眼見我死時形貌之人。我日夜祈禱，只願死亡早日降臨。即將前往神前的我已無所懼……」

---

3 Sir Thomas Wyatt（一五〇三～一五四二），英國外交官、政治家、詩人，後遭瑪麗一世處死。

4 Sir Walter Releigh（一五五二～一六一八），英國冒險家、作家、詩人，擁有多種身分的全才。

5 一四五五年至一四八五年間，蘭開斯特家族和約克家族為爭英國王位引發的內戰。

弟弟憐憫地說「阿門」，就在此時，遠處吹來一陣秋末冬初之風。風聲隆隆，幾乎要吹垮高聳的塔牆。弟弟身子一縮，把臉埋進哥哥肩頭。白雪般的棉被一角再次鼓起，哥哥重新朗讀起書本的內容。

「若是早晨，但願入夜前死。若是夜晚，便不求還有明日。決心誠可貴，貪生怕死最為恥……」

弟弟又說「阿門」，聲音微微顫抖。哥哥靜靜闔上書本，走向那扇小窗，試圖朝窗外望去，卻因身高不足無法如願。只見他搬來一張折凳，踮腳踩上去。綿延百里的黑霧深處，冬日陽光若隱若現，天空彷彿被屠殺犬隻時流出的鮮血染紅。哥哥一邊說「今天太陽又這樣下山了呢」，一邊回頭望向弟弟。弟弟只應一句「好冷」。哥哥喃喃自語「要是能夠保留這條命，就把王位讓給叔父吧」，弟弟只說「好想母親大人」。這時明明沒有風，對面的緙織掛毯上，裸體的女神圖樣卻微微飄動兩、三下。

舞臺倏地旋轉，定睛一看，場景是一名身穿黑色喪服的女人，悄悄站在塔門前。面容固然消瘦憔悴，依然看得出是位氣質高貴的夫人。不久，傳來一陣開鎖聲，塔門打開，走出一個男人，向女人恭敬行禮。

「還是不允許會面嗎？」女人問。

「不行。」男人同情地回答：「雖然想過安排你們會面，但這樣違背公門的規矩，就算我十分樂意賣個人情，還是要請妳放棄。」說到這裡，他忽然噤口不語，左顧右盼。壕裡的鶺鴒輕巧地浮上水面。

女人解開脖子上的金項鍊，交給男人：「求你了，只見短短一面就好。若連女人的請求也不答應，未免太冷酷無情。」

男人把項鍊纏繞在手指上，沉吟了一會。鶺鴒又忽地沉了下去。很快地，男人把金項鍊退還給女人，一邊說：「身為獄卒不好破壞牢獄的規定。妳的孩子平安無事，過著安穩的日子，妳就放心回去吧。」女人動也不動，項鍊掉在路石上，發出鏘然聲響。

「無論如何都無法見到面嗎？」女人問。

「很遺憾。」獄卒冷冷回應。

「塔影深濃，塔壁堅固，塔裡的人冷酷。」說著，女人嚶嚶哭泣。

舞臺再次轉換場景。

一襲黑衣的高眺身影，站在中庭一隅，像是剛從長滿寒苔的石壁中，悄沒聲息地穿透而出。黑影佇立在夜氣與霧氣的交界處，朦朧的視線環顧四周。過了不久，另一個同樣身著黑衣的影子從陰暗處冒出。高個子仰望高掛城樓一角的星影，喃喃低語「天黑了」，另一人說「無法在白天的世界露臉呢」。「雖然殺過許多人，還真沒幹過像今天這麼良心不安的事。」高個子對矮個子這麼說，矮個子也坦言：「躲在掛毯後面聽那兩人說話時，真想乾脆打道回府。」

「勒下去時，他的嘴唇抖得像花瓣哪。」「蒼白的額頭皮膚都浮出紫色青筋了。」「那呻吟彷彿還縈繞在耳邊……」黑影再次滲入黑夜時，城樓上的時鐘嘎嘎作響。

幻影隨時鐘的聲響破滅。原本像尊石像站立的衛兵肩上扛著槍，開始在石頭路上巡行。大概一邊走著，一邊想像自己挽著情婦的手散步吧。

從血腥塔下方穿過，走到對面美麗的廣場上。廣場中央略為高起，上面立著一座白塔（White Tower）。眾多塔中，這是最古老的一座，從前曾是天守塔。長約三十六公尺，寬約三十二公尺，高度二十七公尺左右，牆壁厚度超過四公尺，四個角落各設有角樓，隨處可見諾曼第時代留下的槍眼。西元一三九九年，理查二世正是在這座塔中遭人民列舉三十三條罪狀，逼迫讓位。在這裡，他站在僧侶、貴族、武士、法師等人面前宣佈退位。當時繼位的亨利四世站起來，在額頭與胸前畫著十字說：「以父、子與聖靈之名，我亨利在此秉持正統血脈，承蒙吾神護佑，接受敬愛友人的支援，承襲大英帝國之王冠與國土。」此後先王的命運如何，幾乎無人知曉。遺體從龐特佛雷特城運抵聖保羅大教堂時，兩萬多名群眾無不為那瘦骨嶙峋的遺容驚詫。有人說，當八名刺客包圍理查時，他從一人手中奪下斧頭，斬死一人，打倒另外兩人。即使如此，仍不敵艾克斯頓從背後下手的一擊，終於含恨身亡，也有人抬頭大喊「不是的、不是的，理查是絕食自盡」。無論哪一種都不算善終，帝王的歷史儼然悲慘的歷史。

樓下的一間房，便是傳聞中幽禁華特．雷利的地方，他也在這裡起草《世界史》（*The*

Historie of the World）。我試著想像身穿伊莉莎白時代的短褲，將絲絹長襪固定在膝頭，右腳放在左腳上，手持鵝毛筆的他歪著頭思考，然後在紙上振筆疾書的模樣。可惜，我無法參觀那個房間。

走入南側，爬上迴旋階梯後，就來到著名的武器陳列場。這些武器看來仍不時有人保養，每一把都閃閃發亮。有些在日本時，只在歷史書籍或小說中看過的武器，過去始終難以想像，這次總算弄明白，內心不由得一陣欣喜。可惜高興也只是一時，現在回想起來又全忘光了，最後還是一樣。唯一留在記憶中的只有甲冑。還記得其中最華麗的，是亨利六世穿過的一襲甲冑，整體以鋼鐵製成，表面隨處鑲嵌裝飾。最令我吃驚的是，他的身材非常高大。從掛在那裡的甲冑看來，能穿上這套甲冑的人，至少得是身高兩百多公分的彪形大漢。我佩服地望著甲冑時，聽見一陣腳步聲朝身旁走來。回頭一看，原來是「Beefeater」。聽到Beefeater，或許會有人誤以為是一直在吃牛肉的人，其實不是這樣的。Beefeater是倫敦塔上衛士的別稱，頭上戴著像被壓扁的絲絹帽，身上穿著像美術學校學生的制服，袖口束起，繫著腰帶。制服上也有圖案，那圖案很像蝦夷人[6]穿的半纏棉襖上常見的方形線條。他們有時會佩槍，是有如《三國志》中

6　日本最早的原住民。

出現的那種長槍，槍柄上還垂著流蘇。其中一名衛士走到我身後停下，身高並不算高，還有點胖，蓄著茂盛的白鬍鬚。「你是日本人吧？」他微笑著問。我總覺得自己並非在和現代的英國人對話。如果不是他正好從三、四百年前的古代現身，就是我突然窺見三、四百年前的時空。我沉默不語，輕輕點頭。對方要我跟著他走，我便尾隨上前。他指向日本製的古老鎧甲，以眼神示意「看到了嗎？」，我再次點頭。衛士向我說明，那是蒙古人獻給查理二世的東西。我第三次點頭。

出了白塔，我走向博尚塔（Beauchamp Tower）。半路上看見成排的大砲，前方以鐵欄杆圍住，鏈條上掛著牌子。仔細一看，原來這裡是處刑場的遺址。一般人被關兩、三年已夠久了，試想一個被關在不見天日之處長達十年的人，久違地來到戶外仰望藍天，來不及高興，撩亂不定的雙眼看見的，便是森白斧頭橫過三尺高空的畫面。就算人還活著，身上的血也變得冰冷。一隻烏鴉飛下，收起黑色翅膀，噘著黑色嘴喙，傲視人類。感覺就像百年碧血之恨，化為一羽長久守護這不祥之地的烏鴉。風吹得榆樹沙沙晃動，定睛一瞧，樹上也有烏鴉。過了一會，又飛來一隻，不知是從哪裡飛來。一旁，一個帶著七歲左右男孩的年輕女人，望著烏鴉。

希臘特徵的鼻子，眼睛像是融化的珍珠，雪白頸項的曲線，在在令我暗自心動。男孩抬頭對女人說「有烏鴉、有烏鴉」，似乎頗為好奇。接著，男孩又說「烏鴉看起來好冷，給牠吃點麵包吧」，女人平靜地回答「那些烏鴉什麼都不想吃」。男孩問「為什麼？」，女人只是用長長睫毛下那水汪汪的眼睛凝視烏鴉，答非所問「那些烏鴉應該有五隻」。她似乎心無旁騖，兀自思考著什麼。我懷疑女人和烏鴉之間有不可思議的因緣牽絆，畢竟她說得像是完全明白烏鴉的心情。明明只有三隻烏鴉，她卻斷言有五隻。不過，我還是拋下令人狐疑的女人，獨自走入博尚塔。

倫敦塔的歷史有多長，博尚塔的歷史就有多長。博尚塔的歷史是悲愴心酸的歷史。每個人走進這座由愛德華三世在十四世紀後半建設的三層塔，踏入一樓房間時，肯定瞬間就能看到，牆上那宛如百年遺恨形成的無數結晶留下的紀念物。所有的怨恨，所有的憤怒，所有的憂愁悲傷和所有的怨懟不滿，以及憂愁悲傷到極點萌生的慰藉，盡皆化成牆上的九十一首題詩，至今仍令觀者不寒而慄。以冰冷的鐵筆雕在無情牆上的，是自己的不幸與業報。將這些文字刻在這方天地之間的人，已葬身於名為「過去」的谷底，徒留牆上空虛的文字，永恆凝望娑婆世界之光，教人懷疑他們是否遭到自己愚弄。這世界上有種話叫「反話」，嘴上說白色，其實指黑色；嘴上歌頌小，其實思念大。所有反話中，沒有什麼比在不知情的狀態下流傳後世的話語更強烈。舉凡墓誌銘、紀念碑、獎牌或勳章，這些東西不過是供人對著空虛的物質，緬懷昔日世界罷了。當我們離世之時，以為自己留下傳世之物，其實留下的不過是用來憑弔我們的媒介。刻在那上面的，只不過是遺忘我們本身意志的人留下的話。任由那樣的反話流傳後世，是死後還受嘲笑的人做的事。我打算死時絕不做辭世之句，死後也不要建墓碑，只盼肉身燒盡，白骨成灰，撒向天空隨強勁西風飄散，不必做無謂之事。

題詩的字體不一。有的看似為了消磨時間，工整刻下楷書。有的是性急又不甘地在牆上潦草刻下的草書。也有人先刻下家徽圖樣，再將古雅字體刻入其中，或者先畫出盾型，再將難以讀解的文字刻入內部。一如相異的字體，語言種類也不盡相同。英語就不用說了，還看得到義大利語與拉丁語的題詩。左側刻著「基督乃吾之希望」，這是一個叫帕斯里烏的男子留下的字句。帕斯里烏於西元一五三七年遭斬首。一旁還有JOHAN DECKER的署名，但這個DECKER是誰我不知道。沿著階梯上樓，門口有T. C.的署名，這也只有縮寫，無從得知是誰的名字。稍遠處刻著密密麻麻的一大堆東西。首先，最右側刻著一個以心臟圖樣裝飾的十字架，旁邊刻的是骷髏與家徽。再往前走一點刻著盾牌，可看到其中刻入某些字句。「命運使空虛的我訴諸無情之風。摧毀光陰吧。哀憐我星，勿追隨我身」，接下來是「敬眾人，憐眾生，畏懼神，尊敬王」。

我一邊看，一邊想像寫下這些語句的人內心的想法。若問世上什麼最痛苦，恐怕沒有比無事可做更痛苦，也沒有什麼比思考內容毫無變化更痛苦。最重要的是，沒有什麼比身體自由受到束縛，無可動彈更痛苦。活著就是活動，明明活著，卻被剝奪身體活動的自由，這是與生命遭到剝奪同樣痛苦的事。光是對此有所自覺，活著就比死還要痛苦。在這面牆上刻畫字句的人，都承受了比死還要痛苦的滋味。只要還能忍耐、還能承受，就能跟這樣的痛苦搏鬥，直到終於坐立難安，才開始用彎折的釘子或指甲，在無事可做的日子裡找些事情做，在太平之中宣洩不平，在平地上刻畫出洶湧波濤。他們題下的一字一句、一筆一畫，都是用盡哭號涕淚及其他所有出於自然的排解煩悶手段後，依然無法得到滿足之餘，基於本能而不得不為的結果。

我再次想像，人只要一誕生，就必須活下去。不是恐懼死亡，而是非得活下去不可。非活不可的道理早於耶穌、孔子，也一直延續到耶穌、孔子之後，所有人都非得活下去不可。即使是被關進這座牢獄的人，同樣必須遵循這個真理。然而，死亡的命運也近在他們眼前。該怎麼延續生命，成為他們心中無時不刻湧現的疑問。一旦進了這裡唯有一死，能活著重見天日的，千人裡只有一人。他們遲早非死不可。可是，這條縱貫古今的真理卻教他們「活下去，無論如何都要活下去」。他們只得將指甲磨利，用尖銳的指尖在堅硬的牆上寫個「一」。寫了「一」之後，真理依然如故，在他們耳邊低喃「活下去，無論如何都要活下去」。於是，他們等待剝落的指甲癒合，再次寫個「二」。做好明天就會被斧頭砍得血肉糢糊，骨頭碎裂的心理準備，他們在冰冷的牆上寫了一又寫了二，畫下線條又刻了字，祈求生命得以延續。牆上殘留的縱橫傷口，是一心求生之人的魂魄。當我想像到這裡時，甚至感覺室內的寒氣全部經由背上的毛孔灌入體內，不由得毛骨悚然。懷著這樣的心情，牆壁看起來似乎有些潮濕。試著伸出手指撫摸，滑過指尖的是濕黏的水珠。查看指頭，竟是一片鮮紅。水珠從牆角啪答啪答滴落，地上的水漬相連，形成不規則的紅色圖樣，教人以為是從十六世紀滲出的血。我彷彿聽見牆壁後方傳來呻吟，聲音愈來愈近，變化成夜晚流瀉的淒厲歌聲。由此處通往地下的洞穴裡有兩個人。來自鬼魂國度的風，穿過石牆上的破洞，吹旺了小煤油燈裡的火。於是，原本昏暗的室內天花板，四個角落看似隨著煤灰色的油煙晃動。那隱約可聞的歌聲，肯定來自地窖裡的其中一人。唱歌的人高舉手臂，大大的斧頭抵在轆轤的磨刀石上，拚命磨亮斧頭。一旁還丟著一把斧頭，陰風吹得斧刃閃閃發光。另一人雙手交抱，站在那裡注視轉動的磨刀石，煤油燈照亮鬍鬚底下的半張臉。火光中，那半張臉就像沾滿泥土的紅蘿蔔。「每天都有人被船送來，劊子手真是生意興隆。」大鬍子這麼說。「是啊，光是磨斧頭就快累死了。」唱歌的人這麼回答，他是個子不高，眼窩凹陷的黝黑男人。「昨天那個長得很美啊。」大鬍子惋惜地說。「不，那女人雖然長得美，脖子卻硬得不像話。拜她之賜，斧頭都砍出缺口了。」他猛地轉動轆轤，磨刀石與斧刃之間冒出嘶嘶火花，將斧頭磨亮——磨刀手放聲高歌：

「原本該是砍不斷的唷，女人的頸子是對戀情的怨恨，連刀刃也為之斷折。」

除了嘶嘶聲外，聽不到其他聲音。風吹亮了煤油燈裡的火光，照在磨刀手的右頰，宛如朱漆潑在煤炭上。過了一會，大鬍子問：「明天輪到誰？」磨刀手滿不在乎地回答：「明天輪到那個老太婆啦。」

「長出的白髮，染上風流的顏色，要是骨頭被斬了，就用鮮血染紅。」

他拔高了聲音這麼唱著，一邊轉動嘶嘶作響的轆轤，斧頭發光，迸出火花。

「啊哈哈，應該差不多了吧。」磨刀手就著火光高舉斧頭，檢查斧刃。「老太婆的下一個輪到誰？」大鬍子又問，磨刀手回答：「再來就輪到上次那傢伙了。」「好慘，就要輪到他啦？真可憐。」大鬍子應道，磨刀手看著黑漆漆的天花板，仍滿不在乎地說：「哪有什麼可憐？這也是沒辦法的事。」

隨後，地窖、劊子手和煤油燈一起消失，再度回到博尚塔中的我茫然佇立。回過神時，忽然發現剛才說想餵烏鴉麵包的男孩站在一旁。那個令我起疑的女人也依然待在他身邊。男孩看著牆上，訝異地說：「那裡有狗。」女人照例用那宛如過去的化身般斬釘截鐵的語氣說：「那不是狗。左邊是熊，右邊是獅子，這是達德利家族的家徽。」事實上，就連我也以為那是狗或豬，聽了她的說明後，我更加認為這個女人不可思議。仔細想想，剛才她提到達德利家族時，語氣中有股難以言喻的力道，像是報上自己家族的名號。我屏氣凝神，注視著兩人。「刻下這家徽的人是約翰．達德利[7]。」女人繼續說明，這時的語氣又彷彿提及自己的兄弟親人。「約翰家有四兄弟，從刻畫在熊與獅子周圍的花草圖樣可辨識出他們。」定睛一看，果然如此，四種不同的花草圍繞著熊與獅子雕刻，構成油畫框般的形狀。「這裡刻的是Acorns（橡

7　John Dudley（一五〇二～一五五三）第一任諾森博公爵。設計媳婦珍．葛雷（Lady Jane Grey）登上王位，導致珍被處死。後文提到的吉爾福特．達德利（Guildford Dudley）是他的兒子。

果），代表Ambrose。這裡刻的是Rose（玫瑰），代表Robert。下方刻的是忍冬，對吧？忍冬是Honeysuckle，所以指的是Henry。左上角那塊描繪著Geranium（天竺葵），指的就是G……」

說到這裡，女人忽然沉默。仔細一看，她珊瑚色的嘴唇像遭電擊似地微微顫抖，又像腹蛇對老鼠吐出的舌尖。過了一會，女人朗誦起家徽下的題詩：

Yow that the beasts do wel behold and se,
May deme with ease wherefore here made they be
Withe borders wherein……………………………
4 brothers' names who list to serche the grovnd.

女人朗讀這段詩句的語氣，彷彿這是自出生至今的日課。老實說，刻在牆上的字甚難辨識，以我的程度，歪著頭看了半天也讀不出一個字。我愈來愈覺得這女人必有蹊蹺。

感到詭異的我越過他們身邊，從牆上有槍眼的轉角走出去。就在此時，那些錯綜複雜的圖案與文字中，浮現一個以正確筆畫清楚寫下的小小名字——「珍」。我情不自禁站在那個名字前面。只要讀過英國歷史，沒有人不知道誰是珍．葛雷。由於公公與丈夫的野心，無辜的珍只在人世間活過十八個春秋，就面臨遭到處刑的命運。留下的一縷幽香，比風雨蹂躪過的薔薇香氣更難消散，至今仍令鑽研歷史的人對她好奇不已。連曾解讀希臘碑文的學者阿斯卡姆（Roger Ascham），也為她的故事驚嘆。不少人對這位富有詩意的人物發揮想像力時，肯定也對這樁軼事留下深刻的印象吧。我在珍的名字前駐足不去，與其說是不想動，不如說是動不了。幻想的序幕已然升起。

剛開始，四周朦朧得看不見東西。慢慢地，黑暗中的一點亮起了火光。火光漸漸擴大，隱約看得出其中有人在動。類似調整望遠鏡的鏡頭，眼前的畫面逐漸鮮明，終於能夠看清。接著，景色一點一滴放大，由遠而近。我凝神細看，畫面正中央坐著一個年輕女人，右側應是站著一個男人。正當我心想，這兩人都似曾相識時，一眨眼，他們已近在離我十公尺左右的地方。男人是那個在地窖裡唱歌，有著凹陷眼窩與黝黑膚色的矮個子。只見他左手提著磨好的斧頭，腰間還掛著一把八寸短刀，我不由得緊張起來。女人被白色手巾蒙住雙眼，看似在摸索找尋斷頭臺。斷頭臺的大小與日本劈柴用的砧板差不多，前方鑲有一鐵環。臺前鋪著稻草，約莫是為了防止砍頭後血流滿地。另有兩、三名女子靠在後方牆上哭得全身癱軟，或許是女人的侍女吧。穿白色翻領長袍的教士，低頭引導女人往斷頭臺前進。女人一身雪白衣飾，及肩的金髮如流雲。看到她的長相，我忍不住大吃一驚。儘管看不到她眼睛，但那眉形、細長的臉型、柔美的頸項，都和剛才見過的那個女人如出一轍。我情不自禁想上前，雙腿卻兀自退縮，一步也無法踏出。女人好不容易找到斷頭臺，將雙手放在上面，嘴唇翕動，和剛才為小男孩說明達德利家族的家徽時一模一樣。很快地，她微微低下頭，一縷髮絲從肩頭落下，輕輕搖晃。我聽見她說：「我的丈夫，吉爾福特・達德利，已前往神之國度了嗎？」「我不知道。」教士回答，接著又問：「妳還不打算走上正途嗎？」女人堅毅地應道：「我與丈夫堅信的道路就是正途，你們才是誤入歧途的迷途之人。」教士不再多說什麼，重拾了幾分冷靜的女人說：「若我的丈夫走了，我便追隨而去。若他還在後，我也會邀他一起踏上正途，共赴正義的神之國度。」語畢，她就像人頭落地般，兀自將頭垂在斷頭臺上。眼窩凹陷、膚色黝黑的矮個子劊子手，重新舉起沉重的斧頭。以為幾滴鮮血將濺上我的褲子時，一切光景又倏地消失。

環顧四周，怎麼也找不到那個帶著小男孩的女人。感覺就像遇上了狐仙，我一臉茫然地走出塔外。回程再次行經鐘塔下方，剎那之間，恍若閃電劃過天際，高處的窗口閃過蓋伊・福克斯[8]的臉孔，我甚至聽見「要是再早一小時多好……這三根火柴沒能派上用場，真是太可惜了」的話聲。雖然連自己都覺得這一切有些不正常，但也差不多該離開這座塔了。渡過塔橋，回頭一看，也許是北方國家常見的天氣，不知何時竟下起雨。細雨有如針孔篩出的糠粒，融入整個都市的塵沙與煤煙中。天地籠罩在一片朦朧細雨下，倫敦塔的幢幢黑影彷彿來自地獄。

我在心醉神馳中回到住處，跟房東聊起今天參訪倫敦塔的事。房東問：「那裡有五隻烏鴉，對吧？」我內心大驚，房東難道與那女人是一路的？房東笑著說明：「那烏鴉是人家奉獻的。從以前到現在，倫敦塔內一直飼有烏鴉，少了一隻就會立刻補上，所以那裡一定有五隻烏鴉。」就在參觀倫敦塔的當天，這番話打壞我一半的幻想。我提到牆上的題詞，房東不當一回事地說：「喔，你是指那裡的塗鴉啊？有些人就愛幹無聊事，好好一面乾淨的牆就這樣毀了。什麼犯罪者的塗鴉，這說法根本就不可靠，裡面很多都是假的。」最後我談起遇見那位美貌婦人，以及婦人吐露不少我們不知道的內容，還朗讀出根本難以判讀的文字，令我感到匪夷所思。房東聽著，非常輕蔑地說：「那是當然的啊，大家去那裡之前都會先背誦歷史，知道這點小事也不值一驚吧？她長得很美？倫敦多的是美女，小心點，以免招來紅顏之禍。」話題被帶往奇怪的方向，害我連剩下一半的想像也幻滅。這位房東肯定是二十世紀的人。

後來，我決定不再向旁人提起倫敦塔，也不再去造訪。

這篇小說看似基於事實寫成，其實出自想像的文字超過半數，希望讀者能以此為前提閱讀。關於塔的歷史，有時我選擇戲劇性強烈的有趣軼事加以描述，但不是很順利，讀來略感不自然，也是無可避免的事。其中，伊莉莎白（愛德華四世之妃）前往探視兩名王子的場景，以及暗殺兩名王子的刺客抒發心緒的場景，皆出自莎翁歷史劇《理查三世》內容。莎翁從正面描

8 Guy Fawkes（一五七〇～一六〇六），英國的天主教徒，曾參與「火藥陰謀」，企圖炸毀國會，暗殺國王詹姆士一世。

寫克拉倫斯公爵與在塔中遭殺害的場景，再側寫兩名王子遭刺客絞殺的始末。過去讀到這齣戲劇時，我覺得相當有趣，這次便用相同的描述手法，依樣畫葫蘆。不過，對話內容與周遭景物自然是出於我的想像，與莎翁毫無關聯。另外，我想針對劊子手唱歌磨斧的情節說句話，這段完全來自安茲沃斯[9]的小說《倫敦塔》（*The Tower of London*），對此，我沒有任何要求創意歸屬的權利。劊子手的斧頭在斬首索爾茲伯里伯爵夫人（Margaret Pole, Countess of Salisbury）時砍缺了口的描寫，亦出於安茲沃斯筆下。我在閱讀那本書時，關於劊子手的斧頭在刑場上砍到缺了口，必須重新打磨的情形，雖然只花了不到一、兩頁的篇幅描述，我卻感到非常有意思。不僅如此，一邊磨刀一邊滿不在乎地唱起粗俗歌曲，只是十五、六分鐘的動作，卻足以讓整齣戲劇靈活起來，實在耐人尋味，於是我也原封不動地承襲。不過，歌曲的意思、文句、兩名劊子手的對話，及地窖裡的情景等，所有原作沒有描寫的部分，則出自我的想像。趁此機會，順便將安茲沃斯安排獄卒唱的歌詞寫在這裡：

The axe was sharp, and heavy as lead,
As it touched the neck, off went the head!
　　Whir——whir——whir——whir!
Queen Anne laid her white throat upon the block,

Quietly waiting the fatal shock;
The axe it severed it right in twain,
And so quick——so true——that she felt no pain.
Whir——whir——whir——whir!

Salisbury's countess, she would not die
As a proud dame should——decorously.
Lifting my axe, I split her skull,
And the edge since then has been notched and dull.
Whir——whir——whir——whir!

Queen Catherine Howard gave me a fee,
A chain of gold——to die easily:
And her costly present she did not rue,
For I touched her head, and away it flew!
Whir——whir——whir——whir!

9 William Harrison Ainsworth（一八〇五～一八八二），英國歷史小說家。

原本想整章翻譯出來，終究是無法達成，也因篇幅可能太長，最後還是決定放棄。

兩名王子遭監禁的場景和珍受到處刑的場景，皆從德拉羅什[10]的畫中得到許多靈感，助長了我的想像，謹此表達謝意。

被小船送入塔中的囚犯當中，有個叫懷亞特的，乃是著名詩人之子，也是曾為珍舉兵之人。由於父子同名，為了避免混淆，特此註明。關於塔中及周遭景物，本想描寫得更仔細，也認為這是讀來自然產生身歷其境之感的必要條件。不過，畢竟我參訪的目的並非為了此文的寫作，再加上歲月流逝，眼前無論如何也無法清楚浮現當日情景，因此可能寫下不少較為主觀的字句，或有令讀者感到不悅之處，實出於無奈，敬請見諒。

原作發表於《帝國文學》，一九〇五年一月

解說

一九〇〇年，夏目漱石在文部省的派遣下前往英國留學。對日本政府而言，這是一個促成國家自我更新現代化的重要舉措，但對漱石而言，這成為形塑他此後一生的痛苦經歷。

原本就有精神衰弱症狀的漱石，在面對異國生活與求學的各種壓力，還有面對自己似乎被視為低等人種的苦澀事實，都讓他的英國經驗猶如噩夢。如果翻看他英國時期的日記，會發現他眼中的倫敦總帶有衰敗、傾圮的感覺。「在有霧的日子裡，從倫敦的街上能看到的太陽總帶有血一般的紅黑色，棕色的地板則像是被血染過一樣」、「在倫敦散步時試著吐了口痰，發現幾乎全黑而吃了一驚，有幾百萬的市民在吸了煤煙與灰塵後汙染了自己的肺臟」。

與這種情緒相應，他在倫敦幾乎足不出戶，住處的房東曾因他「連續好幾天都不

10 Paul Delaroche（一七九七～一八五六），法國著名畫家，多以歷史事件為主題。

出門，把自己關在漆黑的房間裡悲觀地哭泣」聯絡漱石的友人，擔心他的精神狀況出問題。而漱石的狀況不佳一事也隨著留學生之間的耳語散布開來，最後成為一封電報，寫著「漱石發瘋了」傳回文部省。

位於泰晤士河北岸的倫敦塔，是漱石這段黑暗時代中少數品味過的倫敦名勝風景，在他當時的心中，恐怕是留下了不甚好的餘味吧，回到東京後，以一種回憶的姿態寫下的〈倫敦塔〉，簡直是哥德鬼故事。

傅柯在談及空間與權力的關係時，曾說「我們居住的空間，把我們從自身中抽出，我們的生命、時代與歷史的鎔鑄均在其中發生」，當然漱石並不住在倫敦塔內，但這座歷史最早可上溯至一〇六六年的建築物，無意間見證了所有發生在它之上的歷史，而作家的介入解放了那時間凝縮的結晶，以一種鬼魂纏繞的姿態展現在他眼前。

因此，漱石透過這種遊記與小說的嫁接，成功將西方鬼故事移植到日本，進而豐富了日本的怪談可能性。

夢十夜

第一夜

做了這樣一個夢。

我盤手坐在枕邊，床上仰躺的女人安靜地說：「我要去死了。」女人的長髮散落一枕，包覆著她輪廓柔美的瓜子臉。蒼白的臉頰透著適度的血色，嘴唇當然也是紅的，怎麼看都不像將死之人。然而，女人依然安靜清楚地說她就要死了。我也認為，這下確實是要死了。於是，我從上方俯瞰她，並且問：「這樣啊，要死了嗎？」女人一邊說「就是要死了啊」，一邊睜大眼睛，長長的睫毛下，水潤的大眼黑得發亮。那漆黑眼眸的深處，鮮明地浮現我的身影。

我望著那澄澈近乎透明、散發光澤的黑色眼珠，心想：這樣也會死嗎？我親暱地親吻枕旁，再次問：「不會死吧？沒事的。」女人睜著惺忪的黑眸，依然安靜地說：「可是，沒辦法，我就要死了。」

「那妳看得到我的臉嗎？」我不顧一切地問，她微笑著回答：「什麼看不看得到，你就在那裡，當然看得到啊。」我沉默不語，從枕畔抬起頭，交抱雙手，心想她無論如何都要死嗎？

過了一會，女人又這麼說：

「我死了之後，請將我掩埋。用大大的珍珠貝殼挖掘墓穴，用天上落下的星星碎片當墓碑。請你在墓旁等待，我會再來相見。」

我問，什麼時候會再來相見？

「天上會出太陽，對吧？太陽會下山，對吧？接著又會日升，再次日落——紅色太陽由東往西，又由西往東——你能耐心等待嗎？」

我默默點頭，女人安靜的聲音高昂了一些。

「請等待一百年。」她堅定地說。

「請坐在我的墓旁等候一百年，我一定會再來相見。」

我回答會一直等。於是，黑色眼眸中，我鮮明的身影漸漸變得模糊，彷彿靜謐水面上的倒影被攪亂。以為自己就要被沖散時，女人閉上了眼睛。淚水從長長睫毛之間淌下，沿著臉頰滑落——她死了。

接著，我前往庭院，拿珍珠貝殼挖掘墓穴。珍珠貝殼表面又大又光滑，邊緣卻很銳利。每當我挖起泥土，照進貝殼內側的月光便熠熠生輝。潮濕的泥土發出氣味，我挖了好一陣子，才將女人放入墓穴中，用貝殼舀起柔軟的泥土覆蓋在她身上。每覆蓋一次泥土，月光便會將貝殼內側照得閃閃發光。

然後，我撿來星星的碎片，輕輕放在泥土上。星星的碎片是圓形，或許是在劃過長空墜落之際，把角度都磨得圓滑了吧。抱起星星碎片放在泥土上時，我的胸口和手都變暖了一些。

我坐在青苔上，想著接下來就要等待百年，一邊盤起雙手，眺望立著圓形墓碑的墳墓。接下來的時光，正如女人所說，太陽從東邊升起，又紅又大的太陽。一樣如女人所說，很快地，又紅又大的太陽再次朝西邊落下。我數個一。

就這麼過了一段時間，大紅色的太陽冉冉上升，又默默西沉。我數個二。

如此一天一天記數，數不清看了幾次紅色的太陽。不管數到幾，紅色的太陽仍沒完沒了地從頭上經過。即使如此，我還是等不到第一百年。最後，望著長出青苔的圓石，我懷疑是不是被女人騙了。

這時，我發現石頭下方斜斜長出一根綠色的莖，朝我這邊伸展。盯著看時，莖變得愈來愈長，長到我的胸前才停下。搖曳的綠莖頂端，冒出一支看似歪著頭的細長花蕾，正在綻放豐盈飽滿的花瓣。雪白的百合花散發徹骨的香氣。遙遠上空落下一滴露水，花被自己的重量壓得微微顫動。我往前伸長脖子，和沾著冰冷露珠的白色花瓣接吻。當我的臉離開百合時，忍不住望向遙遠的天空，正好看見一顆星星在破曉的天空發光。

這時我才察覺，「原來第一百年已來臨」。

第二夜

做了這樣一個夢。

從和尚房間出來後，我沿著走廊回自己房間時，屋內的提燈已微微發光。單膝跪在座墊上，拉起燈芯時，花一般的丁香燈油啪答一聲落在朱漆檯面上。同時，房間瞬間明亮起來。

拉門上的畫出自蕪村[11]筆下。黑墨描繪的柳條濃淡有致，遠近分明，堤防上一個看似畏寒的漁夫斜戴斗笠經過。凹間掛的是海中文殊[12]的畫軸，暗處放著焚剩的線香，線香依然散發香氣。這座寺院很大，因此顯得冷清，沒什麼人的氣息。黑色天花板上掛著圓形燈籠，只要仰躺下來，就覺得那渾圓的黑影像是活物。

我依然單膝跪立，左手捲起座墊，右手伸進去掏摸，那東西仍完好地待在原處。既然還在就放心了。我將座墊攤平歸位，穩坐其上。

「你不是武士嗎？那應該能開悟。就是看你遲遲無法開悟，才會說你不可能是武士。你不過是個人渣。哈哈，你生氣啦？」和尚笑道，「不甘心嗎？不甘心就拿出開悟的證據來啊。」接著，和尚轉頭就走，真是莫名其妙。

隔壁大廳的立鐘再次敲響前，我一定開悟給你看。不但要開悟，還要再進一次和尚房間，以開悟為代價，換取他的項上人頭。若無法開悟，就取不了和尚的命。無論如何都得開悟，我是個武士。

要是無法開悟，我打算手刃自己。受到屈辱的武士怎能苟活？死也要死得漂亮。

這麼一想，我的手不禁再次探入棉被下，拿出套著朱鞘的短刀。握緊刀柄，朝外側甩開朱紅刀鞘。冷冽的刀鋒令昏暗的室內瞬間一亮，感覺像有什麼厲害的東西從手中逃脫。於是，我將匯聚刀尖的所有殺氣，凝聚為一點。看著鋒利的刀刃凝縮到小如針頭，殺氣不得不全部集中在這把短刀尖端時，內心湧起想大幹一場的衝動。體內的血流向右腕，連手中的刀柄都變得黏膩，嘴唇不住顫抖。

收短刀入鞘，放回右身側，我盤起雙腿，結跏趺坐——趙州禪師[13]謂之「無」。「無」是什麼？我咬牙切齒地啐了聲「臭和尚」。

咬緊牙根之際，鼻孔噴出熱氣，太陽穴絲絲作痛，眼睛也睜得比平常的兩倍大。

11 與謝蕪村（一七一六～一七八四），江戶中期的畫家、俳人。

12 指文殊菩薩。

13 趙州從諗（七七八～八九七），唐代禪師。

我看得見掛著的東西，我看得見提燈，我看得見榻榻米。我甚至看得見和尚那顆禿頭，聽得見他咧開大嘴嘲笑我。真是個混帳和尚，無論如何都要砍下那顆禿頭。我就開悟給你看。「無啊，無啊。」我壓低了聲音嘟噥。明明想要進入「無」的狀態，居然還聞到線香味。搞什麼，不就是個線香罷了。

我簡直想握拳搥打腦袋到它怕了為止。牙根咬得不能再緊，兩邊腋下滲出汗水。背部僵硬得像根棍棒，膝蓋關節忽然痛了起來。以前的我連膝蓋骨折也不當一回事，可是好痛，好苦。「無」就是不出來。以為要出來了，立刻被疼痛攪亂，氣死人。我不甘心，懊惱不已。眼淚汩汩流出，痛苦得想衝撞巨石，最好能粉身碎骨。

即使如此，我仍耐著性子保持坐姿不動，將那難以承受的痛苦硬是壓抑在胸口。難忍的痛苦由下往上拱起全身肌肉，迫不及待地蠢動著，想鑽出毛孔。然而，所有出口都封閉，陷入毫無出路的殘酷狀態。

漸漸地，腦袋也變得奇怪。提燈和蕪村的畫、榻榻米、木櫃……所有東西看似存在又像不存在，看似不存在又像存在。話是這麼說，「無」還是怎麼也不現形，我只是可有可無地坐在這裡罷了。忽然，隔壁大廳的座鐘噹噹作響。

我心頭一驚，右手立刻撫上短刀，時鐘敲響了兩聲。

第三夜

做了這樣一個夢。

我揹著六歲的孩子。那應該是我的孩子沒錯。只是不可思議地，他的眼睛不知何時盲了，頭髮還剃得很短。我問他是什麼時候弄盲了眼，他說「怎麼？那是很久以前的事了」。聽起來固然是孩子的嗓音，遣詞用字卻很成熟，態度上也與我平起平坐。

左右兩邊都是綠油油的稻田，小徑細長，鷺鷥的影子不時從暗處飛過。

背上傳來聲音：「走進田裡了吧？」

「你怎麼知道？」我轉過頭問。

「聽見鷺鷥在叫啊。」他這麼回答。

就在這時，鷺鷥確實叫了兩聲。

雖然是自己的孩子，我卻感到有些可怕。揹著這樣的東西，不曉得接下來會發生什麼事。我朝另一側望去，想看看有沒有地方能將他拋下，只見黑暗中有一座大森林。我才剛動念心想「如果是那裡或許可以……」，背上就傳來呵呵笑聲。

「你笑什麼？」

孩子沒有回答，只說：

「爸爸，我重嗎？」

「不重啊。」我回答。

「慢慢就會變重了喔。」他說。

我朝森林默默前進。田畝中央的小徑不規則地扭曲，我始終無法順利走出稻田。走了一會，前面出現岔路。我在岔路口停下，打算休息片刻。

「那邊應該立著一塊石頭吧。」背上的小鬼說。

確實如此，前方有塊高度及腰的八寸方形石碑立在那裡。上面標示著往左通往日窪，往右通往堀田原。四下明明一片昏暗，石碑上的紅字卻格外鮮明，那是紅腹蠑螈肚子的顏色。

「往左比較好吧。」小鬼這麼指示。往左邊看，剛才那座森林的幢幢黑影，正從高處落在頭上，我有些躊躇。

「不用顧慮這麼多。」小鬼又說。無可奈何，我只好朝森林前進。我內心暗忖，這孩子不是眼盲了嗎？怎會什麼都知道？沿著唯一的道路走近森林，背上傳來「盲眼還真是不方便」的聲音。

「所以，我不是揹著你嗎？」

「不好意思，讓你揹我。眼盲就是會被人瞧不起，這樣不好。連父母都瞧不起自己，真是不好。」

我不禁厭煩起來，一心想趕快進森林裡拋下他。

「再往前走一點，你就會明白——當時正好也是這樣的夜晚。」背上的小鬼喃喃自語。

「你說什麼？」我尖銳地質問。

「還問呢，你心知肚明。」孩子的回應充滿嘲諷。他這麼一說，我竟也覺得自己好像知道什麼，只是不確定到底是什麼。記得是像今天這樣的一個夜晚，隱約知道再往前走就能明白。等弄明白之後，事情恐怕會變得難以收拾，必須趁還不明白前快點拋下他，否則我將無法安心。於是，我加快腳步。

剛才下起雨，前方的路愈來愈昏暗，幾乎像在夢中。然而，背上的小鬼緊緊攀附不放。這小鬼鉅細靡遺地照亮我的過去、現在與未來，宛如一面發光的鏡子，不放過任何一絲事實。更別提他是我的孩子，還瞎了眼。我再也受不了了。

「這裡，就是這裡。正好就在那棵杉樹下。」

雨中小鬼的話聲依然清晰，我不禁停下腳步。不知不覺走到森林裡，前方幾公尺外的黑影，便是小鬼口中的杉樹了吧。

「爸爸，就是在那棵杉樹下。」

「嗯，是啊。」我不假思索地回答。

「是文化五年的事，那年是龍年。」

的確，好像是發生在文化五年的事，當年是龍年。

「距今正好一百年前的那天，你殺了我。」

幾乎是在聽見這句話的瞬間，我想起距今百年之前，文化五年的那個龍年，那個黑夜，在這株杉樹下，殺了一個盲人。腦中忽然產生這樣的自覺。就在我察覺自己是殺人凶手的當下，背上的孩子忽然沉重得宛如地藏石像。

第四夜

寬敞的廚房中央，放著一張類似長凳的東西，周圍排著幾張小折凳。長凳黑得發亮。角落有個老頭子，坐在四方形的高腳托盤前獨自喝酒，用來下酒的似乎是燉菜。

老頭喝得滿面通紅，然而，他的臉光滑緊繃，沒有一絲稱得上皺紋的皺紋，只能從一把茂密的白鬍子看出他上了年紀。我雖然還是小孩，也不由得疑惑這老頭到底幾歲。此時，老闆娘從後院的引水槽提水回來，一邊用圍裙擦手，一邊問：「老爺子，您幾歲了？」老頭吞下滿嘴的燉菜，理直氣壯地說「我忘了」。老闆娘把擦乾淨的手插在細細的腰帶間，站在一旁打量老頭。老頭用一個跟碗差不多大的容器大口喝酒，接著，從白鬍下呼出一大口氣。於是，老闆娘又問：「老爺子，你家在哪裡？」老頭停止呼氣，回應：「肚臍裡面。」老闆娘依然把手插在腰帶間，又問：「你要去哪裡？」老頭再度舉起碗大的容器，仰頭喝一口熱酒，然後吐氣，說道：「我要去那邊啊。」

「直走嗎？」老闆娘這麼問時，老頭呼出的氣穿過拉門，越過柳下，往河原方向筆直飄去。

老頭走到屋外，我跟在他的身後。老頭腰上掛著小葫蘆，肩揹四方形的箱子，箱子垂在腋下。他穿淺黃色緊身褲和淺黃色背心，只有襪子是較深的黃色，似乎是用獸皮做的。

老頭逕直走到柳樹下。柳樹下有三、四個孩子，老頭笑著從腰間掏出淺黃色的擦手巾，再把手巾扭成細長條，放在地面正中央。接著，他在擦手巾旁邊畫一個大圓圈。最後，從肩上垂掛的箱子裡，拿出賣糖人用的黃銅製笛子。

「等一下這條擦手巾就會變成蛇。看清楚，看清楚喔。」他反覆地說。

孩子緊盯著擦手巾，我也一樣。

「看好，看好了喔，好嗎？」老頭吹起笛子，沿著地上的圓圈團團轉。我眼中只有擦手巾，但不管等多久，擦手巾還是文風不動。

老頭嗶嗶吹響笛子，繞著圓圈走了一遍又一遍。穿著草鞋的腳尖踮起，躡手躡腳，像顧慮著那條擦手巾，繞著圓圈走。那模樣看起來既恐怖又逗趣。

不久，老頭停止吹笛。同時，打開那口肩揹的箱子，以抓蛇頸的手勢抓起擦手巾，丟進箱子。

「這麼一來，擦手巾就會在箱子裡變成蛇。馬上就給你們看，馬上就給你們看。」老頭這麼說，逕直走開。穿過柳樹下，沿著筆直的小路離去。我想看蛇，於是跟著踏上那條小路，緊追不放。老頭不時發出「就要變了」、「要變成蛇了」的話聲，腳步不停。最後──

「現在就要變了，要變成蛇了。一定會變的，笛子要吹響了。」

唱著這樣的歌，老頭往河岸走去。那裡沒有橋也沒有船，只見他停下來休息，還以為大概要讓我們看箱子裡的蛇了，他卻又搖搖晃晃地走進河裡。起初走到水深及膝處，漸漸地，水淹到腰際，連胸口都被水掩蓋，看不到了。即使如此，老頭還在唱：

「變深了，入夜了，變直了。」

一邊唱，一邊不停向前走，直到連鬍子、臉孔與頭巾都完全看不見。

我以為等老頭從對岸上來，就會讓我們看箱子裡的蛇，於是一直站在沙沙作響的蘆葦草叢中等待。然而，不管怎麼等，老頭終究沒有上岸。

第五夜

做了這樣一個夢。

那似乎是很久很久以前的事，大概是神話時代吧。我參與戰爭，卻不幸戰敗，被生擒為俘虜，帶到敵方大將前。

當時的人都很高，還蓄有長長的鬍鬚。繫著皮帶，把和棍棒一樣長的劍掛在上面。直接把粗大的藤蔓拿來當弓使，藤蔓製成的弓既沒上漆也沒經過打磨，非常質樸。

敵方大將右手握住插在草地上的弓，坐在一個倒扣的酒甕上。我瞥一眼他的臉，他的鼻子上方，兩道粗眉連成一直線。當時自然沒有剃刀之類的東西。

我是個俘虜，不可能有位子坐，只能盤腿坐在草地上。我的腳上穿著一雙大草鞋，那個時代的草鞋鞋筒很高，站起來時足足高到膝頭。鞋筒邊緣刻意不收邊，留下幾縷稻草，像流蘇一樣垂著，走起路一晃一晃，是一種裝飾品。

大將就著篝火看我，問我想死還是想活。那個時代的習俗是，無論俘虜是誰，一律都會這麼問。回答「想活」表示選擇投降，回答「想死」表示絕不屈服。我只說了「想死」，於是大將拔起那把弓，丟向另一邊，接著拔出掛在腰間、長如棍棒的劍。拔劍時帶起一陣風，將篝火吹得一偏。我張開右手如楓葉，掌心對著大將，舉到眼睛上方。這個手勢代表「等一下」，大將見狀，刷地一聲還劍入鞘。

那個時代也有戀愛這種事。我說死前想見心愛的女人一面，大將說那就等到天亮雞啼為止。必須在雞啼前將女人叫來這裡，倘若雞啼了女人還未到，我就會在見到她之前被殺死。

大將依然坐著，注視眼前的篝火。我交疊起穿了大草鞋的雙腿，坐在草上等待女人到來。夜愈來愈深。

篝火不時傳出柴火燒落的劈啪聲。每當柴火一燒落，火焰就會驚慌失措地朝大將捲去。漆黑的眉毛下，大將的眼睛映著火光發亮。這種時候總會有誰拿來新的樹枝往火堆裡拋。過了一會，篝火又發出劈啪聲，是彷彿要將黑夜擊退般勇猛的聲音。

同一時刻，女人牽出繫在後門邊橡樹下的白馬。撫摸馬鬃三次後，女人跳上高大的馬背。這是一匹沒有馬鐙也沒有馬鞍的裸馬。女人白皙的長腿踢上馬腹，馬立刻向前飛奔。又有人來給篝火添了柴，隱約可看到遠方天際漸白。黑暗中，馬正以這明亮之處為目標拔腿狂奔，鼻孔噴出的氣息熱得像兩條火柱。即使如此，女人還是不停用她那纖細的長腿踢向馬腹。馬加速奔馳，蹄聲響徹雲霄。女人的頭髮被風吹得向後飄揚，在黑暗中拖著長長的尾巴。儘管如此，她依然來不了篝火邊。

伸手不見五指的道路旁，隨即聽見咯咯雞啼。女人上身向後仰，雙手拉緊韁繩。馬一時止不住勢頭，前腳在堅硬的岩石上踩出一個蹄印。
咯咯咯，雞又啼了一次。
女人驚呼一聲，鬆開手中的轡繩。馬前腿一彎，和乘在馬上的人一起往前跌。岩石下方是萬丈深淵。
蹄印至今仍殘留在岩石上。當時模仿雞啼的是天探女[14]。只要蹄印一天不消失，天探女就永遠是我的仇人。

第六夜

聽說運慶[15]在護國寺山門旁雕刻仁王像，我便信步走去看。沒想到，一大群人早我一步聚集，還在那裡議論紛紛。
距離山門十幾、二十公尺處，有一棵高大的赤松。斜生的樹幹遮蔽了山門的瓦片，朝遙遠

14 日本神話中的女神，為人類帶來苦難，喜歡惡作劇。
15 運慶（?~一二二四），鎌倉時代著名的佛師（雕佛像技師）、僧人。

的天際延伸。松樹的綠和門上的朱漆相映成輝。這棵松樹的位置恰到好處，以不會擋住山門左側的姿態往上方斜斜延伸，愈往上長，枝葉愈向兩旁散開，直到超過屋頂。這副姿態有股說不出的古色古香，令人聯想到鎌倉時代。

不過，一旁圍觀的眾人和我一樣，都是明治時代的人。其中尤以車夫最多，肯定是等載客等得無聊了才來湊熱鬧吧。

「好壯觀啊。」有個人這麼說。

「這肯定比雕刻人像更費事吧。」另一個人這麼說。

我正恍然大悟時，另一個男人又說：「哦，在雕仁王像啊。現在還有人雕仁王像？是嗎？我以為仁王像都是古物。」

「看起來很強呢。人們不是常說嗎？從以前到現在若問起誰最強，沒有比仁王更強的了。據傳比日本武尊還強。」說這話的男人把衣襬往上折，塞進腰帶裡，也沒戴帽。看起來是沒受過什麼教育的人。

運慶對圍觀者的評論毫不在意，頭也不回地揮動鑿子與槌子。只見他爬到高處，雕起仁王的臉部。

運慶頭上戴著類似小烏紗帽的東西，身穿一襲素襖，卻不知為何把寬大的袖子綁在背上。那模樣頗有古意，和一旁圍觀吵鬧的群眾格格不入。我不明白運慶怎會生在這個時代，心想是不是發生了什麼難以置信的事，決定繼續看下去。

然而，運慶表現得稀鬆平常，專注投入雕刻。一個年輕男人仰頭端詳他半晌，轉身對我稱讚起運慶：

「真不愧是運慶，眼裡根本沒有我們，一副『天下英雄唯我與仁王也』的態度，真想為他喝采。」

我覺得挺有意思，於是瞅了那個年輕男人一眼，他立刻又說：

「瞧瞧他用鑿子和槌子的技巧，已達到隨心所欲的境界。」

運慶打橫雕鑿著仁王那對一寸高的濃眉，手中的鑿子才剛轉正，槌子隨即從斜上方敲下。削下一塊堅硬的木頭，厚厚的木屑應聲飛來時，運慶已將仁王賁張的鼻子側面雕出了輪廓。那下鑿的手法毫不猶豫，充滿自信。

「居然能把鑿子用得這麼自然隨性，隨手就鑿出理想中的眉毛和鼻子。」我實在太佩服，不由得自言自語。年輕男人聽了我的話，便說：

「不是那樣的，眉毛和鼻子不是鑿出來的，他只是用鑿子和槌子把木頭裡本來就有的眉毛和鼻子挖掘出來而已。那就像挖出土中的石頭，所以肯定不會有錯。」

這時我才理解，原來所謂的雕刻是這麼一回事。這樣一來，豈不是誰都辦得到？思及此，我忽然也想雕一座仁王像，於是不再圍觀，快步趕回家。

從工具箱裡拿出鑿子和鐵鎚，我走到後院。前陣子暴風吹倒院子裡的樫樹，原本打算拿來當柴燒，請人鋸成適當的大小，堆了許多在那邊。

我選了最大的一塊，趁勢雕刻起來。不幸的是，這塊木頭裡找不到仁王。我將堆在那裡的木塊一一拿起，試著雕雕看，沒有一塊藏有仁王。我頓時領悟，明治時代的樹裡終究不會有仁王，也才明白運慶活到今日的理由。

第七夜

我似乎乘坐在一艘大船上。

這艘船日夜不停地吐著黑煙破浪前進。

聲音也很驚人。可是，我卻不知道這艘船要往哪去。只看到燒紅火鉗般的太陽從波浪底下鑽出來，往上攀升，高掛在帆桅正上方好一會，又在不知不覺中越過大船，往前移動。最後，再度如火鉗般發出滋滋聲沉入浪底。每當太陽下沉，遠方蒼藍色的海浪總會變成沸騰的暗紅色。船隻發出駭人的聲響追逐太陽的足跡，但絕對追不上。

有一次，我抓住一個船員問：

「這艘船是往西邊航行嗎？」

船員露出疑惑的表情，打量了我半晌才反問：

「怎麼說？」

「看起來像在追逐落日。」

船員呵呵一笑，往另一側走掉了。

「西行的太陽，終點是東方？這是真的嗎？東升的太陽，故鄉是西方？這也是真的嗎？身在海上，以船為家，隨波逐流」，我聽見這樣的歌聲。走到船頭一看，一大群水手正在拉動粗重的帆繩。

我非常不安，不知道什麼時候才能回到陸地上，也不知道將前往何方。只能看著這艘船吐出黑煙破浪前行，彷彿永遠沒有結束的一天。大海極為遼闊，好似無邊無際，有時看起來是紫色，唯獨船行時周圍會湧出雪白的泡沫。我非常不安，與其待在這樣的船上，不如跳水自殺算了。

船上有很多共乘者，大多是外國人。不過，各種長相都有。陰天船正激烈搖晃時，我看到一個女人倚靠船欄頻頻哭泣。拿來拭淚的手帕看起來很白，但她身上穿著像是印花棉布做的洋裝。看到這個女人時，才知道悲傷的不只我。

有天晚上，我走到甲板上，獨自眺望星星。這時走來一個外國人，問我懂不懂天文學。我在這裡都快無聊死了，沒必要懂天文學，於是默不吭聲。外國人兀自說起關於金牛宮頂小七星的事，認為星星和海洋都是神創造的，最後問我是否信仰神，我凝視著天空不說話。

又有一次，我走進船艙沙龍，一個身穿華麗服飾的年輕女人背對著我彈鋼琴。她的身旁站著一個高大英俊的男人，正在唱歌。男人的嘴看起來非常大，不過他們似乎對彼此之外的事毫不在意，甚至像是忘了正在搭船。

我愈來愈覺得百無聊賴，下定決心尋死。於是在某個晚上，四下無人的時候，我一鼓作氣跳入海中。沒想到——就在我的腳從甲板上騰空，手放開船緣的那一剎那，突然捨不得這條命，打從心底感到悔不當初。然而，事已太遲，我就算有千百個不願意也非落海不可。只是船身太高，即使身體離開了船，腳卻遲遲沒有碰到海水。可惜四周沒有能抓握的東西，身體離水面愈來愈近。無論我怎麼縮腳，仍離水愈來愈近。水的顏色是黑色。

就在這個時候，船照例吐出黑煙，一如往常地駛過。我這才醒悟，就算是不知道要開往何處的船，還是應該安分搭乘比較好。不過，為時已晚，我只能懷抱著無限的後悔與恐懼，靜靜落入黑色波浪中。

第八夜

我踏進理髮店，原本聚在一起的三、四個身穿白衣的人，齊聲對我吆喝「歡迎光臨」。

我站在店的正中央環視四周。這是一幢四方形的房子，兩側牆上開了窗，另外兩側牆上掛著鏡子。數了數，共有六面鏡子。

我走到其中一面鏡子前坐下來。椅子瞬間發出「噗」一聲，坐起來頗為舒適。鏡中映出我體面的臉，臉的後方看得到窗戶，及一旁結帳櫃檯的欄杆，沒有人坐在櫃檯裡。窗外熙來攘往的行人上半身看得十分清楚。

只見庄太郎帶著女人經過。庄太郎不何知時買了頂巴拿馬帽戴在頭上。這女人又是什麼時候結交上的呢？我不知道。兩人看來興致都很好，來不及看清女人的長相，他們就走過去了。

賣豆腐的小販也吹著喇叭通過。他把喇叭含在嘴裡，導致臉頰像被蜜蜂螫了似地鼓起來。他就這麼鼓著腮幫子走過去，害我擔心得不得了，只因他看起來像被蜜蜂螫了一輩子。

後來又有一個尚未化妝的藝伎行經。梳著島田髻的髮根鬆散，眼看髮型就要垮了。她一副沒睡飽的樣子，臉色難看得教人同情。她似乎向誰行了個禮，還報上自己的名字，可惜鏡中沒映出對方。

這時，穿白衣的大漢走到我身後，手持剪刀和梳子打量我的腦袋。我摸摸稀疏的鬍子，問能不能剪得像樣些。白衣男人什麼也沒說，用手中琥珀色的梳子敲了敲我的頭。

「如何？頭髮也是，不知道能不能剪得像樣點？」我這麼問白衣男。白衣男依然什麼都不回答，喀嚓喀嚓地動起剪刀。

我不想錯過鏡中映出的一切，於是睜大眼睛，但每當剪刀一響，黑色髮絲就會飄下來，嚇得我還是閉上了眼睛。不料，白衣男這麼問：

「客人，你看到外面那個賣金魚的了嗎？」

我回答沒看到，白衣男也不再多說，繼續不斷動手剪。這時，忽然有個聲音大喊「危險」。我心頭一驚，睜開雙眼，從鏡中白衣男的袖子下方看見腳踏車輪胎，也看到人力車的手把。正想著發生什麼事，白衣男雙手抓著我的頭，硬是往旁邊轉。這麼一來，我就看不到腳踏車和人力車了。耳邊只傳來剪刀的喀嚓喀嚓聲。

不久，白衣男繞到我身邊，修剪耳旁的頭髮。髮絲不再往前飛，我放心睜開眼。「粟米年糕、年糕啊、賣年糕啊」的吆喝聲近在耳邊，只見一小根杵正往臼中搗，伴隨一定的節奏搗年糕。我僅僅在小時候見過賣年糕的小販，很想看一下。可是，賣年糕的小販就是不走到鏡子裡，只聽得見搗年糕的聲響。

我用盡有限的視力窺探鏡中每一角落。一個女人不知何時坐進結帳櫃檯。女人膚色黝黑，眉毛很濃，身形高大，梳著銀杏髻，穿飾有黑絹衣襟的襯裡和服，立起單膝數鈔票。鈔票看起來像是十圓鈔。女人垂著長長的睫毛，抿著薄薄的嘴唇，專心一志地數鈔票。放在腿上的鈔票大概有一百張左右，不管數再多次，一百張鈔票還是一百張鈔票。

我出神地凝望女人的臉和十圓鈔票。這時，耳邊傳來白衣男大喊「洗頭吧」的聲音。時機來得正巧，我便從椅子上起身。才剛站起來，回頭往結帳櫃檯一看，別說女人或鈔票，根本什麼也沒有。

付了錢，走出店外，門口左邊排放著五個橢圓形水桶，裝有許多金魚，包括紅色金魚、花斑金魚、瘦金魚和胖金魚。賣金魚的小販坐在水桶後方，動也不動地托著下巴，注視面前的金魚，對周遭的喧囂毫不在意。我站在那裡看了賣金魚的小販好一會，但在我盯著他的這段期間，賣金魚的小販始終文風不動。

第九夜

世間隱約開始騷動，看似隨時會爆發戰爭。感覺就像因失火而逃竄的裸馬，不分晝夜繞著屋子狂奔時，步兵便得不分晝夜追逐圍捕。儘管如此，家裡卻安靜得好似森林。

家裡有年輕的母親和三歲的孩子，父親不知道去哪裡。父親在一個沒有月亮的夜晚離家。站在地板上穿了草鞋，戴上黑色頭巾，從後門離開。當時母親手中的提燈細長的光線射進黑暗中，照亮樹牆前的老檜木。

父親從此沒有回來。母親每天問三歲的孩子：「爸爸呢？」孩子什麼都沒說。過了不久，孩子開始會回答：「那裡。」母親接著問：「什麼時候回來？」孩子依然回答：「那裡。」答完孩子還會笑，於是母親跟著笑了，然後反覆教他說「很快就要回來」。可是，孩子只學會說「很快」，有時母親問「爸爸呢？」，孩子也會回答「很快」。

到了晚上，四周安靜下來後，母親會重新繫緊腰帶，將收在鯊皮鞘裡的短刀插入腰間，拿細長的帶子將孩子綁在背上，悄悄鑽出家門。母親總是穿草鞋，趴在母親背上的孩子，有時會聽著這草鞋發出的聲響睡去。

沿著土牆圍繞的城鎮往西，行至緩坡盡頭，會遇上一大棵銀杏樹。看到這棵銀杏就右轉，約莫一個街區的後方，立有一座石頭鳥居。穿越一邊是田畝，一邊盡是竹林的路來到鳥居前，鑽過鳥居後進入一片昏暗的杉林。順著三十多公尺的石子路走出去，會看到老舊拜殿的階梯。褪成鼠灰色的油錢箱上掛著一條繫鈴粗繩。若是白天，便能瞧見繩鈴旁有塊寫著「八幡宮」的匾額。那個「八」字像兩隻面對面的鴿子，頗為有趣。此外，還有各種匾額，大多是武家射中標靶時，附上射箭者名奉獻的匾額，偶爾也有直接獻納太刀的。

從鳥居下穿過時，杉樹上總有貓頭鷹啼叫。粗草鞋的趿拉聲在拜殿前靜止後，母親會先拉響繩鈴，隨後蹲下擊掌合十。貓頭鷹的叫聲多半就在此刻停歇。

接著，母親會全心全意祈禱父親平安歸來。母親認為父親既然是武士，只要來供奉弓箭之神的八幡宮祈願，沒有不實現的道理。

孩子經常被鈴聲吵醒，一看到四下黑漆漆，不免會忽然就哭了起來。這種情況下，母親只得一邊祈禱，一邊晃動身體安撫背上的孩子。雖然有馬上順利哄得他不哭的時候，但也有反倒哭得更激動的時候。不管怎樣，母親都不是那麼容易起身。

為丈夫祈求完，母親會鬆開揹帶，將背上的孩子轉到身前，再抱著他走上拜殿。「乖孩子，在這裡稍等一下」，她一定是這麼說著，以自己的臉頰摩挲孩子的臉頰，然後放長揹帶，一端綁在孩子身上，一端綁在拜殿欄杆上。她則走下階梯，在先前經過的三十多公尺石子路上來回奔跑百次，好完成御百度祈願。

黑暗中，綁在拜殿上的孩子有時會在揹帶所及範圍內的簷廊上爬行。對母親來說，這是最輕鬆的夜晚。要是被綁在那裡的孩子啼哭起來，母親怎麼也無法放心，只能非常快速地跑完一百趟，跑得上氣不接下氣。或是無奈地半途放棄，先上拜殿安撫孩子，再重新跑完一百趟。

不曉得有多少個夜晚，母親都像這樣憂心忡忡，無法入睡，擔心著父親的安危，殊不知他早就成為浪人而被殺死了。

這麼悲傷的故事，是夢中母親告訴我的。

第十夜

阿健來通知我，說庄太郎被女人帶走後，第七天晚上忽然回家了。一回家就發燒，臥床不起。

庄太郎是鎮上第一美男子，也是極為善良正直的好人。只是他有個嗜好，一到傍晚便會戴上巴拿馬帽，坐在水果行前看經過的女人，頻頻讚嘆。除此之外，庄太郎倒也沒什麼值得一提的特色。

沒多少女人經過時，他就不看行人，看起水果來。店頭有各種水果，水蜜桃、蘋果、枇杷、香蕉等等，漂亮地盛放在籃子裡。為了讓人隨時能買去送禮，店頭的水果排成了兩列。庄太郎總是瞅著籃子裡的水果稱讚好看，說如果做生意就要開水果行。說歸說，他還是只會戴著巴拿馬帽游手好閒。

他也會說些「這顏色不錯」等話語，品評夏天的蜜柑。不過，從沒見過他掏錢買水果。免費請他也不吃，就只是讚美著水果的顏色。

有天傍晚，店裡忽然來了一個女人。從體面的服飾看來，應該是有身分地位的人。庄太郎十分欣賞她衣服的顏色，更令他讚嘆的是女人的長相。他恭謹脫下珍愛的帽子，彬彬有禮地寒暄，女人指著最大一籃水果，說「請給我這個」。庄太郎立刻為她拿下那籃水果。不料，女人提了一提就說「這太重了」。

庄太郎本就閒來無事，再加上他是個很有男子氣概的人，便說「不然我幫妳提回府上吧」。他就這麼和女人一起走出水果行，一去不回。

即使是庄太郎，這未免也太隨便了。此事非同小可，在親戚朋友之間引起一場騷動。到了第七天晚上，庄太郎毫無預警地回來。眾人趕到他家，問他究竟上哪去了，庄太郎竟回答，是搭電車上山去了。

他們肯定搭了很久的電車。根據庄太郎的說法，下了電車之後，兩人很快走到一處草原。那是一片非常遼闊的草原，不管怎麼四下張望，都只看得見漫生的青草。庄太郎和女人一起走在草原上，眼前忽然出現懸崖峭壁。女人對他說，你從這裡跳下去看看。庄太郎往下窺探，雖然看得到崖壁，卻看不到崖底。庄太郎又脫下帽子，再三拒絕。於是女人說，如果你不豁出去往下跳，就要被豬舔，你喜歡被豬舔嗎？庄太郎最討厭豬和雲右衛門[16]。可是，畢竟生命無價，他仍拒絕往下跳。就在這時，一隻豬齁齁叫著出現。無可奈何，庄太郎只好拿手邊檳榔樹做的細手杖擊打豬的鼻頭。只見豬哀號一聲，打了個滾，掉到懸崖下去了。庄太郎鬆一口氣，不料另一隻豬試圖用牠的大鼻子往庄太郎身上蹭，庄太郎只得再次舉起手杖。於是豬哀號一聲，頭上腳下地滾落崖底，然後又出現一隻豬。此時，庄太郎往對面一看才發現，遠方草地的盡頭，數不清幾萬隻豬在齁齁鳴叫，成群朝懸崖上的庄太郎一直線衝上來。庄太郎打從心底感

16　桃中軒雲右衛門（一八七三～一九一六），日本的浪曲師。

到恐懼，但也沒有辦法，只能用檳榔樹手杖逐一擊打眼前豬隻的鼻頭。不可思議的是，手杖一觸碰到豬的鼻頭，牠們立刻就會滾落崖底。往底下窺望，頭上腳下的豬正排隊輪流往看不見的崖底摔。一想到擊落了這麼多的豬，庄太郎不禁覺得自己很可怕。然而，數不清的豬依然齁齁叫著，彷彿長了腳的黑雲，接二連三以踩平草地的氣勢衝上來。

庄太郎拚命鼓起勇氣，整整七天六夜不斷擊打豬的鼻頭。儘管如此，他終究精疲力盡，手像蒟蒻一樣疲軟，最後還是被豬舔了，倒在懸崖邊。

庄太郎的事，阿健就講到這裡，然後下了個「所以不要老是看女人比較好」的結論。我認為他的話很有道理，不過，阿健卻說想要庄太郎那頂巴拿馬帽。

我想庄太郎是救不活了，那頂帽子總歸會是阿健的。

原作連載於《朝日新聞》，一九〇八年七月二十五日至八月五日

解說

據傳，夏目漱石曾說「這部作品要到一百年後才能理解」，但距今已一百一十年，能夠大方說出早破解這組作品的人，似乎還沒有出現。

當然，前仆後繼的嘗試者紛紛提出見解。石井和夫認為，這部作品是以「第五夜、第六夜」為中心，此後依序「第四夜、第七夜」這樣同心圓式地排列下去，每一組的兩個極短篇都有著共通的符號與主題。柴田勝二另闢蹊徑，強調這部作品應將奇數與偶數夜分開，奇數夜以「死亡」為主題、偶數夜總聚焦在一個「持續某一動作」的角色上。此外，還有分成三層的、將人物排列成五組的，幾乎各種排列組合或是解讀方法都有人提出。

在這些人之後，我並不認為自己能做出任何更好的解釋，但取而代之的，我希望能提出一個邀請。

儘管無法確定作者是否真說過那句話，假設這真的是漱石寫給百年後的人們的一組挑戰題，身為讀者的你，是否能給出屬於自己的答案呢？不過，為了避免各位繞遠路（雖然這偶爾也是閱讀的樂趣之一），我還是試著給出一些可當成參考的地標好了。

「做了這樣一個夢」，開頭的幾個故事都以這句話起始，所以解讀這部作品就像解讀夢一樣，我們需保持一定的彈性，不必覺得每一個部分都要好好安放在你的解讀之中。夢總有晦澀難解之處，你可以相信他有表達某種意見的意圖，但別追求標準答案。有時我們讀小說並不是追求對號入座，而是自己究竟感受到什麼。

不過，這畢竟是漱石有意識地寫下來的作品，一定安插了一些可以解讀的線索（不然研究者該怎麼辦？），試著找出你能看到的連結，例如「天探女」是天邪鬼的原型，而日本的傳統中，仁王又很常雕刻成踩著天邪鬼的樣子，這會不會就是第五夜和第六夜的連結呢？那又該怎麼解讀？

漱石在《心》裡就說「凝視那些陰暗的事物，試著抓住你能參考的東西」，只有你，能決定你讀到的〈夢十夜〉的樣子。

泉鏡花

作者簡介

泉鏡花（一八七三～一九三九）

因讀到尾崎紅葉的《二人比丘尼 色懺悔》大受衝擊，在一八九一年前往東京，拜入紅葉門下，成為紅葉最知名的弟子。經過數年不受讀者青睞的創作生活後，終於在一九〇〇年以〈高野聖〉在文壇站穩腳步。鏡花深受江戶文藝影響，作品洋溢著幻想色彩和浪漫風格，代表作有小說〈手術室〉、〈高野聖〉、〈歌行燈〉，戲曲《天守物語》、《海神別莊》等等。

黑壁

上

今日聚集在此的各位，在輪到我說故事之前，諸君講述的怪談可說皆具備了驚心動魄的恐懼感。不過，就算不搬出只有一隻眼睛，或脖子長六尺、鼻子高八寸的各種詭譎怪物，這裡也有一個看似平凡無奇，卻只要一眼就足以令人戰慄不已，非常可怕的物體。那不是別的，就是在人人安眠，四下靜謐無聲的深夜裡，遇見獨自走在街道上的女性。這種時候，女性是否會對男性感到畏懼，我不得而知。不過，就算她會對男性感到恐懼，也只是由於男女氣力的差距，擔心可能遭到暴力迫害而已。

然而，換成男人可就不同了。即使是像我這種力量微小的男人，仍有不輸女性的自信。儘管如此，不知為何，若是身處幽寂的場所時，突然遇上一個女人，我肯定會感到一股難以言喻的陰森鬼氣，恐懼得無以復加吧。

雖然這麼說對今日光臨此地的貴婦人們略顯失禮，但請恕我直言，原本高貴賢淑、操守高潔、穩重坦率、悲天憫人、寬容慈悲——可以世上所有展現真善美的文字形容，彷彿以柔美曲線描繪而成的女性，實際上具備陰險可怕的黑暗面，就像夜半受到欲奪取宇宙的惡魔引導，又像潛伏地底的燐每逢下雨便發光一般，自然現形。

請不要發怒，也不必引以為恥。若社會上所有人都是強盜，就不該只向其中一人問罪。與此同理，陰險的氣質確實是女人共通的特性，或者可說是一種元素，也就是構成女人的要素。

夜間正是女人發揮這種要素的時段，各位一定也能想像，深夜原本以為「這裡除了自己之外沒有他人」時，若有一婦人不經意出現，究竟會是什麼感覺。不幸的是，本人恰恰有這種經驗。

那年冬天，時值十二月，我在加賀國[1]最幽寂之處，一個叫「黑壁」的地方，半夜遇上一個女人，感受到難以言喻的恐怖。黑壁距離金澤市郊外約莫一里，是那一帶眾所皆知的魔境。意思就是，遠離山野田園，地處深山，幽暗森林環繞之處。那裡祀奉的是摩利支天的神靈。

除了摩利支天的信徒，即使白天也鮮少有人造訪，更何況入夜之後，幾乎可說是人煙罕至。我偏偏挑了這麼可怕的夜晚前往黑壁，真不知道是為什麼。只是憑著一股衝動吧，包括這一點在內，至今我仍不確定自己當初的意圖究竟何在。我曾在白天去過兩、三次黑壁，能在腦中描繪出附近的地理位置。就著燈籠的火光，幽暗的夜路也不算什麼，我越過陡峭的坡道，越過險峻的山路，抵達目的地時，大約已過晚上十一點。

我先前往供奉摩利支天的祠堂參拜，從一棵粗約三人環抱的杉樹前經過時，忽然想起曾聽說關於「丑時[2]參拜」的事，善妒的女人為了詛咒怨恨的男人會來此參拜，在這棵杉樹上敲打五寸釘。

「是了、是了，說不定也會有這種事。」我這麼想著，提高手中的燈籠，繞著杉樹走了一圈。果然不出所料，樹幹上充滿拔釘的痕跡，宛如接受過槍林彈雨的洗禮。從離地三、四尺高處，到一般女人身高不能及之處為止，釘孔密如蜂窩。縱使純粹是迷信，實際上並無詛咒效果，一想到必須做出如此罪孽深重之事方始心安的女人心，我對遭到詛咒的男人益發同情，光是看到此一情景，胸口便一陣不悅翻湧。正當我想轉移視線時，不經意瞥見樹幹中央貼著一張紙。

仔細一瞧，紙上有文字，似乎是誰親手寫上的筆跡。

我凝視著紙片。在茂盛的樹葉遮蔽下，紙片並未被雨打溼，字跡的墨色依然鮮明。上面寫著二十一個字：「巳之年、巳之月、巳之日、巳之時出生。二十一歲之男子」。這時我才發現，從開頭的「巳」字到男子的「男」字，二十個字上各被敲入一支五寸釘，

1　現今石川縣南部。

2　相當於凌晨一點到三點。

唯獨最後的「子」字沒有。

我心想，這應該是必須花上三七二十一天連續祈願的詛咒，昨晚是第二十夜，今晚正是下詛咒之人實現願望的時候了吧。感覺像全身被人澆上一桶冰水，口中喃喃默念「巳之年巳之月巳之日巳之時出生」時，腦中忽然浮現村澤淺次郎的名字。

事實上，淺次郎今年正好二十一歲，出生年月也皆為巳。一般來說，即使有這樣的例子，出生年月也多半為午或丑。倉促之間，我憶起當初聽聞他的生肖與出生年月碰巧都是巳時，也覺得相當奇妙。而且，淺次郎結交一個大他十歲的美豔女人，過了不久，因對那女人過度的嫉妒心感到厭煩，不，應該說是對那異常的執著感到恐懼，淺次郎躲進我家。「肯定是他沒錯」，我如此斷定。我絕不相信文化、文政、天保時代[3]流行的傳奇小說中常見的這套「丑時參拜」能發揮什麼實際上的效力，但仍心想「站在淺次郎的立場，一定不樂見如此悽慘的光景」。

淺次郎是個美少年，深諳討好女人的技巧。身為富豪家的次子，外表雖然英俊，其實是內心軟弱的小少爺。

我並不憎恨他，反倒同情他的優柔寡斷。

也因這樣的個性，他揮霍無度，遭父兄斷絕關係後，受到現在的情婦同情收留。此女三十歲，名叫阿豔，是富商的未亡人。淺次郎進了她的家門，貪戀著有違倫常的歡樂。然而，一個月還好，兩個月也還行，過了三、四個月，他經常精神不濟，鎮日酩酊，身體日漸衰弱，失去了活力。

「這樣下去，身心會在這女人如火的熱情下融解」。就在他終於為此感到恐懼時，早已察覺淺次郎心思的女人，懷疑這個年紀足以當兒子的美少年「一定是厭倦了樹蔭般暗沉茂密的我，想另外結交如明媚春光中一枝寒梅的年輕女孩」，怒火中燒。女人的怒火像一把燒紅的鐵鉗，難以承受全身灼燒之苦的美少年連一分鐘都無法再忍耐，逃離女人的家。然而，就算想回家，遭父兄斷絕關係的他亦歸不得，又擔心女人找到他，不得已只好來拜託我，我二話不說立刻藏匿起他。

即使如此，美少年仍無法放心。

「那女人似乎精通某種法術。忘了是什麼時候，有個下女盜取家中財物銷聲匿跡，阿豔只說『看她能怎麼逃跑』，立刻施展『駐足之術』。不知道是不是此一緣故，下女逃跑的隔天就患了腿疾，一步也無法行走。雖然躲在附近人家中，不久她就被拖回來，這是我親眼目睹的。除此之外，像是詛咒、咒語那些，只要是借助另一個世界力量的法術，阿豔無不擅長。

所以，每次吵架，她都會朝著我大喊：『你這個壞傢伙，要是敢移情別戀，把我拋下，我

3 約為一八〇四到一八四五年之間。

一定詛咒你死！』那淒厲的表情，到現在還歷歷在目。」

一再這麼說著，淺次郎嘆了口氣。儘管我告訴他「絕對不會有這種事」，不管怎麼跟他講道理，他依然戰戰兢兢，一臉陰鬱。當時我拿他沒轍，如今親眼看到這棵杉樹上的五寸釘，才明白他會那樣恐懼也是理所當然。

上之二

這時，我同情美少年的境遇，試圖將那詛咒的釘子拔起丟棄。不料，懷抱執著怨念搥下的釘子，果然非單靠手指之力就能拔起。

真是的，大概得仰賴令八歲龍女成佛的《法華經》某卷經文，一邊誦念一邊拔，否則絕對拔不起釘子吧。

無論是誰，在四下無人之處做著不想被他人看見的事時，無關行為本身的善惡，自然而然會受到良心苛責。

此刻我亦產生了一股罪惡感。「會不會被人看見哪？」在這樣的不安驅使下，正當我告訴自己「再加最後一把勁」時，燈籠的火竟一晃熄滅。瞬間，四下陷入伸手不見五指的漆黑，我不禁愣住，不知所措。這時，遠方隱約可見一點亮光。

又過半晌，我確定那是燈籠的火光。不要多久，燈火已來到明確可辨的地方。

一開始，我對各位說過「曾有非常可怕的經驗」吧，就是這件事。

我也說過，「碰巧撞見別人的祕密不是問題，問題在於，若那祕密行事的人（表現出忌憚他人目光的樣子）發現就不妙了」。當時的我，可說正處於這種情形中。「要是為了這種事遭受不當的怨恨，搞不好會惹禍上身」，我這麼想著，環顧四周，找尋藏身之處。觀察周圍一會，發現山腹上有個打橫挖掘的洞穴。

「真是太感謝了。」我一個轉身躲進洞中，與此同時，提燈籠的人已近在身邊。那是一個女人。第一眼看見燈籠的火光時，我就知道「啊，是今晚即將完成咒願的人來了」。

在霜雪晶瑩的嚴寒冬夜，那個女人卻像剛淋過水全身濕漉漉，光看便為之生寒。一襲單衣如濕透的紙張黏在身上，緊貼手足，身材清晰可辨。黑髮像是被雨打濕的草木般凌亂，分別散落前胸與後背。我這才想起山谷之間有一條小溪，來參拜的人總會在那裡淨身沐浴，這女人約莫也為洗去一身的污穢去了那裡。

在我的注視下，女人靠近那棵杉樹。

這時，我一眼就判斷出那女人是誰，不需要刻意告知，各位也都猜到了吧。

洞中的我屏氣凝神，窺望她的舉動。她渾然不知我在場，將手上提的金屬燈籠放置在地，時而仰天踮起腳尖，時而蹲伏在地，時而雙手合十，時而頂禮膜拜，時而用頭敲擊樹幹。請大家試著想像，那都是些以為四下無人，沒有第二雙眼睛看見才做得出，非常羞恥又詭異的行為。

最後，女人吐出一根釘子，插在寫著「二十一歲之男子」那張紙片上，拿鐵鎚「哐哐」敲打起來。

這時，萬物都沒了聲息，連蟲在地上爬的聲音也聽不見，天空像是把隨時可能降下的雪雨、冰雹都藏在雲腳下，不發出一點聲響。因安靜而麻痺的耳畔，只剩鐵鎚敲釘的「哐哐」聲。這聲響不僅撕裂了我的鼓膜，還貫穿了我的肚腸。

不斷敲打的「哐哐」聲漸漸逼出我一身的冷汗，我發現自己戰慄不止，光靠雙腿已站立不穩。

不單如此，那個陰氣森森，腳下昏暗難辨，腰部以上蒼白一片的女人，甩著一頭亂髮的模樣實在太過猙獰，和她相比，真正的鬼魂還比較不可怕。

敲釘聲歇息的同時，女人搖搖晃晃後退，好似原本成束的東西散落一地，頹然跪坐。

要是我猜得沒錯，女人一定已如願完成咒術，二十天來緊繃的心情頓時鬆懈了吧。過了不久，女人起身，朝來時的方向離開。一看到她的背影，和來時完全不同，我的腳步踉蹌得厲害。

原作發表於《詞海》第三輯第九卷、第十卷，一八九四年十月、十二月在文豪的行列中，泉鏡花是個相當不合群的存在。他是那個年代相當少數連大學的門都沒進過的作家，也與西方作品始終保持著一定的距離。即使都曾師事尾崎紅葉，但鏡花也不是走德田秋聲或田山花袋式的自然主義風格，而是有別於當時流行的寫實主義，如同芥川龍之介讚美的「打開了明治、大正時期文藝的浪漫主義道路」。

事實上，真正讓鏡花別於同時代其他作家的，可能是不靠閱讀，而是浸淫在江戶文藝傳統中養成獨有的品味與寫作方式。他對於情節或是人物的設計帶著強烈的演劇風格，壓抑內在描寫的篇幅，以外在的形象來刻畫衝突。而他對美學的要求或許可從一件軼事看出來，據說有著潔癖的他，每次看到「豆腐」的「腐」字就會起雞皮疙瘩，所以在他手中通通改成「豆府」。

換句話說，他並不是以理性思考小說應該怎麼寫，而是以某種他獨有的感性對自己的角色產生共感，進而發展情節。從某個角度上，或許可說他是在當時一片西化浪潮中，還維持著一顆日本之心的存在。難怪中島敦[4]會認為「身為日本人或看得懂日文的人，如果連泉鏡花的作品也沒看過，簡直是拋棄做為日本人獨有的特權」。

鏡花在寫出讓他大紅的〈手術室〉與〈夜行巡查〉（一八九五）前，顯然有意識地進行怪談書寫的計畫，陸續在幾本小雜誌寫了幾篇，題材都是以「物」為核心開展的恐怖故事，但或許是迴響不好，後來不了了之。這篇〈黑壁〉就是同時期的作品，儘管沒有結束，我們仍能看到許多之後他讓人印象深刻的風格烙印在其中，鄉野傳說、詭異的場所、有著執念的女子（請原諒他性別歧視的發言），以及濃鬱的妖異氣氛。

不算成熟，卻令人印象深刻，這是我將這篇小說選入本書的唯一理由。

高野聖

一

「原本以為不必打開那本陸軍參謀總部編纂的地圖，誰知道路實在太崎嶇坎坷，只好捲起光摸都覺得熱的旅裝衣袖，拉出那本附有封面的折疊地圖。

那是從飛驒通往信州[5]的山中道路，而且是偏離大道的岔路，連一棵能讓人靠著休息的樹也沒有，放眼望去，左右兩邊除了山之外什麼都沒有。有些山峰看似伸手可及，但一山還有一山高，峰頂之上還有更高峰，抬頭別說飛鳥，連片雲也看不到。

道路和天空之間唯有我一人，走在正午陽光直射之處，只能勉強把戴在頭上的檜皮笠壓低，用來抵禦熾烈得近乎發白的日光，像這樣查看地圖。」

4　中島敦（一九〇九～一九四二），日本小說家，代表作有〈山月記〉、〈李陵〉等。

5　現今岐阜縣北部到長野縣。

雲遊僧說著，雙手握拳放在枕頭上，再以拳頭支撐額頭趴睡。

這位恰巧與我同路的上人，從名古屋到越前敦賀這間旅館的途中，截至目前為止，就我所知，他從未仰躺就寢。換句話說，我猜他可能是性情高傲的人。

我和這位僧人最早在東海道掛川驛站搭上同一輛火車，還記得當時他垂著頭坐在角落的位子上，整個人好似槁木死灰，我不由得注意到他。

其他乘客像是早就約好，全在尾張車站下車，最後留在車上的，只剩我與他兩人。

這班火車於前晚九點半從新橋出發，預計今日傍晚抵達敦賀。經過名古屋時恰恰是正午，我便買了一折[6]的壽司當午餐。雲遊僧和我買了一樣的壽司。不料，打開盒蓋一看，竟是只撒海苔的下等什錦拌飯。

「太過分了，居然只有紅蘿蔔和葫蘆乾！」聽到我不正經的叫喊聲，雲遊僧看了看我，一副忍俊不住的樣子，終於竊笑失聲。原本車上就只有我倆，此一插曲又更拉近我們的距離。一問之下，他正要前往越前，拜訪宗派不同的永平寺。不過，在那之前會在敦賀先過一夜。

要回若狹省親的我也打算在敦賀過夜，我們便約定同行。

他隸屬高野山的寺廟，約四十五、六歲，個性溫和，沒什麼特異之處，穩重的言行舉止讓人頗有好感。穿著毛呢方袖外套，搭配白色法蘭絨圍巾，戴了頂土耳其帽和毛線手套，腳上是白布襪及晴天穿的低跟木屐。乍看之下，與其說是僧侶，不如說他更像俳句、茶道或花道之類的老師。不，或許比那樣的人物更平凡。

由於他問我「晚上要在哪裡留宿」，我便嘆著氣說起獨自旅行時，在住宿處遇到的種種無聊事。先是端著托盤的女侍打起瞌睡，旅店掌櫃又只會滿嘴漂亮話，不然就是穿過走廊時，老覺得被人盯著打量。最難以忍受的，莫過於一用完晚餐就把照明換成昏暗座燈，彷彿無言命令旅客「該休息了」的旅店。我是那種不到半夜便無法入睡的體質，睡著之前的心情實在無從排遣。尤其最近夜晚時間長，只要一離開東京，我就為過夜的事煩惱得不得了。於是，我問那位雲遊僧：「如果不礙事，可否讓我跟上人一同投宿？」

僧人爽快地點頭答應，還說他每次行腳北陸地區時，都會投宿在一個叫「香取屋」的地方。那裡原本是一間客棧，可惜把生意做出口碑的老闆獨生女去世了，現在已沒有營業。不過，年邁的老闆夫婦對於從前的熟客仍來者不拒，總是殷勤款待。「您要是不嫌棄，就一起在那裡過夜吧。」僧人這麼說著，忽然放下壽司盒，咯咯笑道：

「不過，只有紅蘿蔔和葫蘆乾可吃喔。」

沒想到外表拘謹的他，其實挺風趣幽默。

二

在歧阜還看得到晴朗的藍天，再往北走就是眾所皆知的北方天空了。米原、長濱一帶微陰，雖然仍有幾絲陽光，但已開始覺得冷。到了柳瀨更是下起雨來，隨著車窗外的天色愈來愈暗，漸漸飄起白色雪花。

「下雪了。」

聽到我的話，上人回答「是啊」。看似不以為意，也沒有抬頭看天空。不僅如此，當我指著古戰場說「看得見賤岳呀」，或是談論琵琶湖的美景，這位雲遊僧都只是點點頭而已。

敦賀這地方有個令人背脊發涼的惡俗，那天也不出所料，打從下了火車，從車站出口到城鎮入口的路上，寫著旅店名稱的招牌、燈籠及雨傘築成一道牆，店家大聲為自家旅店攬客，滴水不漏地包圍走出車站的旅人。其中最惡劣的，莫過於乾脆一把提起旅客的行李，口中嚷著「歡迎大駕光臨本店」的店家。我有頭痛的宿疾，簡直難受到氣血沖腦。幸好，雲遊僧一如往常地低下頭，一副沒事人的樣子穿過人群，誰也沒伸手拉他的袖子。我就這樣尾隨他進入小鎮，鬆了一口氣。

雪不間歇地下著，不過已不再摻雜雨水，乾爽而輕飄飄地打在臉上。天才剛黑不久，敦賀的街道上家家戶戶早已大門深鎖，萬籟俱寂。走過一、兩條縱橫交錯的道路，彎過積著大片白雪的街角，差不多走將近一公里，便抵達上人說的香取屋。

那是一棟老民宅，無論凹間或客廳都沒有多餘的裝飾，但有結實的梁柱、堅固耐用的榻榻米和一個大暖炕。炕上吊著鯉魚形的鉤子，魚鱗泛著黃金般的光澤。除此之外，炕邊還有兩座漂亮的大竈，上方掛著看似能煮十升米的大鐵鍋。

香取屋的老闆有著像法然大師一樣凹陷的頭頂，雙手縮在棉袍袖子裡，站在火缽前也不伸出手，是個沉默寡言的老爹。老闆娘待人親切，是個好相處的老婆婆，一聽到雲遊僧講起紅蘿蔔和葫蘆乾的事，晚餐時就笑咪咪地端出加了小魚乾、比目魚乾和昆布絲的味噌湯。從說話的語氣和應對的態度看來，她和這位上人的關係比一般客人親近，對同行的我也愛屋及烏，使我感覺如沐春風。

稍晚，老夫婦為我們在二樓鋪了床。二樓的天花板低矮，斜斜橫過屋頂的梁柱是一根粗得可供兩人環抱的大圓木，靠近屋簷的房間角落，天花板更是矮得一站起來就會打到頭。有這麼傾斜的屋頂，就算後山雪崩也不用擔心。

見被褥鋪在地爐上，我更是開心得立刻鑽進去。另外還有一套被褥，一樣鋪在地爐上，雲遊僧卻不過來，兀自把枕頭移到旁邊，睡在沒有暖氣的墊被上。

就寢時，這位上人連衣帶也沒解開，當然沒有換下衣服，就這麼穿著外出服。低頭蜷身，腰部以下鑽進被窩後，他抓起被角披在肩上，再雙手伏地調整姿勢。他的睡姿恰恰與一般人相反，臉正對著枕頭。

很快地，四周沉靜下來，上人似乎也快睡著。我像個小孩似地說：「在火車上提過，我不到深夜難以入眠，就當是同情我，暫且陪我聊聊吧。我想聽您雲遊各地時發生的趣事。」

於是，上人點頭回應：「進入中年之後，我就養成入睡時不仰躺的習慣，即使睡著，也仍保持這樣的姿勢。不過現在我還清醒，和你一樣無法立刻入睡。儘管我是出家人，能聊的也不淨是教誨戒律或講經說法。年輕人，你聽仔細了。」後來我才知道，原來他是隸屬六明寺的宗朝大和尚，在該宗派裡是聲名遠播的講經法師。

三

「等一下還會有一個人來投宿。聽說是若狹的漆器行腳商人，和你豈不是同鄉？那男人雖然年輕，倒是令人佩服的老實人。

我現在要說的這件事，發生在行經飛驒山脈那一年。當時我在山腳下的茶館裡也認識一個來自富山的賣藥人，卻是陰沉討人厭的年輕人。

事情發生在準備翻過山嶺的那天早上。由於前一晚投宿旅店，當天凌晨三點我就啟程出發，趁著天氣涼爽趕了六里路，來到那間茶館時，晴朗的早晨恰恰開始變熱。

由於急著大步趕路，我乾渴得受不了，一心想趕緊喝杯茶，偏偏店家的水還沒燒開。雖然是日出得早的季節，在這種人跡罕至的山路旁，連牽牛花都還沒凋謝的時間，要茶館生火燒水確實是強人所難。

板凳前有條小水管，我正想拿水桶過去汲水，忽然心生警覺。正值酷暑，四處流行著可怕的傳染病，事實上，先前經過叫辻村的小村裡，不就到處撒滿消毒用的石灰粉嗎？

『大姊，請問……』我對茶館裡的女人開口。

『這是井水嗎？』這話挺尷尬，我問得吞吞吐吐。

『不，是河水。』她這麼說，我總覺得奇怪。

『山下盛行傳染病，這水該不會是從那個叫辻村的地方流過來的吧？』

『沒這回事。』女人直率地說。我欣慰地想著，那太好了。不過，你接著聽下去。

從方才開始，那個賣藥人就在茶館裡休憩，一看就是四處兜售萬金丹的小販。你也知道，這類賣藥人的打扮都差不多。上衣是細長直條紋圖案的單衣和服，繫小倉腰帶，最近還時興在腰帶裡塞個表。至於下半身則是緊身褲加綁腿，腳上當然穿的是草鞋。淺藍綠色的棉製方形包袱巾在脖子上打結，不是用扁平的繩子把折起來的桐油紙雨衣綁在包袱巾右邊，就是帶一把細格紋的棉製雨傘。乍看之下，不得不說每個賣藥人都老實又明事理。

然而，這種人一到旅館就會換上圖案誇張的浴衣，腰帶也不繫好，就這麼一邊啜飲燒酌，一邊把小腿擱在旅館女侍渾圓的膝蓋上。那群賣藥的都是這副德性。

『喂，花和尚！』那個賣藥的這樣叫我，一副瞧不起人的嘴臉。

『別嫌我問你這麼奇怪的事，你們當和尚的，在這世間已無法和女人相好，還會愛惜生命嗎？說來不可思議，慾望這種東西是無法隱藏的。瞧瞧這位大姊，不覺得自己對世間有留戀嗎？』接著，他和茶館的女人互望大笑。

那時我還年輕，不禁脹紅臉，拿著汲來的水，喝也不是，不喝也不是。

賣藥的敲敲菸管。

『怎麼？別客氣，儘管喝啊。萬一有生命危險，我會給你藥。這就是為什麼需要我啊。大姊，妳說是不是？喂，話雖如此，可不是免費奉送。不管怎樣，這是靈效的萬金丹，一包三百，想要就掏錢買。我沒犯過非布施和尚不可的罪。還是怎麼著，你要聽我的嗎？』說著，他拍了拍茶館女人的背。

我急忙躲到店外。

不是啊，一下膝蓋，一下又是女人的背，我這把年紀的和尚說這種話恐怕會遭天譴，但故事畢竟是故事，請睜一隻眼閉一隻眼。」

四

「為了抒解氣憤的情緒，我一股腦地埋頭趕路，沿著山麓不斷前進，來到田畝旁的小路。走了五、六十公尺，路突然往上傾斜，從側面可清楚看出有個地方特別高，呈現弓形，宛如用土蓋出一座拱橋。我走到相當於橋墩的位置，望著上方，打算跨上去時，剛才那個賣藥人踩著噠噠的腳步聲，追了過來。

我們沒有交談，就算對方說了什麼，我也不打算回應。這個趾高氣昂的賣藥人以輕蔑的目光打量我，故意越過我身邊，逕自往前走。走到隆起處的最高點時，他把傘插在地上停了一會，接著就走下坡，身影消失在另一端。

我也一步步往上坡前進，很快地，和剛才的他一樣來到相當於拱橋頂的最高處，不過我並未停留，立刻走下坡。

賣藥的雖然早我一步下坡，卻站在原地環顧四周。我不悅地朝他走去，心想這傢伙肯定在打什麼歪主意，仔細一看，馬上知道了原因。

路在那裡分岔，一條是陡峭的上坡，兩側生有茂密的野草。路旁轉角處，有一棵可供四人，不，可供五人環抱的粗大檜木，後方則是三、四塊像被誰切割後並排在此的大岩石。這條路繞過岩石後方，繼續蜿蜒向上。不過就我看來，該走的不是這條，而是和方才走來那條寬敞道路相通的主要幹道。只要沿著那條路，再走不到兩里，應該就能抵達山巔。

不經意朝那條路一看，不知為何，剛才說的那棵檜木竟倒在一旁空蕩蕩的路上，像彩虹一樣橫越遼闊田畝上方的天空。檜木樹根處的泥土崩坍，好幾條形似粗大鰻魚的樹根露出地面，噴出一條水柱，朝我原本打算走的那條路漫溢，附近的路面全淹沒在水中。

水流湍急，就算將田畝淹成湖泊也不奇怪，從眼前流向前方一處竹林，兩處之間形成一條約莫一百多公尺的小河。河中零星散布著踏腳石，肯定出自某人之手，只要踩著踏腳石往前跳，就能前往竹林。

儘管不至於得脫衣游泳渡河，但馬匹無法走上這條路，大概很難發揮主要幹道的作用。看到這種情形，賣藥的也猶豫了吧。只見他思考一會，乾脆豁出去改變方向，踏上右邊那條斜坡路，一轉眼就鑽過檜木的樹枝底下，爬到跟我差不多高的地方，回頭說：

『喂，要去松本的路是這條。』接著，他又往前走五、六步。

這次他從岩石後方探出上半身：

『再發呆下去，小心樹精把你擄走。就算是白天，那些傢伙也不會客氣。』嘲弄完，他的身影又隱沒在岩石後方，消失在高處的草叢間。

過了一會，才在必須抬頭仰望的高處看到他那把傘的尖端，不過，那也隨即擦過樹枝，被茂密的野草掩蓋。

就在這時，伴隨著開朗的吆喝聲，一個屁股上掛著草蓆，單手扛著一根空扁擔的農人，沿著眼前小河裡的踏腳石，一腳一塊地跳了過來。」

五

「不用說，從剛才那茶館到這裡來的一路上，除了賣藥人之外，我誰也沒遇見。畢竟賣藥的看起來是跑遍大江南北的行腳商人，臨走之際說的那句『路是這條』不免令我猶豫起來，明明早上出發前仔細看過地圖——就是之前我提過的那張地圖。正當我考慮再次打開看看時，農人就出現了。

『能不能請教一下……』我開口向那名農人搭訕。

『怎麼了嗎？』住在山區的人，看到出家人總是特別客氣。

『不是什麼大事，只是想請問一下，是否沿著這條路直走就行？』

『您要去松本嗎？是的、是的，這條是主要幹道。只是，前些天下起梅雨，淹起大水，形成一條驚人的河流。』

『這水還繼續往前淹到很遠嗎？』

『這位師父，實際情形不是眼前看到的樣子。水只淹到前面那座竹林，再過去就是跟這邊一樣的道路，推車也能一直通行到那邊的山裡。竹林旁有幢大屋，原本是醫生的家，這一帶算是個小村，只是十三年前一場大水，把四周全淹沒了，退水後剩下一片荒原，死了好多人呢。所以，這位師父啊，行經那裡時，請一邊念佛一邊通過吧。』親切的農人連我沒問的事都說了。這麼一來，我弄清了狀況，確定前進的方向無誤。問題是，有人搞錯方向。

『請問那條路又是通往哪裡？』我向農人打聽賣藥人走上的左邊那條斜坡路。

『那是舊路，差不多到五十年前為止還有人走，一樣是通往信州的路，到了前面也會和主要幹道會合。雖然是比主要幹道近了七里左右的捷徑，現在已經無人通行。去年有僧人和帶著孩子的參拜者迷途誤闖，可不得了呢。就算乞丐也是一條人命，我們村中派出十二個人，和三位警察大人合力從這裡勉強入山搜尋，好不容易才把人帶回來。所以，這位師父，別仗著體力好抄捷徑。沿著主要幹道走，就算累得露宿野外，都比誤闖這條舊道好。是的，路上請小心。』

我在此與那名農人道別，原想直接踩著河裡的踏腳石往下走，卻突然擔心起賣藥人的安危，不由得躊躇起來。

一方面心想，那條路未必有農人說的那麼可怕，一方面又怕萬一是真的，我豈不是等於見死不救了嗎？我本是出家人，沒有非得在天黑前找到落腳處不可的道理。好吧，追上去將他帶回，萬一真的不小心走上舊道，也不會發生什麼怪事。再怎麼說，現在不是野狼出沒的時節，更不是魑魅魍魎、妖魔鬼怪四處遊蕩的時候，總會有辦法。這麼一想，我再朝農人離開的方向望去，已看不到那親切的背影。

『好吧！』

我下定決心，朝上坡路走。之所以選擇這麼做，絕不是出於英勇的男子氣概，當然也不是按捺不住的衝動。我這麼說，聽起來好像有所覺悟，實際上只是膽小鬼，愛惜生命到連飲用河水都擔心染病喪命的地步。既然如此，為何我會選擇那麼做？請聽我說。

如果是只有一面之緣的男人，老實講，我一定會任由他去。然而，正因對方是令我反感的人，若我置之不理，豈非刻意陷人於死地？日後一定會備受良心譴責。」

說到這裡，宗朝依然低著頭趴在棉被裡，雙手合掌：

「那麼一來，也會愧對自己口中誦念的經文。」

六

「請繼續聽我說吧。後來，我穿過那棵大檜木，從岩石下爬到岩石上，鑽進森林，沿著長滿野草的小徑不斷前進。

不知不覺翻過剛才那座山頭，來到另外一座山附近。放眼望去，荒野似乎經過開拓，一條比先前走過的主要幹道還開闊的道路向前延伸。

這條路的中央有些隆起，感覺就像隆起的東西兩側有兩條道路並列。我恍然大悟，這在從前，應該是連舉著長槍的隊伍也能通過的一條路。

在這片原野上，視線所及範圍內仍看不見一丁點賣藥人的身影，只有小蟲不時在燒紅般的天空盤旋。

說來奇怪，我愈往前走愈不安，眼前遼闊的視野反倒令人不放心。橫越飛驒山脈的路上，走七里頂多遇到一戶人家，十里範圍內未必能經過五戶人家，若能承蒙收留，有一點粟米飯可吃已算幸運。我早做好心理準備，對腳程也有一定程度的自信，不屈不撓地前進。然而愈是往前，兩側山壁愈朝中央逼近，幾乎要碰到肩膀，路幅愈來愈狹窄。隨即，又是一段上坡路。

我這才發現已來到著名的天生嶺，趕緊打起精神，畢竟天氣炎熱，得小心謹慎才行。我喘著氣，重新繫緊草鞋的鞋帶。

好多年後，我才聽說那附近有個通往美濃蓮大寺大殿地下的風穴，不過當時對此一無所知。既無心欣賞景色，也未曾感受到奇蹟，連天氣是陰是晴都記不得，可見我多麼心無旁騖，一心只想往山上爬。

對了，要告訴你的故事，從這裡才要進入正題。如我剛才所說，這條路的路況實在很差，不僅看似杳無人跡，可怕的是還有蛇。只見一條蛇頭尾分別埋在道路兩側的草叢中，拱起身體，像在路中間築起一座拱橋。

第一眼看到那傢伙時，我頭上還戴著竹笠，手中還拄著竹杖，整個人嚇得倒抽一口氣，雙腿一軟跌坐在地。

我從小最怕的就是蛇，不，與其說是害怕，不如說是厭惡。

值得慶幸的是，那條蛇拖著尾巴往前爬行，並未像我以為的那樣抬頭威嚇，窸窸窣窣地從草上爬走。

好不容易起身，我沿著道路又往前走五、六百公尺，再度看到頭尾藏在草叢裡，只有陽光晒得乾癟的身軀橫陳路中間的蛇。

我尖叫後退，這條蛇一樣爬進草叢躲藏。問題是第三條蛇，身軀粗大得嚇人，見到我也不立刻爬走。我隨即發現，就算蠕動著爬出來，以這條蛇的身長恐怕得爬上五分鐘才看得到頭部。無奈之餘，我只得從牠上方跨過。那一瞬間，我下腹僵硬，全身寒毛倒豎，肯定連毛孔都變成鱗片，臉色也難看得像蛇吧。我害怕得忍不住閉上眼睛。

全身冒出黏膩的冷汗，在一陣噁心中繼續前進。腳步雖然有所猶豫，但也不能杵著不動，我戰戰兢兢地繼續趕路。

不料，接著又看到一條身軀斷了半截的無頭蛇。傷口發青，流出難以形容的黃色汁液，剩下的半截身軀微微抖動。

我嚇得六神無主，正欲朝來時的方向逃竄，又想起這麼一來，不就得再次跨過剛才那條大蛇了嗎？我寧願被殺死也不想再跨過牠。哎呀，要是先前那名農人提到舊路上有蛇，就算會下地獄，我也不會踏上這條路。一邊如此後悔，一邊在太陽下流淚。南無阿彌陀佛，如今回想起來，這件事仍教我毛骨悚然。」上人扶著額頭這麼說。

七

「再煩惱下去也不是辦法，我決定豁出去。不過當然不是走回頭路，無論如何，回頭路上終究躺著長近一丈的蛇屍，我盡可能朝遠離牠的草叢狂奔。總覺得那另外半截身軀隨時會纏上我的腳，我擔心得雙腿緊繃，踩到小石子絆倒，跌傷了膝蓋。

接下來，拖著受傷的膝蓋走路有點困難，然而，若是就此倒下，我只會因酷暑而熱死。我激勵著自己，勉強朝山嶺前行。

別的不提，光是路旁草叢冒出的蒸氣就不容小覷。腳邊不時有巨大的鳥蛋滾落，可見那草叢多麼茂密。

沿著大蛇般蜿蜒的上坡路走了約莫兩里，盡頭是一座山崖。我繞過岩石，沿著樹根前進。路愈來愈崎嶇難行，我打開參謀總部的地圖查看。

即使這麼做，路途依然坎坷，眼前的景色正如先前那名農人所說，這條路肯定是舊道無誤。就算如此告訴自己也改變不了什麼，儘管地圖上確實記載著這條路，看來只是在栗子毛般的記號上拉出一條紅線罷了。

地圖不會告訴你這條路走起來有多辛苦，也不可能有蛇、毛蟲、鳥蛋和草叢熱氣的標記。我捲起地圖放回懷中，打起精神默念佛號，還來不及喘口氣，眼前又是一條蛇無情地橫臥在路中央。

就在我心想，或許再怎麼祈禱仍會遇到蛇時，忽然察覺蛇是山中之靈，於是丟下手杖，雙膝跪地，雙手撐在火燙的地上。

『真的非常抱歉，請讓我通行吧。我會盡可能不打擾您的午休，靜靜通過。請看，我也把手杖丟棄了。』我在心中讓步，誠心誠意懇求後，一抬起頭便聽見驚人的聲音。

當下的感覺是，可能要出現非比尋常的大蛇了。三尺、四尺、五尺四方……草叢晃動的範圍逐漸擴大到一丈[7]左右，朝旁邊的小溪呈一直線倒下，最後，連遠方的山峰和山巒也一起晃動。我恐懼得全身顫抖，無法站立，周身發寒。回過神時，一陣山風自山上吹拂下來。

就在這時，我隱約聽見山中傳來的回音，彷彿深山裡開了一個洞，從那裡團團捲起一股旋風。

或許是我的誠心打動山中之靈，蛇不見了，暑氣也不再那麼難耐。我振奮精神邁步向前，過不了多久就明白風忽然變冷的原因。

原來，眼前出現一座大森林。

人們常說『在天生嶺，萬里無雲也會下雨』，我也聽過這裡有一座自神話時代至今未經砍伐的森林。仔細想想，剛才一路上看到的樹未免太少。

才剛送走蛇，又轉變為將有螃蟹橫行而過似的氛圍，連草鞋都變得濕涼。走了一陣子，周遭暗了下來，幽微的陽光從僅能模糊分辨杉、松、朴樹的遙遠地方射進森林，昏暗之下，連土壤看起來都是黑色的。其中，日光照進森林之處，美麗的光線形成藍色與紅色的皺摺。

高處枝頭上，積在葉子表面的露水如細線般流下，不時濡濕腳尖。此外，偶有落葉自常綠樹上飄下。分不出是哪一種樹的葉子啪啦啪啦落下，有的沙沙擦過檜皮笠，有的落在我的身後。那或許是在枝頭與枝頭間飄盪，幾十年後才終於落地的葉子。」

八

「我心中的不安自是不言可喻，說來懦弱，但像我這般道行不足的人，身處暗處反而更容易有所覺悟。別的不提，在涼爽的環境中，身體放鬆下來，也就忘記雙腿的疲倦，多趕了不少路。走過大半個森林時，從頭上五、六尺左右的樹枝掉下一樣東西，落在我的笠頂。

像是個鉛錘，我心想大概是樹果之類的吧，甩了三次頭也甩不掉。我不當一回事地伸手去抓，傳來一股滑膩冰涼的觸感。

定睛一看，那就像撕成小塊的海參，沒有眼睛也沒有嘴巴，不過確定是一種動物。我一陣噁心，正想丟掉，牠竟滑向我的指尖，吸吮我的指頭才往下墜。瞬間，指尖滲出豔紅美麗的血。我嚇了一跳，低頭凝視時，發現和剛剛那隻一模一樣，寬約五分、長約三寸的山海參吸附在我彎起的手肘上。

我還愣在那裡，那傢伙一邊從下往上收縮，一邊逐漸膨脹。由於持續吸入鮮血，原本混濁

7 一尺約為三十公分，一丈等於十尺。

黑色的滑溜肌膚逐漸呈現茶褐色的條紋。沒錯，這個像凹凸不平小黃瓜的生物，就是吸血蛭。

任誰都認得出，只是這傢伙實在太大，我一時之間沒有察覺。不管在哪塊田地，或是任何沼澤地帶，都不可能出現這麼巨大的吸血蛭。

我猛力晃動手臂想甩掉，牠卻牢牢吸附，怎麼也甩不掉。無奈之餘，雖然噁心也只好徒手抓住硬扯，噗滋一聲，總算扯下來。我一刻都無法忍受繼續抓著，立刻將吸血蛭朝地上甩。不過，這裡或許是聚集幾萬隻巨大吸血蛭的地方，連森林中照不到陽光的泥土也像特地為牠們準備似地鬆軟，即使我用力往地上甩，吸血蛭仍沒有摔爛。

我隨即感到領口附近微微發癢，手心探進去一摸，滑膩的吸血蛭正試圖橫越我的背部。哇！胸部下方躲著另一隻，腰帶裡也有一隻。我臉色發青，往肩上一看，這裡也一隻。

情不自禁跳起來，全身顫抖朝大樹下狂奔，我一邊跑，一邊不顧一切地扯下在身上找到的吸血蛭。

總之就是可怕。剛才那棵樹上一定有吸血蛭棲息，我在噁心之餘回頭望去，映入眼簾的那棵不知名樹上，果然有數不清的吸血蛭像樹皮般覆蓋了整棵樹。

我環顧四周，右邊、左邊、前面的樹上也不例外，全布滿吸血蛭。

我忍不住發出恐懼的哀號。然後，你猜發生什麼事？我看得一清二楚，瘦長到露出深黑色條紋的吸血蛭，從上方如雨般紛紛落到我的身上。

吸血蛭接二連三掉在穿著草鞋的腳背上，一隻貼著一隻，我很快就看不到自己的腳尖。只要牠們還活著，便會不斷蠕動吸血。看到紛紛收縮著身體的吸血蛭，我差點昏厥。就在這時，腦中浮現一個奇妙的念頭。

這些恐怖的山蛭，或許從遙遠的神話時代便群聚於此，等待人們的到來。在堪稱永久的時間裡，這些蟲子不曉得吸吮幾百升的鮮血，滿足了慾望。當牠們的慾望得到滿足，就會一滴不留地將所有吸入的人血吐出，鮮血覆蓋山中所有土地，整座山或許將成為一片充滿鮮血與泥濘的大沼澤。與此同時，在這晒不到日光，即使白天也一片昏暗的森林中，大樹肯定會劈哩啪啦碎裂，化成一隻又一隻的山蛭。不，我當時真的這麼想。」

九

「我猜，人類滅亡時，或許不是衝破地球薄弱表面噴發的熔岩從天而降，也不是被大海淹沒，而是從這座飛驒森林化成吸血蛭開始，到最後整個地球變成鮮血與泥濘的沼澤。這些身體布滿黑色條狀凸起的蟲子泅泳其中，取代人類世代，成為另一個世界。恍惚之中，我產生這樣的想法。

原來如此，這座森林的入口乍看平凡無奇，一旦踏入其中，就會面對如此光景。要是再深入，肯定連樹根都會毫無保留地腐朽，化為一隻隻的山蛭吧。這下我死定了，看來在這裡被山蛭殺死就是我的宿命。不經意地發現，之所以浮現這樣的念頭，恐怕也是死期將至的緣故。

既然都要死，不如盡可能往前走，瞧一眼世上的人做夢也想不到的血泥大沼吧。下定決心的我，再也不覺得噁心或恐懼，將身上那些如串珠相連的吸血蛭伸手拍掉、抓起來丟掉，用力扯掉……揮手跺腳，踩著狂舞般的腳步前進。

起初，身體像是腫了一圈，癢得難受，到最後又感覺自己瘦成皮包骨，刺痛難耐。這段期間，我不斷向前走，吸血蛭也不斷汰舊換新，一波一波侵襲上來。

我頭暈目眩，隨時可能昏倒，不過，災難似乎到達極限，宛如來到隧道的盡頭，遠方天空隱約出現一輪朦月，脫離山蛭森林的出口就是那裡。

不，當我重回晴空之下時，彷彿想忘卻一切、粉碎一切，身體就此倒下，橫臥於山路上。無論地上有多少砂礫或荊棘，我不顧一切用身體摩擦地面，再從超過十隻肚皮朝天的吸血蛭屍骸上，奔向十幾公尺之外，全身顫抖著站在那裡。

簡直是瞧不起人。周圍山中的暮蟬，就在那座可能化為血泥大沼的森林旁鳴叫。日頭西斜，溪底昏暗。

無論如何，這麼一來，就算成為野狼的獵物，至少能死得痛快一點。懷抱著感激的心情，眼前的坡道也漸趨和緩，不肖小僧我不應景地扛起竹杖，拔腿就逃。

要不是飽受山蛭吸血糾纏，沒有那些說不出是痛是癢、難以形容的痛苦，我一定會高興得一個人在這條橫越飛驒的舊道上，一邊誦經一邊跳起邪門歪道的舞。若是那樣，不知將清心丹咬碎敷在傷口上會如何？看來我的神智已恢復清醒，擰了擰皮肉也能感受疼痛，確定重獲新生。話說回來，那個富山的賣藥人不曉得有何下場？依那種情形，搞不好他早化為泥淖中的鮮血，只剩下一張皮，遺留在陰暗的森林裡，甚至連骨頭都被數以百計的低等生物爬上去啃蝕殆盡，再怎麼潑醋也找不到了吧。

這麼想著，我持續前行。這條緩坡走來比想像中漫長。

下到坡道盡頭時，聽見流水聲。出乎意料，這種地方竟架著一道幾近一間[8]的土橋。

聽見谷底溪澗聲的同時，我真想一頭栽進去。若能把這副山蛭吸吮得不成樣的臭皮囊泡在水中，一定會很暢快吧。反正，要是這座橋過到一半便垮了，不也順理成章嗎？

不顧危險踏上土橋，雖然有些搖晃，倒也輕易橫渡。到了對岸，眼前又是一道斜坡，而且是上坡，實在累死人。」

8　一間約為一・八公尺。

十

「累成這樣，看來是無法爬上斜坡了。我這麼想著，前方忽然傳來馬匹嘶鳴的回音。不曉得是馬夫掉頭，還是載貨馬車經過，明明不久前的早上才和一名農人道別，我卻有種三、五年未與人見面交談的感覺，內心一陣懷念。只要有馬，代表附近一定有人煙。這個念頭令我振奮，決定再努力一下。

幸運的是，身體沒有想像中疲憊，我已抵達山中一戶人家前。時值夏季，這戶人家不單窗戶開著，或許是山中只有這戶人家，整幢房子呈現開放的狀態，連稱得上門的門都沒有。搖晃欲墜的簷廊上，坐著一個男人。我不顧一切，上前拉著對方說：

『拜託、拜託。』

我又說『叨擾了』，對方卻毫無回應。只是歪了歪頭，臉幾乎要貼上肩膀，舉止之間帶點孩子氣的稚嫩。一雙黑白分明的大眼無意義地盯著站在門口的我，全身慵懶得像是連轉動眼珠都嫌費力。他穿著短襬上衣，衣袖也短得不及手肘，外罩一件漿得硬挺的棉襖背心，在胸口打了個結，卻掩不住凸出的腹部，看起來彷彿穿著幼兒服裝。那肚子脹得像一面鼓，表面光滑，肚臍外凸。只見他一手玩弄那形狀奇怪，宛如南瓜蒂的肚臍，另一手則像幽靈一樣垂在半空。

彷彿忘了自己有腳，他把雙腿隨意往前伸。要不是還有腰身支撐，這人恐怕會像卸下的門簾般癱軟無力。即使如此，年紀看著也有二十二、三，微張的嘴巴上，鼻子塌得快被上唇捲入，額頭則很凸出。原本修成五分頭的頭髮變長了，像是雞冠，往後頸方向貼著耳朵下垂。不曉得是啞了還是傻了，總之，是青蛙也似的少年。我一陣驚訝，雖然沒有生命危險，對方的長相卻是另一個問題。不，事實上是個大問題。

『想拜託一下……』

可是，我只能先這麼開口。然而，他仍一點也聽不懂，啪嘰一聲，頭朝另一個方向歪去。這次是臉貼在左肩上，嘴巴依然微張。

像這樣的人，難保不會忽然發狂，或者把我抓起來，對我的肚臍又扭又舔當成回應。這麼一想，我不由得後退一步。念頭一轉，就算是這樣的深山，也不可能將他一個人丟在這裡，於是我稍微踮起腳尖，高聲呼喚：

『請問有人在家嗎？不好意思，叨擾了！』

從看似後門的地方傳出馬的嘶鳴，同時——

『哪位？』儲藏室傳來女人的話聲，我默念一句『南無阿彌陀佛』，希望出來的不要是白皙頸項上長了鱗片，拖著尾巴在地板爬行的妖怪。這麼一想，我又不由自主地後退一步。

『哎呀，是位師父？』這麼說著現身的，是個嬌小貌美、嗓音清亮，看起來很溫柔的婦人。

我大大吐了一口氣，什麼也沒說，只低頭應一聲『是』。

女人跪坐在地上，直起身子，打量佇立於黃昏之中的我。

『請問有什麼事嗎？』

從她未邀我進屋休息這一點看來，這戶人家打一開始就決定拒絕借宿要求，也不打算留人過夜吧。

話太晚出口就沒機會說，我想拜託也無從拜託起，只好往前邁出幾步。

我恭恭敬敬地彎腰鞠躬，問道：

『我打算越過山嶺前往信州，不曉得還要走多久才會有旅店？』

十一

『這位師父，至少得走八里喔。』

『除了旅店之外，您知道還有哪裡可借宿嗎？』

『那倒是沒有。』說著，女人眼睛也不眨一下，澄澈的目光凝視著我。

『我就直說了。其實，就算您告訴我，只要再走一町[9]，前面就有看在我是僧人的分上，願意提供上等房間讓我借宿一晚的人家，我也無法多走一步路。儲藏室或馬廄都無妨，拜託您了，請收留我一個晚上。』我一邊想著剛才那馬的嘶鳴肯定來自這戶人家，一邊這麼說。

女人思考一會，想起什麼似地走向一旁，拿起布袋，把裡面的東西往一個和膝蓋差不多高的桶裡嘩啦嘩啦地倒。一手抓著桶緣，一手往桶裡撈了撈，低下頭看。

『好吧，就讓您留宿。家裡的米還夠炊飯給您吃，現在又是夏天，儘管山裡入夜依然有點冷，寢具也還夠用。請進，總之先來坐坐。』

這番話尚未說完，我已坐下。女人輕盈起身，走到我身邊。

『師父，有些事想先說清楚。』

她這麼直接，倒教我忐忑不安。

『是，有什麼話請直說。』

『沒有，不是什麼大不了的事。只是我有個毛病，喜歡聽人說城市裡的事，簡直到了病入膏肓的程度。就算人家不說，我也會死纏爛打地追問。不過，到時候請您千萬不要告訴我。麻煩您了，就算我硬要追問，也請您無論如何都不能說。恕我再三叮嚀，這一點希望您務必遵

9　一町約為一〇九公尺。

守，絕對不要說。』

聽起來像是有什麼內情。

明明是在這種不知山高谷深的地方悄然獨立的人家，女人的話顯得格外奇怪，不過，畢竟不是難以遵守的戒律，我只能點頭答應。

『好，我答應，絕對不會違背承諾。』

我還沒說完，女人的態度立刻轉為親切和善。

『寒舍雖然簡陋，還是快請進來吧。當成自己的家，別客氣。對了，我去給您打盆洗腳水。』

『不，不用了，借我一條抹布就夠了。喔，不如這樣吧，若您能稍微幫我打溼抹布就太好了。我在路上歷經可怕的遭遇，噁心到幾乎想拋棄生命，現在只想趕緊擦擦背。給您添麻煩了，非常抱歉。』

『原來是這樣啊，難怪您流了一身大汗，一定熱壞了吧？請稍等。人家說抵達旅店洗個熱水澡，對旅客來說，比什麼山珍海味都珍貴。別提熱水，這裡連杯茶都無法好好招待。不過，從屋後的懸崖下去，有一條乾淨的小河。乾脆到那裡沖沖涼，不知您意下如何？』

光是聽她這麼說，我便想飛奔過去。

『那就再好不過了。』

『來，我給您帶路。沒事的，我正好要去淘米。』女人抱起剛才那個桶子，在簷廊邊穿上草鞋，再蹲下身從廊下拉出一雙舊木屐。把兩隻木屐拿起來敲一敲，敲掉灰塵後，整齊地擺在我面前。

『請穿這雙吧，您的草鞋放在這裡就好。』

我舉手行禮。

『真抱歉，謝謝您。』

『留師父下來過夜，或許是前世的緣分，請別客氣。』她這麼說，親切得教人害怕。」

十二

「女人說『請跟我來』，便抱著淘米桶站起，將一條手巾塞進細細的腰帶。

她將頭髮鬆鬆綰起，插上梳子，再別上髮簪固定，就別說那姿態多美了。

我速速脫下草鞋，借穿那雙舊木屐，從簷廊邊起身，正好看到那個傻少爺。

對方也盯著我，發出咿咿啊啊聲，不曉得想表達什麼。

『姊啊，這個、這個……』他一邊說，一邊有氣無力地舉起手，撫摸蓬亂的頭髮。『師父、師父？』

女人圓潤的臉頰上笑出酒窩，連續點了三下頭。

少年『唔』一聲，再次低下頭，又撥弄起肚臍。

我深感同情，因而無法抬起頭。偷偷窺望女人，卻見她不以為意地邁步向前。我跟在她身後走出去時，繡球花叢下忽然冒出一個老爹。

他似乎剛從後門進來，穿著草鞋，拎著一條長繩，繩子一端是個四角布包。只見他叼著菸管，往我們身邊一站。

『來了個和尚啊。』

女人轉向他。

『大叔，怎麼了嗎？』

『沒有啦，人家說駑馬少根筋，指的便是那傢伙。原本他就是不吃點苦頭不會聽話，不過，只要靠我的三寸不爛之舌，明天賣個好價錢就能換很多東西，接下來兩、三個月小姐都不愁吃穿。』

『那就拜託你了。』

『明白、明白。咦，小姐要上哪去？』

『去一下崖邊小河。』

『帶年輕和尚去河邊，小心別落水。我會努力守在這裡。』老爹一個轉身，坐上簷廊。

『師父，您聽聽，他竟說這種話。』女人瞅著我微笑。

『我還是自己去吧。』我退到一旁，老爹哈哈大笑。

『哈哈哈哈，快去。』

『大叔，今天難得來兩位客人，雖然是這種時間，之後搞不好還會有人上門。到時候如果只有次郎在家，會給人添麻煩的，請您在這裡休息到我回來吧。』

『可以啊。』說完，老爹跪坐著蹭到少年身邊，用那鐵打似的拳頭敲了敲少年的背。這傻瓜圓滾滾的肚子頓時一陣晃動，嘴角一撇像是要哭了，又咧嘴笑開。

我打了個哆嗦，背過身，女人仍一副不以為意的樣子。

老爹張大嘴巴，接著道：

『趁妳不在的時候，拐走妳家相公好了。』

『請便、請便，那再好不過。師父，我們走吧。』

儘管感受到背後老爹的視線，在女人的帶領下，我還是沿著牆壁，朝繡球花叢的另一側走去。

快到後門時，左邊有一間馬廄，裡面發出喀答喀答聲，大概是馬在踢木板吧。此刻，天色已暗下來。

『師父，就從這邊往下走。路雖然不滑，但崎嶇不平，請小心。』她這麼說。」

十三

「開始下坡的地方，有棵樹幹細長、高得出奇的松樹。樹幹光禿禿的，長到五、六間的高度都沒有一根樹枝。從樹下走過時，抬頭可見白色月亮掛在樹梢，形狀清晰可辨。即使來到這種地方，月亮還是月亮。眺望著那十三夜[10]的月亮，不禁懷疑起俗世究竟在什麼地方。

忽然看不到走在前面的女人身影，我抓住樹幹往下窺望，才看到她就在下方不遠處。

女人抬頭對我說：

『這邊地勢忽然變低，小心點。您穿著木屐恐怕不好走，不介意的話，換穿我的草鞋吧。』

聽她這麼提議，想必是發現我之所以落後，是木屐不好走路的關係。我一方面怕跌倒，一方面又想快點到河邊，洗去一身山蛭留下來的殘垢。

『不要緊，如果木屐不行我就打赤腳，請不用在意。讓小姐擔心了，真是不好意思。』

『咦，您叫我小姐？』女人提高聲調，露出豔麗的笑容。

『是啊，剛才那位老爹不是這麼稱呼您嗎？難道您不是小姐，而是太太了嗎？』

『不管怎樣，我的年紀都能當您的阿姨了。總之，請快下來吧。雖然建議您換穿草鞋，若是刺傷了腳可不行。況且，腳弄濕也不舒服吧？』她站在那邊說著，拉起和服衣襬。白皙的腳融入黑暗中，走起路就像逐漸消融的霜。

沿著坡道往下，女人身邊的草叢裡，跳出一隻蟾蜍。

『哇，真噁心。』這麼說著，女人把腳向後一抬，往前方跳。

『沒看到有客人在嗎？纏在人家腳邊做什麼，太享受了吧？安分點，吃吃蟲子就好。師父快下來吧，牠們不會怎樣的，畢竟是如此偏僻的地方，連這種東西都怕寂寞，想親近人了。哎呀，真討厭，說得彷彿我跟這些傢伙是朋友，那可不行。』

蟾蜍又一跳一跳地消失在草叢裡，女人繼續往前。

『請站上來。地面泥土太軟，一踩就塌，不能走。』

她指的是一棵倒下的大樹，由於被雜草蓋住，只露出一部分。只要踩上樹幹，穿著木屐也不礙事。那棵樹的樹幹粗得驚人，我恍然大悟。踩著樹幹走到底，耳邊便傳來激烈的流水聲，但也花了點時間才走到那裡。

抬頭一看，已不見松樹的影子。十三夜的月亮低矮，掛在剛才走下來的那座山頂，被山頭遮住一半。不過，好似伸手就能觸碰到的月光，其實高不可測。

10 陰曆九月十三日的夜晚。

『師父，這邊。』

女人就在眼前不遠處，站在下方等待。

那裡有一整片的岩石，山谷之間的溪水沿著岩壁往下流，在底部沉積成河。河寬將近一間，走到河邊，水聲反而沒想像中大，美麗的小河宛如融化的玉石。遠方則傳來湍急的水聲，激烈得彷彿要擊碎岩石。

對岸是另一座山的山腳，頂上一片漆黑。站在山腳下往月光照亮的山腹望去，其下堆疊著大大小小的石塊，有形狀像蠑螺的，有呈六角切面的，有尖細如劍的，有渾圓如球的，舉目所及全是岩石，愈往下愈大。最下方泡在水裡的，已大得宛若小山。」

十四

「『今天水量增加得恰到好處，不用泡進河裡，站在上面也沒問題。』女人說著，將腳背泡進水中，蜷起腳趾，雪白的裸足就這麼站在河底的石板上。

我們所在的地方，是剛才下來那座山的山腳下。水流向山腳，形成一個類似歌舞伎舞臺形狀的四角凹槽，這塊石板正好嵌入凹進去的部位。看不到上游也看不到下游，但看得到蜿蜒的河朝對岸那座岩山流去。每隔五尺、三尺就能看到岩石露出水面，水流朝上游方向漸行漸遠，在月光照耀下彷彿銀色的鎧甲。眼前近處的水流，則像梳理得根根分明，隨風擺盪的白絲。

『好美的河流。』

『是的，這條河的源頭是瀑布，行經這座山的旅人都說曾在某處聽見大風的呼嘯，您在來此的那條路上也察覺到了吧？』

的確，在走進潛伏大量山蛭的森林前，我也曾聽見那聲音。

『那是風吹進林子的聲音嗎？』

『不，大家都這麼說，其實不是的。從距離那座森林三里左右的岔路進去，可看到一個大瀑布。據傳那是日本第一大瀑布，只因路途險峻，實際去過的人十中無一。由於瀑布上游溪水暴漲，在距今十三年前引發一場可怕的水災，連這麼高的地方，都淹沒水底，山腳下的村莊與民宅全被大水沖走。這上面原本是部落，有二十戶左右的人家。這條小河就是當時出現的，請看，河裡的踏腳石，全是當時沖過來的。』

女人不知何時淘好了米，挺著胸脯站在那裡，衣襟散亂，乳房半露。鼻梁高挺的臉上，雙唇緊抿，抬頭眺望對岸山頂，眼神迷濛。月光只照亮山腹的岩石，卻未照亮山頂。

『現在這樣看，都還覺得可怕。』女人說著，望向蹲下沖洗雙臂的我。

『哎呀，師父，您洗得這麼拘謹，會把衣服打溼的，那該有多不舒服。脫光洗吧，我幫您刷背。』

『不……』

『不什麼不，快點、快點，袈裟的衣袖都要浸到水裡了吧？』女人不由分說地走到我身後，伸手去拉腰帶。無視我的掙扎退縮，瞬間就把我的衣服剝光。

我有個嚴厲的師父，又自知是修行人，因此記憶中一次也沒在人前赤身裸體過，更別提是在女人面前。我像隻蝸牛，交出視為城池的殼，無法抗議也動彈不得，只能駝著背，併攏膝蓋，蜷曲著身體。女人將脫下的袈裟輕輕掛在一旁的樹枝上。

『衣服就先放在這裡，我幫您刷背。哎呀，別動，就當是您稱我為小姐的回禮。讓阿姨我來服侍您，您就乖乖接受吧。』說完，女人咬住一邊衣袖，把袖子拉高，白玉般的雙臂放在我一絲不掛的裸背上。當她盯著我的背部時——

『哇啊！』

『怎麼了嗎？』

『怎會整片瘀血？』

『是啊，就是呢，我遇到了大慘事。』

那段經歷，如今想起仍毛骨悚然。」

十五

「女人一臉驚訝。

『在森林裡遇上吸血蛭？真是苦了您。旅人常說，飛驒山裡有個地方會下蛭雨，指的就是那裡。您不知道要走捷徑，才會闖進山蛭窩。還留下一條命，說是佛祖的保佑也不為過，畢竟那些傢伙連牛馬都能殺死。不過，這片瘀血不僅看起來疼，一定也很癢吧？』

『不，只剩下痛了。』

『這樣的話，粗布手巾會擦破您柔嫩的皮膚呢。』說著，她柔軟如棉花的手撫上我的肌膚。

接著，她把水潑在我的雙肩、背部、側腹與臀部。

那水並非冷得刺骨，雖然和天熱有關，但也不只這個原因。不知是我熱血沸騰，還是女人散發溫暖，總之，她掬起為我洗身的水溫度適中，滲入心脾。說起來，好水本就給人柔軟的感觸。

或許是那股難以言喻的舒暢引發我的睏意，我打起盹來，傷口漸漸不再疼痛，意識慢慢變得模糊。拜兩人身體緊密貼合之賜，感覺就像包圍在花瓣中。

女人美得不像山中居民，就算在都會中也極為罕見，更別提那纖細柔弱的姿態。幫我擦背沖澡不久，身後就傳來她掩不住的喘氣聲。我一直想拒絕，卻陶醉在那股難以言喻的舒暢中，恍惚地放任她繼續替我擦洗身體。

此外，不知是山中氣息，還是女人身上的幽香，鼻端聞到淡淡的怡人香氣。然而，我以為那是背後女人吐出的氣息。」說到這裡，上人稍微停頓。

「啊，不好意思，您方便把旁邊燈籠的火光撥亮一點嗎？在暗處說話，故事都顯得詭異。接下來，我要拋開羞恥心，一口氣說下去嘍。」

事實上，房裡的燈光暗得幾乎看不到趴在身旁的上人。我趕緊挑亮燈，只見上人微微一笑，繼續道：

「於是，我在不知不覺中，進入那夢境般散發不可思議香氣的溫暖花瓣中，腿、腰、手臂、肩膀、脖子感受到柔軟的包覆，最後連頭部也被完全籠罩。我心頭一驚，一屁股跌坐在地。腿伸進水裡，以為要落河的瞬間，女人的手從背後越過我的肩膀，按住我的胸口，我牢牢抓住她。

『師父，我在您身邊是否一身汗臭？我很怕熱，才這樣就一身汗。』我急忙放開抓在胸口的手，直挺挺地站起來。

『失禮了。』

『不會，又沒人看見。』女人說得若無其事，我才發現她不知何時褪去衣服，裸露絲絹般光滑柔嫩的身體。

我怎能不吃驚？

『我太胖了，才會熱成這樣，實在丟臉。最近我每天都得來河邊兩、三次，洗去一身汗水。如果沒有這條河水，真不曉得該如何是好。師父，請用手巾。』女人將擰好的手巾遞給我。

『請用那個擦腳吧。』

我的身體在不知不覺間擦乾淨了。這事連說出來都奢侈，抱歉啊，哈哈哈哈哈。」

十六

「定睛一看，和穿著衣服時截然不同，女人有著豐滿的肉體與吹彈可破的肌膚。

『剛才進馬廄照顧那匹馬，馬朝我噴了一身氣，黏黏的好難受。正好，我也來擦擦身體。』

她與我說話的語氣，彷彿我們是一對姊弟。只見她撩起黑髮，拿手巾擦拭腋下，再用雙手擰乾。站在眼前的她，簡直是雪的化身。以這條河川的靈水擦拭如此白皙的肌膚，這位女性流出的汗水肯定是淡淡的粉紅色吧。

女人拿梳子梳理一頭黑髮。

『哎，一個女人做出這麼粗魯的事，要是掉進河裡怎麼辦？若是漂到下游，村裡的人看到又會有何感想？』

『他們會以為看到白桃花吧。』我不禁脫口而出，恰巧與她四目相接。

她看起來非常開心，嫣然一笑，彷彿年輕七、八歲，臉頰浮現少女般嬌羞的紅暈，低下頭。

我轉移視線，然而，女人沐浴在月下水霧中的身影，清楚映照在對岸那塊因濺濕而發亮的平滑大石上，散發出一絲青光。

原先在昏暗中看不清楚，這時才發現那裡似乎有個洞穴。一隻和鳥差不多大的蝙蝠飛來，遮斷我的視線。

『喂，你幹什麼？沒看到有客人嗎？』

女人對不請自來的蝙蝠發出嬌嗔。

『怎麼了嗎？』我穿妥袈裟，鎮定地問。

『沒事。』

女人只應了這句，似乎有些心虛地背過身。

接著，又有和小狗差不多大的鼠灰色生物跑來，嚇了我一跳。只見牠從崖上橫空一躍，攀在女人背上。

裸身佇立的女人，腰部以下都被那生物擋住。

『畜生，沒瞧見有客人嗎！』

女人的話聲裡帶著慍怒。

『你們幾個真是囂張！』氣沖沖地說著，女人反手敲了敲從她腋下探出頭的動物。

那小傢伙發出吱吱怪叫，直接往後一跳，長長的胳臂抓住方才用來掛我袈裟的樹枝。以為牠要吊掛在樹枝上，牠卻在空中轉了半圈，順勢爬到樹上。原來是隻猴子啊。

猴子在樹枝之間跳來跳去，一轉眼就沙沙爬上必須抬頭仰望的高聳樹頂。

透過樹葉的縫隙，恰恰能看見掛在山巔的月亮。

女人一臉不悅。我這才想起，她今晚遭到的調戲不只這一次。蟾蜍、蝙蝠，加上猴子，總共三次。

小動物的惡作劇似乎惹惱了她，此刻，她就像對嬉鬧過頭的孩子發脾氣的年輕母親。

她一副要真的動怒的樣子穿上衣服，我什麼也沒問，縮在一旁默默等待。」

十七

「溫柔中帶有堅強，看似親切實則穩重，具有非常容易親近卻不能輕易狎近的氣質，無論遇到什麼狀況都能冷靜應對，不會大驚小怪。這就是我對那女人的印象。要是惹怒這位出色的美女，一定不會有好事。見女人板著臉，我頓失依靠，只敢在一旁戰戰兢兢地等待，沒想到是白擔心一場。

『師父，剛才那些事真可笑。』女人像是忽然想起什麼，露出愉快的笑容。

『拿牠們真是沒轍。』

她恢復親切的態度，繫好腰帶。

『那麼，我們回家吧。』她抱起淘米桶，套上草鞋，輕盈地跳上山崖。

『這邊路不好走，師父請小心。』

『是，不過我也大概抓到訣竅了。』

我自認已掌握附近的狀況，沒想到要往上跳時，抬頭一看，懸崖還是比想像中高許多。

走著走著，回到剛才踩過的那根樹幹。先前提過，這根樹幹倒在草叢中，樹皮像鱗片一樣斑駁。若要比喻，松樹的樹幹還真像一條大蛇。

尤其是往崖上蜿蜒伸展的樣子，簡直像得不能再像。一想到真有軀體如此巨大的蛇，腦中立刻清楚描繪出牠頭尾藏在草叢裡，橫躺在月光下的情景。

走在山路上，思及此事，我的腳步忍不住退縮。

女人不時貼心地回頭提醒：

『走在這根樹幹上時，千萬不能往下看。中間那段的下方恰恰是個深谷，要是眼花就糟了。』

『是。』

這樣磨蹭下去也不是辦法，我嘲笑自己的膽小，不顧一切踏上樹幹。為了防滑，樹幹上刻了紋路，只要專心走，即使穿著木屐也不礙事。

然而，在山路上的遭遇令我難以忍受。踏上樹幹後只覺腳下一陣搖晃，彷彿就要滑倒。我哇地大叫，跌坐在樹幹上，雙腳分跨在樹幹兩側。

『哎呀，這麼膽小。穿著木屐果然不行，換穿這個吧。來，乖乖聽我的。』

從方才開始，我對女人不由自主懷抱敬畏之心。無論是好是壞，這話聽來都像命令，我只能按照吩咐換上草鞋。

請聽我說，女人一邊換穿木屐，一邊抓住我的手。

瞬間，我有種身輕如燕的感覺，跟在女人身後，輕而易舉地便走回她家後門。

一抵達，就聽見一個聲音：

『我說，去了那麼久，和尚竟好端端地回來？』

『在說什麼渾話？大叔，怎麼沒有好好看家？』

『這時間我在不在都無所謂了。況且，要是太晚回去，這路走起來也辛苦，我想差不多該把馬牽出來準備了。』

『還真是讓你久等了呢。』

『不用客氣，快去吧。妳家相公也沒事，只是怎麼都不聽我的話，哈哈哈哈哈。』無意義的一陣大笑後，老爹往馬廄走去。

那個傻瓜依然坐在同一個地方，像一隻沒晒到太陽就不會輕易融化的水母。」

十八

「『咿咿』的嘶鳴中，夾雜著『啐！走走走』的聲音。只見老爹從後門牽出一匹馬，伴隨迴盪在簷廊下的噠噠馬蹄聲，將馬牽到門口。

老爹手持韁繩佇立。

『小姐，我這就走啦，好好招待和尚。』

女人把燈籠提到地炕旁，往鍋子下探頭生火，聽到老爹的話便抬起頭，拿著火鉗的手放在腿上說：

『辛苦你了。』

『沒什麼，不用謝。啐！』老爹拉拉馬上的韁繩。那是一匹黑毛中摻雜白毛，毛皮散發青色光澤的強壯母馬，並未裝上馬具，鬃毛有點稀疏。

馬在我眼中並不稀奇，但我也不想拘謹地坐在那個傻瓜後面。看老爹就快牽著馬走了，我趕緊跳下簷廊問：

『您要帶這匹馬去哪裡？』

『怎麼？去諏訪湖邊的馬市啊。走和尚您明天早晨也會走的山路去。』

『您該不會是想乘上這匹馬逃之夭夭吧？』

女人急忙這麼說，打斷我與老爹的對話。

『不，怎麼可能。身為一個修行人，不能偷懶騎馬。』

聽我這麼回答，老爹接著道：

『何況，這匹馬不是普通人能騎的。和尚您好不容易撿回一條命，今晚還是乖乖待在我家小姐懷裡，讓她伺候您吧。那麼，我就此告辭，出發啦。』

『好。』女人回應。

『這個畜生。』老爹拉扯韁繩，馬卻動也不動，翕動著鼻子，一張大臉朝我轉來，似乎想看清我和女人。

『走走走，你這畜生。真是沒用的傢伙，快走啊！』

老爹左右拉扯韁繩，馬的腳卻像在地上生了根，文風不動。

老爹非常火大，對馬又捶又打，繞著馬身轉了兩、三圈，馬仍一步也不動。就在老爹打算以肩膀撞馬的側腹時，牠總算抬起前腿，不過也只是做做樣子，四腳著地後，依然一動也不動。

『小姐、小姐。』

聽到老爹的叫喚，女人立刻站起，移動嫩白的腳尖，躲在燻黑的柱子後方，馬視線幾乎不可及的地方。

接著，老爹拿起塞在腰間的鹹菜色破爛手巾，擦拭滿是皺紋的額頭汗水，然後說聲『這就行了』，振奮精神再次繞回馬前。不料，馬依舊不為所動，老爹雙手握緊韁繩，雙腿併攏，身體後仰，用盡全力拉扯。

於是，馬發出淒厲的嘶鳴，雙腿朝前方半空中抬高。矮小的老爹向後一個翻滾，咚一聲倒在地上，在月夜裡掀起一片塵埃。

這一幕，或許連那傻瓜看了都覺好笑。只見他將歪著的頭轉正，張大兩片厚唇，露出大顆牙齒，抬起原本無力垂落的手，搧風似地搖個不停。

『這傢伙真會惹麻煩。』

女人自暴自棄地啐一聲，套上草鞋走向門口。

『小姐，別誤會了。這匹馬不是捨不得妳，好像從一開始就盯上這和尚。師父，你該不會認識這畜生吧？』

不，要是認識才驚人吧。
沒想到女人卻說：
『師父，來這裡的路上，您是否曾遇見什麼人？』

十九

「『是的，我在辻村前遇到一個從富山來的賣藥人，他早我一步走上那條舊道。』
『這樣啊，原來如此。』女人露出恍然大悟的笑容，朝馬望去。她似乎覺得很好笑，那模樣有些輕浮。
這時的她看起來非常平易近人，我趁機問：
『難道他來過這裡嗎？』
『不，我不認識那人。』女人答道。她瞬間變回不可忤逆的模樣，我趕緊閉上嘴巴，望向在馬前腿下拍拂身上塵埃的老爹。
『真沒辦法。』一邊這麼說，女人一邊拉下細細的腰帶，再將差點掉到地上的那條帶子拉回來，露出有點猶豫的表情。
『啊啊、啊啊。』傻瓜發出含混不清的聲音，一如往常伸出懸空的手。女人將腰帶交給他後，他便像攤開包袱巾般，把腰帶放在疲軟無力的腿上，繞成一個圈，彷彿守護著什麼寶物。女人掩著和服敞開的胸口，雙手交抱，靜靜走出門口，往馬身邊一站。

我愕然望著這一幕。只見她踮起腳尖，高舉曲線柔和的手臂，摸了馬鬃兩、三下。站在馬的正面，看似忽然長高不少的女人眼神堅定，緊抿雙唇。美麗的臉龐上浮現陶醉的表情，原有的溫柔、嬌媚和親切感瞬間消失，展現不知該說是神還是魔的姿態。

霎時，寂靜的深山彷彿充滿精氣，前後左右的山林與遠方的高峰紛紛晃動抬頭，噘起嘴。無視周遭動靜的老爹，專注凝視眼前這遠離塵世的另一個世界裡發生的事，守護凜然立於馬前的月下美人。

一陣溫暖的風吹過，女人從和服裡抽出左手，裸露肩膀，接著抽出右手，將披在身上的單衣轉到胸前揉成一團，頓時變得一絲不掛。

馬從背部到腹部的皮忽然鬆弛，全身汗水淋漓，至今站定不動的四條腿也顫抖起來，鼻頭抵著地面，口吐白沫，前腿似乎就要彎折。

這時，女人的手放在馬的下巴，拿單衣蓋住馬的眼睛，接著如脫兔般縱身一跳，以後仰的姿勢，在充滿妖氣的朦朧月光下將身體擠入馬的兩條前腿之間。然後，她取下罩在馬臉上的衣服，一邊抓緊衣服，一邊從馬的下腹旁穿過。

老爹像是對一切瞭然於胸，趁機拉扯韁繩。馬立刻奮力抬腿，朝山路邁進。噠噠、噠噠，一人一馬漸行漸遠，離開視野之外。

女人拉著衣服走上簷廊，想拿回剛才交給傻瓜的腰帶。傻瓜捨不得放手，緊緊抓住腰帶，甚至舉起手想摸女人的胸部。

女人粗魯地拍掉傻瓜的手，狠狠瞪他一眼。傻瓜被瞪得垂下頭。這一切發生在燈籠幽微的光線下，猶如不真切的幻影。此時，炕上的柴薪燒得劈啪響，火焰熊熊燃燒，女人趕緊跑回屋內。從彷彿天上月亮的另一端那麼遠的地方，傳來馬夫哼歌的聲音。

二十

「接下來要說的，是吃飯時的事。端上桌的是尋常山中人家的菜色，有醃菜、漬生薑、水煮海帶芽，味噌湯裡加入叫不出名字的鹽漬菇類，不過，絕對不只有紅蘿蔔和葫蘆乾。

菜色簡素，卻稱得上是功夫菜。我肚子也餓了，沒有什麼比佳肴更值得感恩，再怎麼說都不可能不好吃。女人把托盤放在腿上，撐著手肘，托腮開心地看著我進食。

沒人陪坐在簷廊的傻瓜玩，他百無聊賴地爬進屋內，捧著圓滾滾的肚子來到女人旁邊，身子一攤盤腿坐下，緊盯著我吃的飯菜，指著我嘟噥：

『唔唔唔唔、唔唔唔唔。』

『怎麼？你等一下再吃啊。現在不是有客人嗎？』
傻瓜露出窩囊的表情，撇著嘴搖頭。
『不要？拿你沒辦法，那就一起吃吧。師父，失禮了。』
我不由得放下筷子。『請不用客氣，承蒙盛情款待，我才真是愧疚。』
『別這麼說，師父。這人明明可以等一下再跟我一起吃，淨會給人添麻煩。』女人依然親切熱情，很快為傻瓜準備一盤飯菜。
盛飯的手勢俐落，就像個堅強的妻子，而且高貴優雅。女人散發一股出身富貴人家的氣質。
傻瓜混濁的眼珠盯著女人端上的飯菜。
『那個……啊啊……我要……那個……』他骨碌骨碌地轉動眼珠。
女人凝視著他。『這樣就好了，可以嗎？那種東西隨時都能吃，今晚有客人在啊。』
『唔姆，不要、不要。』傻瓜搖動肩膀，肚皮晃動，搔著肚臍就要哭泣。
女人一臉無奈，連一旁的我都不免心生同情。
『小姐，雖然不曉得他要什麼，您就答應他吧。這麼顧慮我，反倒教我難受。』我客氣地說。
女人沉吟半晌，又問傻瓜：『真的不要？這樣真的不行？』

傻瓜快哭了。女人怨懟地睨他一眼，從壞掉的櫃子拿出放在小碗裡的東西，迅速盛入傻瓜的盤中。

『拿去吧。』女人賭氣似地說，強顏歡笑。

哎呀，這下可傷腦筋。出現在我眼前的，肯定不是燉錦蛇就是燜孕猴，程度輕微點，也得看那傻瓜大口吃起晒赤蛙乾的模樣了吧。不料，偷瞄一眼，傻瓜一手托著碗，一手從碗裡抓出來吃的，只是一條陳年醃蘿蔔。

而且，那還不是切片的。一條醃蘿蔔只切成三段，他叼著粗大的醃蘿蔔，咔啦咔啦地嚼起來。

女人顯然不知所措，朝我一瞥便羞紅臉。明明不該是這種人，她卻露出清純嬌羞的表情，拿起放在腿上的手巾掩住嘴角。

原來，醃蘿蔔是傻瓜少年的主食嗎？這麼說來，無論是顏色或圓滾的模樣，他的身體都像一條醃蘿蔔。傻瓜相公很快啃掉一條獵物，也不要求喝餐後湯，一臉倦怠地朝正面吐氣。

『不知為何，我覺得胸口好悶，一點也吃不下，等一會再吃吧。』

女人連拿都沒拿起筷子，將我們兩人的托盤撤下。」

二十一

「忘了她垂頭喪氣多久。

『師父，您也累了，請早點歇息。』

『謝謝，我還不睏。拜剛才清洗身體之賜，一身疲勞都洗去了。』

『那水能治百病，我每次精疲力竭，瘦成皮包骨時，只要在那河水裡泡上半天，就會重返青春，人也變得豐潤起來。其實，就算接下來入冬，整座山都結冰，白雪覆蓋所有河川與山崖，唯獨那條河裡的水不會消失，還會冒出蒸氣。

無論是被槍打傷的猿猴或折斷腿的夜鷺，各種生物都會去那裡沐浴，於是動物的足跡自然踏出了那條通往懸崖的道路。河水對您的身體一定也有療效。

如果您還不累，請陪我聊聊天吧。我太寂寞了，寂寞得難以承受。說來丟臉，隱居在深山中，我連話都忘了怎麼講，內心不安得很。

師父，您要是睏了也別客氣。家裡雖然沒有像樣的寢室，至少一隻蚊子也沒有。鎮上的人都說，住在山上部落的人從未看過蚊子，到鎮上過夜時，見蚊帳吊掛在床上不曉得怎麼進去睡，竟大呼小叫地借來梯子，打算從上面進去呢。

在這裡，即使酣睡到早晨也不會聽見半點鐘聲。沒有雞啼，更沒有狗叫，您可以安心就寢。

我家這口子自出生後就在山裡長大，儘管不知世事，肚量卻很寬大。不必顧慮他，也不必跟他客氣。

即使如此，若有穿著打扮陌生的人來訪，他仍會恭恭敬敬地行禮寒暄。這麼一提，還沒讓他跟您正式打招呼。這陣子他身子不好，變得懶懶散散。不，他不完全是傻的，其實他什麼都懂。』

『來，快跟師父打招呼。咦，忘了怎麼鞠躬嗎？』女人親切地靠近傻瓜，從下往上窺望他的表情，一臉欣慰地這麼說。傻瓜原本胡亂擺盪的手恭敬伏地，像發條鬆了的人偶般垂下頭行禮。

我一陣激動，也低頭對他說：

『您好，請多指教。』

垂下頭時，身體瞬間失去力氣，傻瓜差點躺下，女人溫柔地扶起他。

『嗯，做得很好。』

女人的表情像是對他有著無比的讚賞。

『師父，剛才提到的水能治百病，其實唯獨這人的病，連那水也沒有辦法治好。他無法用雙腿站立，不管讓他學什麼都派不上用場。況且，您看，要他鞠個躬都這麼費勁。教他的東西雖然記得住，但在他眼裡都很困難，他也學得很痛苦。所以我心想，這只是折磨他罷了，便什麼都不讓他做，於是他漸漸忘了手怎麼動、話怎麼說。即使如此，他仍會唱歌，現在也還記得兩、三首。來，唱首歌給客人聽吧。』

傻瓜望向女人，接著打量我，怕生地搖搖頭。」

二十二

「女人又是鼓勵，又是哄騙，傻瓜才終於歪著脖子，一邊玩弄肚臍一邊唱起歌曲。

木曾御嶽山，夏季亦寒冷，
勿忘多添衣，勿忘著布襪。

『他學得很好吧？』女人側耳傾聽，微微一笑。

不可思議的是，傻瓜唱歌時的聲音，別說現在聽著故事的你，就連當時的我也無法想像。那是和原本的他有著天壤之別的聲音。無論是音節、曲調的高低，或氣息的長短，最重要的是那嘹亮清朗的歌聲，教人難以相信出自少年之喉。說是那傻瓜的前世從另一個世界，將聲音透過特殊管子傳送到他肚子裡，搞不好還比較容易接受。

我恭謹聽完歌聲後，雙手放在腿上，無論如何也無法抬頭看這對男女。心揪得好緊，眼淚啪啪掉落。

女人立刻察覺，『哎呀，師父，您怎麼了？』

我一時發不出話，過了半晌才說：

『沒有，我沒事。我不問小姐什麼，也請您什麼都別問我。』

我無法詳述心情，只能這麼回答。其實，從之前他們相處的樣子我早已明白，女人對那男人有多溫柔無私。雖然與我無關，我卻打心底感到高興，忍不住流下眼淚。你說，難道不是嗎？就算插上金玉髮簪，身穿蝶裳羽衣，腳踏寶石彩鞋，在驪山的宮殿裡與皇帝雙宿雙飛也不為過，她就是如此雍容豔麗的女人。

女人似乎也不是不懂人心，立刻從神色讀出我的想法。

『師父，您真是溫柔的人。』她的眼眸透出一股難以言喻的光彩，凝視著我。我低垂著頭，對方也低下頭。

燈籠裡的火光又暗了下來，我猜是那傻瓜幹的好事。

為什麼這麼說呢？就在這時，氣氛變得尷尬，兩人都不知該說什麼才好，還想引吭高歌的那位官人一臉無趣，張大嘴巴打呵欠，一副想把燈籠吞下肚的模樣。

接著，他晃來晃去地說『睡覺吧、睡覺吧』，似乎控制不住搖擺的身體。

『你睏了是嗎？要睡覺了嗎？』女人說著，重新坐直。我驀然驚醒，左顧右盼，發現月光皎潔，將戶外照得如白晝般明亮。就著透進屋內的月光，我看見繡球花藍得鮮豔欲滴。

『師父也要歇息了嗎？』

『好的，打擾您真不好意思。』

『那麼，我這就去哄我家那口子睡覺，您請自便。這裡離門口雖然近，夏天還是睡在寬敞點的地方好。我們會睡在倉庫旁，您就在這裡安歇吧。請稍等。』女人站起來，快步走下泥地。她的動作太急，盤在頭上的黑髮順勢落在脖頸。

女人按著鬢角打開門，往門外看了一會，喃喃自語：

『哎呀，剛才那一陣混亂中，把梳子弄掉了。』

她指的是鑽進馬腹底下的事吧。」

二十三

這時，樓下走廊傳來腳步聲。由於四下沉寂，儘管來人靜靜邁開大步，依然聽得真切。

不久，那人似乎小解完了，傳來打開雨窗的聲響，接著是拿杓子舀水聲。

「哦，積雪了、積雪了。」如此低喃的，是這間客棧的老闆。

「這樣啊，原本另一個要來投宿的若狹商人，大概住到別的地方去了，此刻或許正做著什麼有趣的夢。」

「請繼續說完故事吧，後來怎麼了？」聽了這麼一個匪夷所思的故事，可不希望話題被岔開，我毫不客氣地催促雲遊僧。

「那天深夜……」於是，雲遊僧又說了起來。

「您大抵也想像得到吧？不管多疲倦，如前面所述，這是位於深山的獨戶住家，怎麼可能輕易入眠？況且，起初她不輕易讓我就寢，我也有些在意，睜著清醒的雙眼遲遲無法睡著。不過，身體畢竟疲憊不堪，意識逐漸模糊。再怎麼說，還有好一陣子天才會亮。

剛開始，我並未想太多，打算把注意力放在鐘聲上，一直想著：鐘怎麼還不敲，怎麼還不敲呢？過了好久，正覺得奇怪，我忽然記起『這種地方怎會有山寺』，倏地不安起來。

這時，若以山谷比喻，夜晚已來到最深的谷底，耳邊傳來那傻瓜粗魯的鼾聲。隨後，我立刻發現戶外似乎有動靜。

像是野獸的腳步聲，或許正從不遠處走近。『不管怎麼說，這都不是會有蟾蜍和猴子的地方』，為了讓自己放心，我暗暗想著，卻依然心神不寧。

過了一會，那傢伙朝正門口靠近。同時，我聽見羊的叫聲。我的枕頭就對著那個方向，換句話說，那聲音來自枕頭旁的門外。又過了一會，右手邊的繡球花下傳來鳥的振翅聲。

也可能是鼴鼠，發出吱吱叫聲沿著屋頂跑遠。接著，另一個聲音靠近，近得像小山落在胸口一樣緊迫，原來是牛的叫聲。遠方踩著小碎步跑來的，似乎是生有雙腿，腳踏草鞋的野獸。不，其實有各種東西，將這棟房子團團圍繞。光是我聽得見的，就有二、三十種不同的呼吸聲、振翅聲，其中還夾雜著竊竊私語。該怎麼說，那宛如一幅描繪畜生道的地獄圖，在月光的照耀下形成詭異的情景。就在與我只隔一層門板的地方，魑魅魍魎發出令樹葉也為之戰慄的氣息。

我屏氣凝神，倉庫裡傳來聲音。

『唔唔嗯……』那是女人深深的呼吸，她似乎在夢囈。

『今晚有客人喔。』她又這麼叫了一聲。

『今晚有客人不是嗎？』

過了一會，再度聽到這句話，這次她的聲音清晰嘹亮。

然後，她將話聲壓得極低：『有客人在啊。』

說完，便是翻身的聲響。接著，又是另一個翻身的聲響。

聚集在屋外的種種氣息似乎鼓譟起來，整棟房子都在搖晃。

我不禁誦念起陀羅尼[11]：

若不順我咒，惱亂說法者，
頭破作七分，如阿梨樹枝，
如殺父母罪，亦如厭油殃，
斗秤欺誑人，調達破僧罪，
犯此法師者，當獲如是殃。

（這意思是，假如不順從我誦念的咒語，擾亂講經說法者的心志，頭就會破裂成七塊，變得像阿梨樹的樹枝。罪愆之重可比殺死父母，可比榨油時加入蟲子，可比做生意時惡意欺瞞，可比提婆達多殺害釋迦牟尼之罪。若欲加害於這位法師，等於犯下這些大罪。）

11　出自《妙法蓮華經》卷七的〈陀羅尼品〉。

我專心誦念，聽見樹葉被風颯颯吹向南邊的聲響，而後四下恢復寂靜。那對夫妻的寢室也很安靜。」

二十四

「翌日正午時分，在山村附近，一個有瀑布的地方，我遇到昨天去賣馬的老爹，他恰巧回來。

當時我在考慮放棄修行，掉頭返回山中那獨戶人家，和女人共度一生。

坦白講，一路上我滿腦子都是這件事。幸虧這次途中沒有蛇橋也沒有蛭林，但不好走的路，滿身大汗的不適，只會讓我想起為了修行雲遊各地是多麼無趣。就算成為得道高僧，披上紫色袈裟，住進七堂伽藍[12]，我也一點都不在乎。即使被人稱為活佛，受盡膜拜，人們的熱情只會讓我感到苦悶。

我心中仍有所猶豫，有些話剛才沒說。其實，前一晚哄傻瓜入睡後，女人回到火炕邊，對我說：『與其特地重返俗世受苦，不如在這夏涼冬暖的地方住下來，和我一起生活吧。』光是這句話，就使我著了魔，但請讓我為自己找個藉口，我實在太同情她了。獨自住在深山中，陪伴連話都不會說的傻瓜，日子一久自己也忘記話要怎麼說，多麼悲哀！

尤其是那天早上，東方天空發白，我拋開眷戀向她道別時，她竟露出沮喪的表情表示：『真的很遺憾。我將獨自在這種地方老去，想必無法再次與您見面。日後，無論您行經多細小的河川，若看見白桃花瓣漂過，請想成是我的身體沉入溪澗，化為片片花瓣流過吧。』即使如此，她仍親切地對我說：『只要順著這條溪澗走就沒問題。即使您覺得已走很遠，堅持下去，一定能抵達村落。眼前出現躍動的流水，化為瀑布向下奔騰時，附近必有人家，請放心。』她指著看不到那棟山屋的地方，如此提醒我。

縱然無法成為牽手，只要能陪在她身邊，當她朝夕閒談的對象，一起喝菌菇味噌湯、一起吃飯，我為火爐添柴、她把鍋子擱上去，我撿來樹果、她就剝下果皮，兩人隔著紙門談笑聊天，然後一同前往溪澗洗身，女人赤身裸體為我刷背，呼出的氣息就近在身後，我將再次被那散發幽香的溫暖花瓣包圍，死亦無憾！

終於看到瀑布時，我竟按捺不住這番心思。現在回想起來，真是冷汗直流。

不僅如此，當時我心志渙散，肌肉鬆弛，再也不想步行。眼前出現人煙本該感到高興，我卻想著『就算有人對我好，也不過是像嘴臭的老太婆招待的一杯苦茶』。我根本不想走進山

12 堂宇齊備的大寺院。

村，於是停下腳步，坐在石頭上，恰巧面對那道瀑布。後來我才聽說，那是『夫妻瀑布』。

瀑布正上方有一塊凸出的黑色巨岩，狀似鯊魚張口。從高處流下的湍急山泉，撞擊石頭後分成兩股水流，形成高約四丈的瀑布，落在同樣泛著黑光的青色岩堆上，激出白色泡沫和水花，再以飛箭之勢流入山村。被岩石擋在後方的這股水流寬約六尺，並未激出水花，只滔滔不絕地落入河中。另一道瀑布較窄，僅有三尺，由於下方岩石雜多，流水好似珠簾四散，千百顆細碎的珠子嘩啦嘩啦地擦過那塊鯊魚岩，連綿不斷地落下。」

二十五

「那幕情景，宛若女瀑依靠著僅是一道水流也要勇猛越過岩石的男瀑。即使如此，兩道水流中間隔著岩石，女瀑細珠般的水滴終究無法抵達底端，在半空相互碰撞、推擠、搖擺，彷彿嘗盡艱辛的女人，姿態憔悴，水量也少，連流水聲都和周圍不同，聽起來像在哭泣，又像在怨懟，悲哀卻不失溫柔。

男瀑恰恰相反，光明正大，英姿煥發，氣勢足以擊碎岩石，貫穿大地。男女瀑在那塊鯊魚狀的岩石旁朝左右分開，化為兩道瀑布落下，這幅景色令人感慨萬分。內斂迎合的女瀑，就像攀住男人大腿哭得全身發抖的美女，連站在岸邊觀看的我也為之顫慄，心跳加速。更何況，前一天我才在這瀑布的上游，與住在那棟房子裡的女人一起洗澡。一思及此，不知是否錯覺，總覺得女人如畫的身影就要從女瀑中浮現。她的身影捲入水流，載浮載沉，肌膚被變成細長水柱的女瀑沖刷粉碎，好似片片散落的花瓣。當我還在驚訝，她的臉龐、胸部、乳房、手腳又恢復完整的姿態，浮浮沉沉，再度碎成片片，隨即復原。我終於承受不住，一頭栽入瀑布，想牢牢抱緊那道女瀑。回過神時，男瀑依然發出隆隆鳴響，與山谷回音相互呼應，轟然奔流。嗚呼，為何有這樣的力量卻不拯救女瀑？算了，我一切都不在乎了！

與其投身瀑布自盡，不如折返那棟遺世獨立的屋子。正因暗自懷抱齷齪的欲望，才會變成這樣，我竟還如此猶豫，簡直是個窩囊廢。只要能再見到那女人，再聽到她的聲音，就算眼睜睜看著他們夫妻同床共寢也無所謂，總比一輩子當苦苦修行的和尚好多了。我下定決心，打算不顧一切回頭，剛要從岩石上起身，有人從背後拍了拍我。

『哦，是師父。』聽到這句話時，好巧不巧，我正決定豁出去。於是，我內心一驚，慚愧地回過頭。不過，站在那裡的不是閻羅王派來的差使，而是賣馬的老爹。

大概把馬賣掉了，他雙手空空，肩揹小包，提著長達三尺，從頭到尾遍布閃閃金鱗的鯉魚。魚尾不斷拍動，顯然仍新鮮活跳。一根稻草穿過魚鰓，老爹就這麼拎著稻草，將魚提了起來。我不曉得該說什麼，默默睜大眼，老爹也緊盯著我。接著，他咧嘴一笑。那不是普通的笑容，而是有些詭異的滿足微笑。

『在這種地方做什麼？出家人必須好好修行，怎能因這種程度的暑氣，就跑到水邊納涼休息？從您昨夜借宿的地方到這裡也不過五里路，要是認真點走，恐怕早已到地藏菩薩前參拜了吧。

我看，您一定是對我家小姐起了邪念吧？哼哼，別想瞞過我，我的眼睛雖然紅，還是分辨得出是非黑白。

話說回來，要是普通人碰到我家小姐的手，又接觸那條河的水，不可能至今仍保持人樣。不是變成牛，就是變成馬，否則就是猿猴、蟾蜍或蝙蝠，總之，必定會化為飛禽走獸。昨夜您從那溪澗回來時，手腳面孔都維持著人形，我嚇一大跳。想必是您堅定的意志救了自己，這一點倒是不能不佩服。

看到我牽走的那匹馬了吧？您不是提過，走到小姐那棟屋子前，半路上曾遇見一個富山來的賣藥人？現在您應該猜到了，那個色慾薰心的傢伙，早就變成一匹馬，被我送入馬市賣了錢，這隻鯉魚就是用那錢買來的。鯉魚是小姐的最愛，即將成為晚餐桌上的佳肴。我說，您到底以為我家小姐是何方神聖？』」

聽到這裡，我忍不住打斷雲遊僧。

「上人，那女人到底是何方神聖？」

二十六

上人點點頭，輕聲低語：

「不，請先聽我說。或許真與我有什麼緣分，你記得有個農人告訴我，進入那恐怖魔境之前的岔路，水漫溢出來形成小河的地方，過去曾是醫生的家嗎？住在山中小屋裡的女人，居然就是那醫生的女兒。

聽說，當時飛驒一帶沒有特別奇怪或稀有的事，唯一稱得上不可思議的，就是那醫生的女兒，生來美得像一塊寶玉。

她的母親有張大臉，垂眼塌鼻。包括那對形狀姣好又充滿冶豔氣息的雙乳在內，人人都不禁訝異，那樣的母親究竟如何生出像她一樣美麗的女兒？

女兒聲名遠播，眾人都說，那些自古流傳的故事中，屋頂被插上白羽箭，或是在競獵時被身分高貴的人看上，用玉轎帶回家寵幸的，一定就是那樣的女孩。

她的醫生父親，是蓄山羊鬍、愛面子的傲慢男人。鄉下人割稻時經常因稻穗跑入眼中，造成充血、結膜發炎等眼疾，這醫生對眼科還有一點自信，多少應付得來。否則，他不過是對內科一竅不通，說到外科，也只會把攙了髮油的水塗在傷口鎮定消炎的庸醫。

沒想到，所謂『心誠則靈』，還真有道理。在這種蒙古大夫的治療下，竟有幾個人的病痊癒，再加上那塊土地沒有其他醫術高明的大夫，醫院倒也生意興隆。

尤其是女兒長到十六、七歲，最是芳華綻放時，眾人都說『藥師佛為了助人，降生大夫家』。那些虔誠的善男信女，或者說是病男病女，更是爭先恐後來看病。

既然事情演變至此，你想想，畢竟是每天在家都會看到的病患，這位小姐也就親切寒暄，用柔軟的掌心握住病人的手，問一聲：『您手還痛嗎？哪裡不舒服？』起初，一個名叫次作，患有風濕病的年輕男人就此完全康復。後來，她一邊關切『好像很痛的樣子』，一邊摩挲腹瀉患者的肚子，患者便停止瀉肚了。起初只對年輕男人有效，漸漸對老人也有效，最後連女人的病都痊癒。就算無法完全康復，至少能減緩疼痛。要知道，這位庸醫為病患切開腫囊、擠出化膿時，用的可是生銹的小刀，在這樣的醫術治療下，病人總是痛得七葷八素，大聲慘叫是家常便飯。然而，只要女兒的胸部貼住患者的背部，按住患者的肩膀，患者就能忍耐。

有一次，那座竹林前的枇杷老樹上，築起一個可怕的大蜂窩。

當時，醫院裡有個叫熊藏的二十四、五歲男人。他算是庸醫的徒弟，平常除了幫忙藥房的工作外，也得負責打掃和下田、種菜、挖芋頭等下人的工作，還在附近兼差當車夫。這傢伙偷了醫院裡摻有糖水的稀鹽酸，考慮到醫生吝嗇，要是被發現肯定會招來一頓斥責，他便把瓶子和褲子一起放在櫃子上，逮到機會就拿出來啜兩口。就是這個熊藏在打掃庭院時，發現那個大蜂窩。

於是，熊藏走到簷廊說：『小姐，來看一樣有趣的東西吧。這麼說或許有些失禮，不過，只要您握住我這隻手，我再把手伸進蜂窩，就能抓住蜜蜂。您的手觸碰的地方，就算蜜蜂螫到也不會痛。要是我拿竹掃把搗蜂窩，四處逃竄的蜜蜂一定會聚集到我身上，我無法忍受，肯定會立刻死掉。』接著，熊藏一邊微笑，一邊不由分說地抓住醫生女兒的手，大步走向蜂窩。才剛走近，蜂窩立刻傳出可怕的嗡嗡聲。不久，熊藏伸進蜂窩又抽出的左手中，抓著七、八隻蜜蜂，有的拍動翅膀，有的舞動手腳，還有幾隻試圖從指縫爬出來。

經過這件事，『只要握過那位神明的手，連槍砲也打不穿』的謠言不脛而走，如蛛網般朝四面八方散播。

之後，女孩不知不覺中對自身的力量有所覺悟。自從因著某個緣故和那傻瓜一起住在山裡，她更擁有將人類變成動物的不可思議能力，隨著年齡的增長，任何事都能隨心所欲。剛開始必須用整副身體的力量壓上去，後來只要用腳，再來只需伸出手，最後就算中間隔著什麼東西，女人吹一口氣，便能將迷途旅人變成任何她想到的東西。

當時，那位老爹說到這裡，又對我提出警告。『和尚啊，您在那棟房子周圍看到猴子了吧？看到蟾蜍了吧？看到蝙蝠了吧？此外，還有兔子和蛇。牠們全是和小姐去那條河洗澡的人變成的畜生！』

我想起昨夜女人受蟾蜍糾纏、猴子撲抱、蝙蝠吸附的情景，也想起半夜襲擊屋子的魑魅魍魎。想起這一切，我終於恍然大悟。

老爹接著往下說。

那個傻瓜就是在女孩聲名大噪時上門的病患。當時他還小，在老實木訥的父親陪同下，由留著一頭長髮的兄長揹著，大老遠地出了一座山，再爬上這座山。孩子腳上長有腫瘤，來請求醫生診治。

當然，醫生提供他一間病房，讓他留下住院。可是，腫瘤不容易醫治，動手術又一定會大量失血，小孩的體力不足以應付，只能姑且讓他一天生吞三個雞蛋，再聊勝於無地貼上膏藥。撕下膏藥時，無論是孩子的父親或兄長，還是其他人動手，都因強力的膏藥黏在肉上，一撕就痛，孩子不斷哭嚎。只有女孩來撕時，孩子才總算默默忍住。

事實上，那個庸醫並不曉得該如何治療這孩子，只能以孩子體弱為藉口，拖過一天是一天。三天後，無微不至的父親留下孩子的兄長，跪在醫院地上，倒退著出了玄關大門，穿上草鞋後又雙手伏地跪拜。『拜託、拜託，請務必救救我家次男的性命。』這麼說完，父親便回山裡去了。

即使如此，孩子的病情依然沒有好轉。過了七天，留下陪伴的兄長說：『現在正是收割的季節，田裡忙得就算有八隻手也不夠用。再加上似乎快要進入雨季，一旦雨季拉長，山上田地的珍貴稻子便會泡爛。要是變成那樣，我們就會餓死。身為長子的我是最主要的勞動力，不能再繼續這樣下去。』看到哭泣的弟弟，他又說：『喂，不可以哭！』然後，他也擱下病人離開。

孩子一個人被留下時，戶籍上只有六歲。其實有條規定，若雙親年過六十，二十歲的孩子可免服兵役，但不曉得哪裡出錯，晚了五年才幫孩子報戶口，所以這時孩子已十一歲。他從小在深山裡長大，村人說的話他幾乎都聽不懂。即使如此，他天生聰明懂事，就算一天要他吞三個生雞蛋，他總忍耐著告訴自己，很快會開始進行治療，到時雞蛋的營養都會成為身上的血肉。想哭的時候，他也會記起兄長的吩咐，強忍淚水。不知道他內心究竟是怎麼想的？

女孩細心安排孩子和家人一起用餐，他卻倔強地咬著切剩的醃蘿蔔，獨自躲在角落。

終於到了手術的前一天晚上，所有人都睡著時，他才如蚊鳴般悄悄哭泣。女孩正巧起床小便，看他實在太可憐，於是摟住他，哄他睡覺。

治療開始，女孩按照慣例從背後抱著他。儘管流了一身冷汗，手術刀切入身體時，孩子始終堅強忍耐。然而，不知道庸醫切錯哪裡，孩子出血不止，轉眼失去血色，性命垂危。醫生臉色蒼白，大呼小叫。或許是神明庇佑，孩子保住一條小命。三天後總算止住血，但孩子的雙腿癱瘓，成為殘廢。

孩子大受打擊。他會看著雙腿，露出沮喪的表情，像把折斷的腿啣在口中的蟋蟀，教人不忍卒睹。

孩子終於忍不住哭泣，醫生怕外人聽見，一臉不耐煩，惡狠狠地瞪他一眼。同情孩子的女孩將他抱起來，他便把頭埋在女孩胸前。看到這一幕，長年以來害死不少人的庸醫才閉上嘴巴，雙手交抱，嘆一口氣。

很快地，孩子的父親來接他回家。儘管發生這等憾事，老實的父親仍認定是前世罪孽造成的宿命，放棄追究，也毫無怨言。只是，孩子遲遲不肯放開女孩的手。在庸醫眼裡這倒是好事，除了找藉口推託外，為了安慰孩子的父兄，乾脆要女兒送孩子回家。

女孩送他回去的地方，就是那棟遺世獨立的山中小屋。

當年這一帶還算是個小村落，共有二十幾戶人家。女孩原本只打算住一、兩天，但重感情的她又多留幾天，不料，第五天下起瀑布般的大雨。雨水沒有半刻停歇，待在家裡也必須穿上簑衣、戴上斗笠，否則就會淋濕。別說無法整修屋頂，連門都不能打開。即使在屋內，和其他人說話仍得大聲喊叫，不然無法確定世上還有其他人存活。在大雨中度過宛如八百年的八天，第九天深夜颳起大風，風勢最大之際來了一場大水，將四周化為泥海。

不可思議的是，在那場水災中倖存的，只有女孩和那個孩子，及陪女孩一起來的家僕，也就是賣馬的老爹。

醫生全家死於那場水災，於是人們開始謠傳，這種鄉下地方會誕生那麼美麗的女孩，其實是家破人亡、改朝換代的預兆。

『小姐無家可歸，和孑然一身、獨留於世的孩子一起在山裡住了下來。剩下的就如同和尚您看到的，小姐從此伴隨在那傻瓜身邊照顧他。

那場大水後，過了十三年。從那天到現在，她沒有一天不這麼做。』

這麼說完，老爹再次露出詭異的笑容。

『聽我說了這些，您一定會覺得小姐很可憐，興起想幫她劈柴汲水的念頭吧？這是出於人類天生的好奇心，也是好色心。您只是以慈悲或同情的藉口包裝，好讓自己能乾脆地回山裡去吧？奉勸您最好不要。成為那個傻瓜的老婆，和世間斷絕一切情緣後，小姐變得能隨心所欲選擇喜歡的男人，玩膩就吹口氣，把他們化為野獸。尤其歷經那場大水後，老天給了小姐那條貫穿整座山的河。河裡是能誘惑男人的奇妙水流，沒有任何人逃得過。

俗話說「天狗道也得受三熱之苦」[13]，小姐有小姐難以逃脫的苦難。她漸漸披頭散髮，臉色蒼白，胸部平坦，手腳瘦弱。即使如此，只要去那條河裡沐浴一番，就能恢復原貌，可說是生氣勃勃，嬌豔欲滴。只要她一招手，活魚就會游過來；只要她一瞪，樹果就會掉下來。她揮揮衣袖天就下雨，她眉開眼笑就會起風。

---

13 原為佛教用語，指落入畜生道時承受熱風燒灼骨肉、惡風吹走住處與衣服，及被金翅鳥吞食的三種痛苦。

而且，她天生愛好男色，尤其喜歡年輕男人。她似乎也誘惑過和尚您吧？假設是真的，等她哪天膩了，恐怕您就會長出尾巴、耳朵和另外兩條腿，轉眼變成另一種動物。

很快地，等這條鯉魚料理好，就能看到她盤腿坐在桌前，大口喝酒的魔神之姿。

別再起色心，趕緊離去才是上策。您能平安無事站在這裡已是奇蹟，就當小姐對您特別好心吧。萬幸撿回這條命，年輕人啊，一定要努力修行。』老爹又拍了拍我的背，拎著鯉魚頭也不回地踏上山路。

我目送那背影逐漸變小，終於消失在一座大山後方。原本平靜無風，天空滿是日暮時分的紅霞，忽然從山頂湧出層層烏雲，瀑布發出如雷巨響。

宛若金蟬脫殼，我佇立原地良久，出竅的靈魂才回到體內。朝老爹身影消失的遠方一鞠躬，我將手杖夾在腋下，斜戴斗笠，回頭便朝山下倉促狂奔。抵達山村時，下起雷陣雨。我不由得暗想，這場大雨是為了讓老爹能將那尾鯉魚活生生地帶回家。」

對於這個故事，高野聖並未多做解釋，也未借題說教。只是，隔天早晨分別後，依依不捨地目送他越過雪山時，在陸續落下的雪中沿坡道向上走的聖僧背影，就像乘雲離去一般。

原作發表於《新小說》，一九〇〇年二月

解說

本篇小說標題「高野聖」（こうやひじり），其實是出身高野山的遊方僧人的意思，也有人會譯為「高野聖僧」，但由於他們肩負化緣與傳教的使命，跟常駐寺廟的學僧相比，顯得更為世俗，地位也較低，所以還是沿用原題。

這篇小說的主體架構相當古典，「一名旅人在跋涉的途中，不小心借宿到一個荒廢的地方，度過驚險的夜晚」。這樣的情節，乍看之下總會讓人聯想到〈倩女幽魂〉之類的短篇志怪小說，儘管鏡花否認有任何模仿的對象，但研究過他的藏書後，學界普遍認為女子將旅客化為馬進而賣掉的情節，主要取材自唐朝的《太平廣記・板橋三娘子》。

然而，鏡花透過相當細緻的設計，將這個故事提升到呼應當代處境的層次。

小說一開始，就安排僧侶坐在當時最具現代性象徵的交通工具，也就是火車上，隨著敘事者的調換與移動，漸漸在空間與時間上都遠離現代文明，建立一個結界，讓整篇荒村遇怪的故事被禁絕在文明遺棄之地。這形成了一個隱喻，怪談與文明是互斥的，當日本人熱切擁抱怪談之際，卻也投身於現代化工程的洪流，不斷入侵蠶食那個允許妖異存身的世界，小說中的荒村只能存在於「很久很久以前」和「很遠很遠的地方」。

另一方面，〈高野聖〉對「聖」與「邪」的思考顛覆了這類型故事的發展。在〈板橋三娘子〉中，把旅人變成驢子的三娘子，後來遭自身的術法反噬，彰顯「邪不勝正」的道理。但我們很難說那個妖異美麗的女子是「邪」，如果說「人類＝文明」就是侵蝕「妖異＝自然」的元凶，女子將有意侵犯她的人變成蟲魚鳥獸，是否也可當成讓他們回歸自然？那麼，她的形象似乎可從「害人的妖女」變成「孕育萬物的大地之母」？相較之下，本應棄絕慾望的僧侶，卻丟棄自身的「聖」，意圖沾染女子，聖與邪的界線在此變得模糊。

如此豐沛的意象與概念在這樣的篇幅內展現，難怪三島由紀夫形容為「絲毫沒有剩餘，徹底凝縮鏡花所有概念的短篇」。

天守物語

時代：不明。只知是封建時代——晚秋，從日落前到深夜的這段期間。
場所：播州姬路[14]。白鷺城（＝姬路城）天守[15]，第五層。
登場人物：
天守夫人，富姬。（外表看來約二十七、八歲）
岩代國豬苗代，龜城的龜姬。（二十歲左右）
姬川圖書之助。（年輕的馴鷹師）。
小田原修理、山隅九平。（皆為姬路城主武田播磨守的家臣）
十文字原的朱盤坊、茅野原的長舌姥。（皆為龜姬的隨從）
近江之丞桃六。（木雕工匠）。

14 現今兵庫縣姬路市。
15 日本城堡中心的瞭望樓。

桔梗、阿萩、阿葛、女郎花、撫子。（皆為富姬的侍女）

阿薄。（服侍富姬的女官）

娃娃頭童女五人。

追捕犯人的官兵武士多人。

舞臺為白鷺城天守的第五層。左右有柱子，在面對舞臺的前、左、右三方位設置迴廊，靠手邊這一側搭高，鋪著白底邊框上以黑線織出雲朵或菊花紋樣的高麗榻榻米。拿一根多處綴有蝴蝶結的紅色鼓繩，掛在柱子上當欄杆。面對舞臺的右側迴廊後方設有梯子，同樣用鼓繩固定。梯子高達天花板。左側迴廊後方也設有梯子的上下口。舞臺正面深處至右側迴廊一半左右的位置，是一道厚重牆面，上有供弓箭、火砲發射用的寬敞窗口。窗外是山岳遠景，天上秋雲飄浮。牆上設有出入用的門。鼓繩做成的欄杆外，左方可見屋頂的雕梁瓦片和樹頂。正面同樣飾有高大茂密的樹梢。

童女三人：（合唱）這是通往哪裡的小路啊，小路。

是參拜天神大人的小路啊，小路。

（在歌唱聲中拉開序幕）

侍女五人——桔梗、女郎花、阿萩、阿葛、撫子，各自以與其名相稱的姿態出現在鼓繩欄杆旁，有站有坐。每人皆手持纏上五色絲線的線軸，中間有金色或銀色的細長竿子穿過，將絲線拋入松樹與杉樹的樹梢之間，做出釣魚的動作。

身穿深紅上衣的三個童女繼續唱歌——歌聲清亮寂寥。

請借過，借過。
閒雜人等不讓過，不讓過。
要向天神祈願，祈願。
請借過，借過。

童女邊唱邊玩（請借過的）遊戲。

阿薄從天守牆內出來。牆上某處設計成可自由打開的門。阿薄比其他侍女年長，頭上插著鱉甲製的髮釵，身穿宮中女官的服飾。

阿薄：鬼燈、蜻蛉。
童女一：是。
阿薄：安靜點，才剛打掃乾淨。
童女二：那我們看人釣魚好了。
童女三：也好。

以可愛的姿態點點頭，童女甩著袖子加入侍女的行列。

阿薄：（環顧四周）今天的景色還真美。
阿葛：是啊，豬苗代的公主要來玩。
桔梗：要是一直像之前那樣，大概要悶壞了。況且，今天天氣很好，遠山也看得到整片紅葉。
女郎花：所以，暫時把射箭的小窗和看風景的窗戶上，那些用泥巴鐵塊做的礙眼欄杆拆掉了。
阿薄：原來如此，平常懶懶散散的妳們能做到這地步，實在不能不佩服。
桔梗：哎呀，怎麼說得這麼難聽——我們何時懶懶散散啦？
阿薄：瞧瞧妳們，嘴上這麼說，實際上倒是都在做些什麼？別提沒人會從二樓點眼藥，也沒看過有人從天守的第五層釣魚，天上的銀河可不會流到草地上。雖然富姫大人外出，妳們閒著沒事，做到這個地步未免太過火。
撫子：不，我們不是在釣魚。
桔梗：主人座前恰恰少了些花草，我們想摘點花……釣點秋草來用[16]。
阿薄：花？秋草？是嘛，真稀奇，所以是怎麼著？釣得到嗎？

阿薄搭在其中一名童女肩上探頭窺望。

桔梗：是啊，釣得到呢。這是新發明。
阿薄：別說大話——不過，關於這一點，我姑且問問，用的是……什麼釣餌啊？
撫子：喔，是白露。
阿葛：包括千草、八千草在內，各種各樣的秋草現在都渴望著露水。只是，此刻是傍晚四時，別說夜露，連夕露也沒有。（望向身邊）如您所見，女郎花姊姊釣到這麼多。
阿薄：哎呀，還真的是。原來草花是釣得到的啊。好吧，就讓我靜靜參觀。畢竟釣魚時不該多

16　根據《廣辭苑》，「秋草」指的是在秋天開花的植物總稱，包括漢字寫成「薄」的芒草、桔梗、女郎花、葛、萩、菊花等皆屬秋草，正與劇中幾位侍女同名。

嘴……難怪最文靜的女郎花釣到最多。

女郎花：不，這和釣魚不一樣，無論發出聲音或唱歌都沒關係。只不過，風一大就糟了……當餌的露珠都滴滴答答掉光。哎呀，釣到了。

阿薄：做得好。

就在她這麼說時，女郎花團團轉動手中的線軸，收回絲線，把纏在線上的秋草拉上欄杆。接著，連同原本放在一旁的花，一起交給童女。

桔梗：釣到了。（一樣收回絲線）

阿萩：咦，我也……

受到花的吸引，黃色、白色與紫色的蝴蝶，成群翩翩飛了上來。

阿葛：看哪，我也釣到了——哎呀，真可愛。

阿薄：桔梗，釣竿借我，我也來釣。實在令人佩服，好有趣。

女郎花：請等一下，風變大了，釣餌無法附著在釣線上。

阿薄：這風真壞心，怎麼突然變大了。
阿萩：哇，城裡的秋草如波浪起伏，好美。
桔梗：話都還沒說完就褪色，只有一片雪白的芒草，像水一樣開始流動。
阿葛：天上飄起烏雲。
阿薄：從剛才起，原野和山林都莫名暗了下來。看來，將要下一場大雨。

舞臺轉暗，出現閃電。

撫子：夫人不曉得上哪去了，希望她能早點回來。
阿薄：她每次都這樣，出門前什麼也不說，總是一晃眼就出去。
阿萩：連想去接她，都不知道上哪接。
阿薄：至少她知道客人龜姬大人前來的時刻，應該就快回來了吧，大家趕緊將用心準備的秋草奉上吧。
女郎花：是啊，至少得在露水散盡前……

正面中央後方，圓柱旁有座放置鎧甲的櫃子，上面鄭重地端放著一個有金色雙眼、白銀獠牙的藍色獅子頭，脖子下套著黃綠色的錦緞披風，還裝飾著紅色漩渦狀的尾巴。

侍女和童女一起跑到獅子頭前，跪下來將手中的秋草插入花籃。顏色美麗的蝴蝶成群飛來，繞著花籃飛舞。隱約聽見雷鳴聲，開始下雨了。

阿薄：（在昏暗中）瞧，獅子雙眼灼灼發光，獠牙也像在動。

桔梗：看來相當中意奉上的花與蝶，心情很好吧。

此時，閃電劃過天際。閃光中，蝴蝶像被風吹走般離去的地方，有道幾乎貫穿天花板、通往天守棟梁高處的梯子。侍女追著蝴蝶跑，所有人的目光匯聚在此。

女郎花：哎呀，夫人回來了。

侍女紛紛聚集到梯子前，不管穿的是寬袖和服或窄袖和服，一律將雙手聚攏在身前。梯子上先出現的是水藍色衣襬的兩端，然後是整片衣襬，接著立刻出現披著簑衣的身影。一頭長髮，一手拿著遮住半邊臉的竹笠，這美麗又氣質高雅的貴婦，正是天守夫人富姬。

夫人：（敞開簑衣，將兩、三隻繞著自己飛舞的蝴蝶攏入半邊衣袖，對著蝴蝶說）勞煩你們出來迎接我了。

侍女紛紛上前說：「歡迎回來、歡迎回來。」

夫人：有時會忽然心血來潮，想像吹過晚秋草原上的風一樣出去走走……

說著，手中的竹笠往下掉。女郎花接過竹笠，夫人露出的臉龐驚人地白皙，充滿高貴之氣。

夫人：只能讓妳們做一朵沾著露水的花，實在抱歉。（從梯子下來，坐在梯階上，將衣襬朝走廊攤開。）

阿薄：請千萬別這麼說——哎呀，您怎麼穿了這個？

夫人：適合我嗎？

阿薄：穿了這個之後，您看起來好像又消瘦了。這件簑衣比柳條還優美，簡直有如雨後的香茅。

夫人：滿口胡說八道。這明明只是向小山田的稻草人借來的東西。

阿薄：不，即使是這樣，穿在您身上就像裝飾碧玉與白銀流蘇的鎧甲。

夫人：妳這麼一稱讚，穿在身上都覺得重。（脫下簑衣）幫我拿走。

撫子站起來，接過簑衣，披在欄杆上。

幾隻蝴蝶停在簑衣上歇息。夫人向獅子頭頷首致意，坐在座墊上，身體靠著扶手。侍女在一旁服侍。

夫人：我有點累了……阿龜還沒來嗎？

阿薄：是，公主殿下應該快到了。正因如此，大家才一直在等您回來……對了，您剛才上哪去？

夫人：我到夜叉池去了。

阿薄：哇，是越前國大野郡，誰也沒踏入過的深山？

阿萩：跑到那個夜叉池去了？

桔梗：去玩嗎？

夫人：嗯，說是去玩也算去玩，有點事想拜託大池之主阿雪……

阿薄：包括我在內，這裡所有人都任您差遣，又何必親自跑一趟，還遇到了大雨。

夫人：我就是去求這場雨。今天啊，這個姬路城……從這邊看下去不過就是一棟長屋……這棟長屋的主人播磨守，帶一大群人進入秋野山林放鷹狩獵。這件事妳們應該都知道。秋高氣爽的天氣裡，聽到侯鳥和各種鳥鳴聲固然令人欣喜，那群人卻滿不在乎地闖進田畝肆虐，大聲喧嘩，武士更是吵吵鬧鬧。如果只是放鷹狩獵也就罷了，最近連弓箭或槍砲那種野蠻的東西都拿出來，真是沒有比這更煩心的事。最重要的是，我的客人阿龜即將乘轎橫空遠道而來，要是讓她在途中受到打擾就太失禮了，所以我才去拜託夜叉池的阿雪，用這風啊雷啊，把放鷹狩獵的那群人趕跑。

阿薄：難怪突然下起不合季節的雨。

夫人：這附近只下了雨嗎？那應該是稍微受到風雨波及而已。瞧瞧放鷹狩獵那群人大老遠跑去的姬路野一里塚那一帶，天上滿布黑夜般的烏雲，炫目的閃電劃過，落下驚人的冰雹。狩獵那群人聚集在荒野上做為塚印的松樹下，彷彿溝底成群的鯽魚似地驚慌失措，不是頭上的綢布斗笠飛了，就是身上穿的背心被水沖走。腰間的刀淋點雨也沒有什麼，看他們緊張到衣袍上的圖樣都揉得像泡沫，甚至有人把褲腳折高，露出腳上針灸的痕跡。哈，真是可笑。（夫人露出微笑）就連撿拾一、兩顆粟米來吃的小麻雀，也不會為突如其來的雨驚慌失措。相較之下，一個個坐領五百石、三百石或千石米糧的傢伙卻慌亂成那副德性，有什麼比這更愚蠢可笑？真不知該取笑他們，還是可憐他們。妳們說，是不是？

阿薄：是，正如您所說。

夫人：我啊，從夜叉池回來的路上，行經群鷺峰山腳下，以掛著晒乾的稻草為盾，站在後方眺望眼前的景色。那時天上升起白晝之月，這袖子（一邊說，一邊按著水藍色衣袖）的影子映在地上，形狀就像雁金紋樣，又像折起的信箋、信紙。夜叉池的阿雪性情剛烈，但也有含蓄的地方。儘管在烏雲籠罩下原野一片漆黑，遠處的高山仍染成美麗的瑠璃色。一切都在她的計畫中。即使如此，她答應我不讓放鷹狩獵的傢伙稍作停留，用大風大雨將那群人趕回城裡。雖然狩獵者遠遠離開松下，如泥水濁流般流過烏雲下的荒野，風雨仍不斷斜斜打下，彷彿要將他們驅離。直到我在那裡觀看的時候，都還下著一點雨，我顧不得吟詠詩歌，趕緊向稻草人借了簑衣和斗笠回來。喔，那些東西就交給蜻蛉和鬼燈她們，稍後送去還給人家吧。

阿薄：沒有必要吧？

夫人：不不不，這對農家而言是重要的東西，不可怠慢。

阿薄：明白了。夫人，別顧著說話，快去更衣吧。衣服濕了，一定挺不舒服的。

夫人：拜簑衣和斗笠之賜，衣服沒淋濕，也不覺得不舒服，不過，雖然我和阿龜無話不說，這樣接待她未免失禮。（夫人起身）我就去換下這身衣服。

女郎花：順便梳頭吧，夫人。

夫人：也好，替我梳個髮髻。

一行人隨夫人穿過牆上的門，走到後方。台前只剩下童女，齊聲合唱。

這是通往哪裡的小路啊，小路。

是參拜天神大人的小路啊，小路。

這時，有人從通往此處的梯子下來。原來是岩代國麻耶郡豬苗代城，千疊敷之主龜姬的待衛隊長，打扮成大山伏[17]模樣的朱盤坊。他頭上長有犀牛般的獨角，臉上一對圓滾滾的大眼睛，臉色比朱漆更紅，手腳如瓜果般綠，抱著一個白布覆蓋的小桶，從柱子後方朝內窺看童女戲耍，露出微笑。

朱盤：咯咯咯咯（發出牙齒打顫聲，吸引童女走近後，忽然湊上臉，張大嘴巴），吼！（發出

17　「山伏」是山中修行者的統稱，道行高的山伏可修練出來自山岳的靈力。

野獸吼叫聲展現威武的一面。）

童女一：這大叔真討厭。

童女二：一點也不恐怖。

朱盤：呵呵呵（乾笑）。唔，不愧是姬路城天守富姬大人身邊的小女娃，看慣妖魔鬼怪，連見到我這奧州第一的赤面鬼都毫無懼色，不動如山。好吧，再次向各位請安，麻煩小姑娘帶路。

童女三：這個從屋頂跑進來的大叔是誰？

朱盤：也向妳請安。只要說是從豬苗代來的，上面的人就會知道。好了、好了，快請幫忙帶路吧。

童女一：才不管你。

童女三：哼（扮鬼臉）。

朱盤：傷腦筋……（重振精神，大聲說）麻煩請帶路。

阿薄：什麼事啊（從牆內出來迎接），您是哪位？

朱盤：我乃居住岩代國會津郡十文字原青五輪，奧州妖怪之長老，允殿館之主，名叫朱盤坊。現正隨侍豬苗代城龜姬大人前來，求見貴天守富姬大人，煩請帶路。

阿薄：路上辛苦了。請問，公主殿下呢？

朱盤：（抬頭仰望天花板）在屋脊上，已下轎等待。

阿薄：我家夫人等候已久。

阿薄拍拍手，隨後出來三名侍女，一起伏在地上，雙手貼地行禮。

阿薄：請進。

朱盤：（對著天空）轎夫，這邊準備好了——長舌姥，請公主殿下進來吧。

梯子上先出現一名髮長齊肩的童女，捧著美麗的手毬。

接著是龜姬，長袖和服搭配一襲外衫，梳著高髻，手持扇子。身後跟著另一名童女，捧著護身刀。殿後的是穿泛黃絹衣與褪色紅褲裙的長舌姥。

天守夫人在侍女陪同下現身，坐在準備好的位子上。

阿薄：（抬頭看龜姬）歡迎大駕光臨，公主殿下。

隨侍一旁的侍女皆伏地恭迎。

龜姬：起來吧。

龜姬從阿薄與侍女面前款款走過，坐在位子上。與天守夫人面對面的同時，兩人將座墊上的膝蓋向彼此靠攏。

夫人：（露出親密的微笑）阿龜。
龜姬：姊姊，好想妳啊。
夫人：我也很想妳。

（間隔）

女郎花：夫人（捧著長菸管，請夫人抽菸）。
夫人：（接過菸管吸一口，再將菸管遞給龜姬）這陣子，聽說妳也會抽菸了。
龜姬：是啊，都會了（接過菸管，一邊抽菸，一邊用左手做出舉杯飲酒的動作）。
夫人：真傷腦筋（嘴角上揚，微微一笑）。
龜姬：哈哈哈，妳又不是我丈夫。

夫人：別說這麼惱人的話。真虧妳從豬苗代遠赴姬路——這路途怕有五百里遠吧……是不是，老人家？

長舌姥：如您所說……飛越大海山脈，乘風而來雖然不用花上半天時間，但若是每晚找落腳處步行而來，至少五百里……對，比五百三十里還多一點吧。

夫人：是啊。（面向龜姬）真虧妳這麼遠道而來，還特地帶了手毬。

龜姬：沒錯，姊姊，我很可愛吧？

夫人：才不呢，恨死妳了。

龜姬：請便（手中扇子落地）。

夫人：果然很可愛。（摟住龜姬的背，回頭對隨侍龜姬的童女說）來，讓我看看。（接過手球）哎呀，真漂亮，也帶一個給我多好。

朱盤：哈哈！（取出白色布包）這是我家公主特地為您準備的禮物。說來是不好意思獻上的小東西，但您應該會中意……如何，公主殿下（窺探龜姬神色）？

龜姬：好啊，打開來。在姊姊的地方，不用客氣。

夫人：太教人開心了。不過，壞心眼的阿龜，會不會只在裡面裝了磐梯山的山嵐，或虛空藏菩薩的魂魄啊？

龜姬：跟那些差不多，呵呵呵呵呵。

夫人：我才不要那種東西。

龜姬：那就不給嘍？

朱盤：不，別這麼說。（舉手制止）兩位感情好，連拌嘴的話語也像花間飛舞的蝴蝶一樣美……那麼，雖然不該由我開口，夫人，唯有這樣東西，您絕對不會不中意。

朱盤打開包裹，裡面竟是個人頭匣子。從中取出一皮膚白皙的男人頭顱，抓住髮髻，咚地放在桌上。

朱盤：哎呀，這真是太不小心了。途中搖晃，汁液都外流了（頭顱脖頸處鮮血淋漓）。姥姥、姥姥。

長舌姥：是是是、好好好。

朱盤：要送的禮物弄髒啦。有些惡質魚販會用淡水清洗刮掉魚鱗的鱸魚鰭，這個和那個絕對不一樣。姥姥，請來擦一擦，弄乾淨才能送人家。

夫人：（一手扶著菸管，正面盯著朱盤）不用費心了，鮮血淋漓更美味。

長舌姥：潑撒出來的熱湯和垃圾堆裡的髒水沒兩樣，只要把那血清除，滋味就和原本沒什麼差別。只是外表看起來骯髒，還是讓我清一清吧。（穿著紅褲裙的腿在地上跪著前進，

き

みきょうか

かいだん

談

おさむ

獨步文化
APEX PRESS

わ
和的
路人

ずみやくも

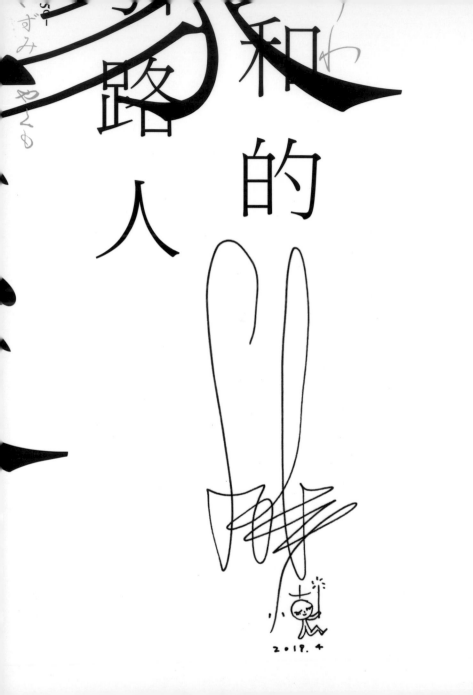

滿是皺紋的手壓著人頭匣子，撥開一頭白髮，嘴巴大張成四方形，露出黑黃的牙齒，伸出三尺長的舌頭，舔舐人頭上的鮮血）真骯髒，（舔舔）真骯髒啊。（舔舔）真骯髒，真骯髒。哎呀，真美味，真骯髒。哎呀，這麼骯髒，真是美味。

朱盤：（慌忙遮住長舌姥）喂！老太婆，別用牙齒咬，贈禮都減少了。

長舌姥：你說什麼啊。（猛地垂下頭，露出後頸）年紀大了就是這麼可怕，老身最近牙齒不好，像是人類的腦袋或醃蘿蔔的尾端，不切成薄片沾醬油我吞不下去。保持原形的食物呢，就算是鯛魚燒那種甜點，我也一口都咬不下來。

朱盤：別提那種可悲的事了，妳還有得活吧。不是我說，夫人，這位姥姥伸出舌頭舔過的東西啊，不管是鳥獸或人類，瞬間就會融化到只剩下骨頭……看吧、看吧，沒兩下這個禮物的臉就變得這麼細長，幸好我念了她兩句。話說回來，也算誤打誤撞，這人因死去而改變的面相，反倒變回原本的樣子……也請公主殿下瞧瞧。

龜姬：（以扇遮臉，從空隙窺看）哦，真的呢。

侍女一齊眨著眼，凝視人頭，莫不露出想嚐一口的表情。

阿薄：你啊……那個，大家也看清楚了，龜姬大人帶來的這顆頭顱，豈不是和姬路城主長得很像？

桔梗：真的一模一樣。

夫人：（點點頭）阿龜，這禮物是……

龜姬：沒錯，是借住我家的豬苗代龜城的城主，武田衛門之介的人頭。

夫人：哎呀，妳真是的。（停頓）為了我做出這種事……

龜姬：沒什麼。況且，誰也不知道是我做的好事。我出城的時候，這個衛門之介還靠在寵妾的大腿上喝酒，身為大名卻貪戀美色。等這傢伙喝了一口鯉魚湯，由於鈎鉤殘留在魚腹內，勾上他的喉頭，人就會這麼死去。算算時間，現在那碗湯正要端上桌吧。（忽然驚訝到拿不穩手中的扇子）欸，我怎麼忘了，咽喉裡有針。（提起人頭的髮髻）糟糕，要是刺到姊姊怎麼辦！

夫人：等一下！難得妳帶來禮物，要是拔了那根針，等於從衛門之介身上拔去了針，他豈不就會醒來？

朱盤：確實如此。

夫人：我會小心的，沒問題。（以扇子托起人頭接過來）妳們幾個，他們長得一模一樣是理所當然。這人啊，和此處的姬路城主播磨守，是有血緣關係的兄弟。

侍女面面相覷。

夫人：獻給獅子吧。

夫人親自將人頭供在獅子頭前。獅子張嘴露出獠牙，吞下人頭。人頭消失在獅子口中。

龜姬：（凝視著這一幕）真羨慕姊姊。

夫人：咦？

龜姬：有個好丈夫啊。

停頓片刻，夫人與龜姬妳看看我，我看看妳，莞爾一笑。

夫人：這混話要是能成真就好啦……彼此都是……

龜姬：明明什麼都不缺。

夫人：好想要這樣的男人——對了，提到男人，阿龜，給妳看個東西。桔梗！

桔梗：是。
夫人：拿那個來。
桔梗：遵命（起身）。
朱盤：（突如其來地）不，姥姥，妳該不會迷上獅子頭了吧？實在不知羞恥。
長舌姥：（這時正轉身向後，盯著獅子頭）天守夫人一定不會跟老太婆計較，這要不迷上也難啊。
朱盤：不不不，只是迷上就罷了，妳根本伸出舌頭了吧（苦笑）。

長舌姥不禁轉回正面，掩住嘴。侍女吃吃竊笑。桔梗捧著附有鍬形領巾、狀似龍頭的金色頭盔出來，放在天守夫人和龜姬面前。

夫人：我跟妳說，這頭盔是姬路城播磨守的傳家之寶，收藏在十七重的寶庫裡，下了九道鎖，珍重地保管。今天妳來我太開心，原本想拿出這頭盔送給妳。不過，看到妳費心準備的禮物，我這薄禮倒不好意思拿出手。所以，儘管只是有此念頭，還是讓妳過目一下。
龜姬：不，這樣就夠了。哇，好精緻。
夫人：不過，不能送給妳。況且，後來我才發現，由於收藏的期間太久，這頭盔散發著霉臭味，聞不到任何蘭麝香氣。若是像攻陷大阪城時的木村長門守那樣，抱定必死決心穿戴的頭盔鎧甲也就算了……這只是勝券在握的戰場上，躲在軍隊後方的人穿的東西，頂多受了點弓箭鐵砲之傷，是一頂沒出息的頭盔。妳看看就好。

龜姬：（將頭盔翻過來，望著金光閃閃的內側）真的呢，這不是經過決死戰場洗禮的頭盔。

夫人：所以，就這樣吧，阿葛，先放在一邊。

阿葛遵照夫人的吩咐，將頭盔放在獅子頭旁。

夫人：回去之前，一定會找到讓妳滿意的禮物。

龜姬：姊姊，比起那個，快點來玩妳跟我約好的手毬啊。

夫人：好，來玩吧。我們到那邊去。城主一行外出放鷹狩獵，在風雨驅趕下很快就要回到城門口。妳的嗓音渾厚響亮，若是聽見天守傳出如此美聲，那些人類又會一陣騷動，真是煩不勝煩。

龜姬的隨從全跟著起身。

夫人：不，山伏長老就留在這裡，和女孩們喝杯酒吧。
朱盤：多謝吉祥天女之恩（雙手扶地磕頭）。
龜姬：啊，姥姥，妳不過來也無妨，就在這裡陪她們吧。姊姊，我就不跟妳客套了。
夫人：那是當然。
長舌姥：不，雖然這裡有木通、山茱萸、山葡萄，還有手釀猿酒、山蜂蜜、蟻甘露和各種米釀酒，可是，若能觀看兩位玩手毬，聽兩位唱歌，光是這樣就有延年益壽之效。到了我這把年紀，什麼慾望都沒有，只想要長命百歲。
朱盤：這話不對。姥姥，妳這才是最強烈的慾望。
長舌姥：可恨的臭山伏，看我不在回家路上舔你一把（伸長舌頭）。
朱盤：（抱頭亂竄）嗚哇，救命啊，我的角都嚇得要倒縮了。

侍女紛紛發出笑聲。

長舌姥：就讓我陪同兩位吧。

夫人走在最前面，接著是龜姬、阿薄與童女，五名侍女和朱盤留在原地。

桔梗：長老，來來，放輕鬆，別客氣。
朱盤：怎能不放輕鬆呢？哎呀，嘿咻。
阿萩：請說些有趣的話題給我們聽吧。
朱盤：這是一定要的。（把扇子像笏板那樣立起來）這個嘛，說到山伏就是山伏，說到兜巾就是兜巾[18]，說到侍女就是美女，說到戀情就如黑夜。不畏荒山野路，累積多年修行的我，一旦掛起這串伊良太加念珠[19]祈禱，有什麼道理不靈驗？橋下的菖蒲是誰種的菖蒲？唷囉哄、唷囉哄、唷囉哄唷囉哄[20]。

侍女故意佯裝受到驚嚇，四散奔逃。朱盤追著五人跑。

朱盤：唷囉哄唷囉哄、唷囉哄唷囉哄。（很快地，朱盤被侍女撞倒）有什麼道理不靈驗？

18 山伏戴的黑色小冠帽。
19 山伏持的念珠，狀似算盤的珠子。
20 山伏吹法螺的聲音。

阿葛：或許真能靈驗吧，但這話題一點也不有趣。
朱盤：（搖頭）唷囉哄、唷囉哄。

聽見唱手毬歌的聲音。

我有三位姊姊，一位姊姊擅打鼓。
一位姊姊擅打鼓。
最美的姊姊住下谷。
她是下谷最俊俏的美人，花二兩買腰帶，
花三兩繫起來，打結處啊打結處啊掛了七條穗，
折角上啊折角上啊寫著伊呂波。

阿葛：來，長老，雖然我們不是美得像蘆葦草的女人，請和我們一同小酌吧（攤開扇子）。
朱盤：唷囉哄唷囉哄（接過扇子）。喔喔，可以了、可以了。我看看，吃點小菜吧……有什麼道理不靈驗？
桔梗：要這種靈驗倒是可以的。女郎花姊、撫子姊，站起來一下吧。

兩女起身歌唱。

此處是何方，若逢人這麼問，就說這裡是駿河。
府中之宿，待人親切的掛川之宿啊。雉雞的雌鳥。
噗通掉落，敲敲打打，綁起來，嘿咻嘿咻，
真可愛，可愛得不得了，無計可施。

朱盤：不錯、不錯。
女郎花：再來輪到長老了，請吧。
阿葛：請您起立。
朱盤：嗬囉哄、嗬囉哄。很好，不如我先敬各位一杯。

侍女五人打開扇子，朱盤輪流與五人乾杯，接著起身，咻地一聲拔出腰間太刀。刀尖指向剛才的頭盔，再朝天花板高舉，然後抬起小腿，用力踏步。

劍與矛如閃電般落下。
巨岩如春雨般飛濺。
話雖如此，卻無法接近天帝，
被修羅擊潰。

準備啟程。（後方傳來眾人之聲）
朱盤迅速收起太刀，將頭盔重新放好，與侍女一起正襟危坐。

龜姬：姊姊，下次換妳到我那裡玩玩。
夫人：好的。
長舌姥：盡快來喔。
夫人：（一邊點頭一邊陪龜姬走上迴廊，目光遙望下方）哎呀，放鷹狩獵的那群人回來了。
龜姬：（一起往下看）剛才我來的時候，看到螞蟻般的隊伍扛著槍砲，在松林間奔跑。啊，與我帶來的首級相似的那位城主就騎在馬上，抬頭挺胸、耀武揚威地進入本城了。
夫人：他就是播磨守。
龜姬：哇，那老鷹的翅膀白得像雪，真是隻好鷹。

夫人：是啊。（輕拍胸口）阿龜，（停頓）不如我拿下那隻鷹送妳吧。
龜姬：哦，要怎麼做？
夫人：妳看著，我可是姬路的阿富。

拿起簑衣披在肩上，美麗的蝴蝶成群隨簑衣飛舞。夫人擺出展翅的姿勢。

夫人：瞧，在人類眼中，我肯定就像穿著羽衣的鶴（往地下抖落簑衣，一隻白鷹立刻飛上天守，富姬伸手捉住）。

地上響起喊叫騷動的聲音。

龜姬：姊姊身手真俐落。
夫人：若是此鷹，丟出去的球也取得回來吧——可以盡情玩了。
龜姬：是。（開心地伸手抱住老鷹，率先爬上梯子。爬了兩、三階後回頭，讓老鷹停在白皙如雪的手臂上，接著說）蟲子來了。

龜姬說話的同時，拂袖一揮，將一支飛箭打落在地。是打獵那群人射的箭。

夫人：（與龜姬齊聲）哼，（肩膀一晃，閃過箭矢，身子轉向後方。回到舞臺前，將啣在口中與拿在手中的箭分別丟下，這兩支箭也是下方射上來的）無禮之徒。

隨即，槍砲聲不斷響起。

阿薄：各位，注意了。

侍女彼此倚靠，形成人牆。

朱盤：姥姥，撐著點啊（張開手臂保護龜姬）。

龜姬：我沒事、我沒事。

夫人：（微微一笑）哈哈，大家一起點燃線香吧。這麼一來，他們以為槍砲引燃天守，一定會嚇得停手。

舞臺稍微轉暗，槍砲聲停。

夫人與龜姬相視大笑，哈哈哈哈哈。

夫人：瞧，我說得沒錯吧？順便藉這把火，燒幾個看似容易起火的地方吧，正好幫阿龜照亮回家的路。

舞臺轉暗。

龜姫：多謝姊姊費心，再見了。

夫人：再見。

四下寂靜。過了一會，燈光中浮現夫人美麗的身影。舞臺上只見她一人。夫人向後轉，對著獅子頭，伏案閱讀書卷。不久，女郎花帶著一件純白的薄棉襖睡袍上來，靜靜披在夫人背上，伏地行禮後離去。

這是通往哪裡的小路啊，小路。

是參拜天神大人的小路啊，小路。

舞臺一角，有個通往天守第四層的樓梯口。此時，樓梯口先是出現一盞燈籠，照亮四周。很快地，那盞燈暗了下來，隨即出現一個濃眉大眼、英氣十足的美男子。他身穿黑色羽二重和服，黃綠色的袴褲，腰間帶著鞘上塗蠟的刀。姬川圖書之助在此登場。他一邊聆聽歌聲，一邊左顧右盼。仰頭看了天花板，又窺望了迴廊，最後目光停留在燈火上，稍顯吃驚。接著，他發現欲前進的路線上立著一扇屏風，猶豫片刻，毅然決然前行。堅定的眼神辨識出夫人後，他手握刀柄，小心翼翼後退。

夫人：（隔了一會）是誰？

圖書：是！（不由得屈膝跪地）是在下。

夫人：（只轉過頭，沒有說話）

圖書：我是侍奉城主大人的武士之一。

夫人：你來做什麼？

圖書：百年來，無人能登上這天守的第二層或第三層，更別提第五層了。今晚，我奉城主之令，前來一探究竟。

夫人：就為此事？

圖書：另外，城主大人珍愛的日本第一名鷹失控飛走，在天守一帶失去蹤影，我亦奉命前來尋找鷹的下落。

夫人：生有羽翼的動物，不像人類那麼不自由。千里也好，五百里也罷，想去哪裡都能飛了去。就這樣回報吧。沒別的事了？

圖書：別無其他。

夫人：命你上第五層一探究竟後，沒吩咐別的事了嗎？

圖書：是，沒有。

夫人：那麼，你上來探了究竟，沒想過要做什麼嗎？

圖書：天守屬於城主大人，無論發生什麼事，我都不能擅自做出決定。

夫人：等一下，天守屬於我。

圖書：或許這裡屬於您，但城主也認為屬於他。然而，不管屬於誰，肯定不屬於我。既然不是我的東西，在城主大人沒有下令前，我什麼也不打算做。

夫人：話說得真乾脆。擁有這種勇氣的人，想必能從這裡平安回去。我也會讓你平安回去的。

圖書：非常感謝您。

夫人：下次，就算播磨有令，你也絕對不能再來。這裡不是人類可以上來的地方——不只是你，別讓任何人來。

圖書：不會的，除了我不會再來之外，五十萬石的家臣中，想必也不會有任何一人前來。大家都很珍惜自己的生命。

夫人：你呢？你不珍惜自己的生命嗎？

圖書：我因故激怒城主，受到禁閉自宅的處分時，由於沒有其他人敢登上天守，才緊急徵召我。傳達城主旨意的使者，原本是來傳達要我切腹的命令，城主似乎臨時改變了主意。

夫人：那麼，只要這趟任務成功，你就不必切腹？

圖書：城主是這麼承諾的。

夫人：我對人的生死沒有興趣，但不想讓你切腹。我最討厭武士切腹了。不過，沒想到無意間挽救了你的生命……這倒不是壞事。今晚是個良夜，你就這樣回去吧。

圖書：公主大人。

夫人：你怎麼還在啊？

圖書：是，恕在下冒犯，不知今日在這裡見到您的事，回去後能否向城主稟報？

夫人：去說清楚吧。只要沒有外出，我都在這裡。

圖書：託您的福，這下能保住武士的顏面了──那麼，在下告辭。

圖書拿起燈籠，安靜退下。聽見夫人拿長菸管輕輕敲打的聲響，圖書一度止步，隨即走向階梯口，以燈火照亮下方，身影消失在階梯下。

鐘聲響起。

這時，一隻包括臉和僧服在內，全身漆黑的大入道[21]從暗處爬上屋頂，沿著屋簷爬進舞臺角落，蹲在舞臺花道旁的地洞口。

鐘聲響起。

圖書從地洞口站起來。

夫人也從座位上起身，走到舞臺正面、鼓繩做成的欄杆旁凝視前方，圖書高舉燈籠仰望天守。瞬間，大入道忽然探出頭，燈籠熄滅。圖書擺出警戒的態勢，大入道張開雙臂，阻擋他的去路。

鐘聲響起。

侍女做勁裝打扮，紛紛高舉懷劍或軍刀，掀開舞臺花道口的簾幕出場。圖書拔出扇子驅趕大入道，躲過侍女的懷劍，扇子與軍刀互擊，將眾人一同驅離。走到簾幕下時，圖書高舉手中扇，凜然仰望天守。

鐘聲響起。

21 「大入道」為日本各地傳說中常見的妖怪名稱。

夫人鎮定而緩慢地回到座位上。圖書伸手摸索地洞所在的位置。（間隔）找到地洞後，圖書隱身其中，過了一會，再從舞臺上原本架設的梯子口出現，毫不猶豫地靠近夫人，伏地行禮。

夫人：（主動出聲，語氣和緩）你怎麼又來了？

圖書：是！如此深夜再度叨擾，實在抱歉。

夫人：你來做什麼？

圖書：回到天守第三層中壇時，遇到一隻和老鷹差不多大的野衾[22]。牠那宛如大蝙蝠的黑翼，搧熄了燈籠，我動彈不得，只好來借個火。

夫人：就為了這種事……我不是要你別再來了嗎？難道你忘了我說過的話？

圖書：四下連一絲針尖大的月光都沒有，往下望去是一片漆黑。堂堂男子漢要是在黑暗中踩空階梯而跌落受傷，便沒有活下去的價值了。那時抬頭一看，第五層的這裡隱約透出燈光。身為男人，就算會因觸怒您喪命，也好過跌落階梯受傷。儘管失禮，我仍甘冒受您懲罰的風險前來。

夫人：（微微一笑）哎呀，真爽快。況且，你已足夠英勇。我把燈點亮，你上來吧（推過座墊）。

圖書：不，怎能勞煩您親自動手，我來吧。
夫人：話不是這麼說，這盞燈可比明星[23]、北斗星、龍燈[24]與玉光，憑你的手點不不燃這蠟燭。
圖書：是！（凝視夫人）

夫人親自抽出燈籠裡的蠟燭，引燭臺的火入燈籠。拿起燈籠照亮圖書的臉，看得出了神。

夫人：（手持蠟燭）不想讓你回去了，你別回去了吧。
圖書：咦？
夫人：之前播磨不是命你切腹嗎，你犯了什麼錯？
圖書：我負責飼養城主珍愛的日本第一名鷹，那隻老鷹卻逃進這座天守。城主因此問罪於我。

22 日本妖怪，形似鼯鼠，長有翅膀。
23 金星。
24 海上的鬼火。

夫人：什麼？老鷹逃走了就被問罪？要受懲罰？人類真會羅織各種匪夷所思的罪狀啊。又不是你故意放走，是播磨守看到天守屋脊上出現一羽絕世美禽，起了貪念，擅自要你放鷹狩獵，卻讓老鷹飛走了，怎能怪罪於你？

圖書：城主是主人，我是家臣。聽命於主人是家臣的生存之道。

夫人：這條生存之道走偏了吧？若主人說的不對，你卻執意聽從，豈不等於害主人誤入歧途？

圖書：可是，我讓老鷹逃走是事實。

夫人：唉，主從關係真可怕。那麼，人類和老鷹的性命孰輕孰重？再者，假設你真犯了過錯，按照君臣之道付出代價或許無可厚非，問題在於，放走老鷹既然出自播磨的指示，便是播磨的過失。最重要的是，老鷹會丟失並不是你的錯。其實，是我帶走了老鷹。

圖書：咦，是您？

夫人：沒錯。

圖書：唉，我恨您（手握刀柄）。

夫人：追根究柢，那是誰的老鷹？老鷹有老鷹的世界。老鷹的世界裡有露霜晶瑩剔透的林子，有早晨瀰漫山嵐，及傍晚吹過清風的天空。老鷹絕對不屬於人類。區區一介大名就想將那鷹據為己有，是自恃過高、得寸進尺的想法。你不這麼認為嗎？

圖書：（陷入沉思，停頓）美麗、高貴，充滿威嚴的公主大人啊——我無法回答您這個問題。

夫人：不、不，不需要說什麼大道理。只要你能稍微理解我想表達的意思，就不要再回那個有著層層城牆圍繞，家臣簇擁城主的不合理世界。比起白銀、黃金、珍珠珊瑚、千石萬石的俸祿，在這裡，我將獻上一己之身。比起命你切腹的城主，我將獻上自己的心，獻上自己的命。不要回去了。

圖書：我好迷惘。公主大人，誓言對城主恪盡忠誠的我，內心的苦惱如波濤洶湧。然而，我無法下定決心。我想聽聽父母的意見，請師長給予教誨，也想從書中找尋答案，否則我無法回答您。恕在下告辭。

夫人：（嘆氣）唉，你對這世間還有留戀。那麼，你就回去吧。（同時將蠟燭插入燈籠）拿去。

圖書：我在無計可施中歸去。請您務必可憐我這優柔寡斷的人類。

夫人：啊，聽到你溫柔的話語，更不想放你回去（拉住圖書的衣角）。

圖書：（毅然拂袖）如果您無論如何都不放我走，我只好動手。

夫人：（微笑）對我動手？

圖書：別無他法。

夫人：哎，英姿煥發，正氣凜然。獅子一般的年輕人啊，告訴我你的名字。

圖書：這一切就像一場夢，我差點忘了自己有名字。在下姬川圖書之助。

夫人：真可愛，令人心喜的名字，我不會忘了你。

圖書：我發誓，今後每當行經天守之下，必當行禮敬拜——失禮了（倏地起身）。

夫人：啊，圖書大人，請等一下。

圖書：最終仍得按規矩將我處死嗎？

夫人：呵呵呵，在我這裡不用遵循播磨守家臣那套規矩。任何事都憑我心意決定，沒有什麼規矩。

圖書：既然如此，為何叫住我？

夫人：有東西要送你。你們人類疑心重，更別提卑鄙又膽小的城主，所以，你登上天守第五層見到我的事，說出口也不會有人當真。既然如此，為了幫助乾脆爽快的你，我就奉上一個紀念品吧（靜靜拿下先前那頂頭盔）——就當是紀念品，你帶回去。

圖書：沒想到會收到如此厚禮，執意推辭對公主大人反倒失禮，恭敬不如從命，在下就收下了。真是一頂尊貴氣派的頭盔啊。

夫人：雖然是用金銀堆砌出來的東西，作工卻不算精緻。不過，對武田而言，是相當重要的東西——你沒有印象嗎？

圖書：（疑惑地凝神端詳）儘管很難相信，我只在一年一度取出來晾晒時看過，但真的非常像……難道是城主家傳之寶的青龍頭盔嗎？

夫人：沒錯，正是。

圖書：（一臉錯愕，接著突然說）既是如此，我更該趕緊回去。請恕在下失禮。
夫人：下次再來，就不放你回去了。
圖書：這是當然……我發誓不會再來叨擾。
夫人：再見。
圖書：是！（捧著頭盔，腳步略顯匆忙地消失在階梯後方。）

夫人：（獨自沉思，以手托腮，對著獅子頭說）能不能請您……把他賜給我。
阿薄：（靜靜出現）夫人啊。
夫人：阿薄？
阿薄：那實在是個出色的男人。
夫人：至今從未注意到他，我真是沒面子。
阿薄：他符合了您從以前到現在的願望，為何讓他回去？
夫人：他說愛惜生命，還說要對我動手嘛。
阿薄：只不過是待在您身邊，對生命哪有什麼危害？
夫人：在他們人類眼中，待在這裡就不算活著了吧。
阿薄：那用您的美貌和力量，硬是將他留下來，不就好了嗎？就算他向您動手，也不會是您的

　　對手。
夫人：不，我不想讓他看到那副模樣。況且，以力量強迫對方，是播磨守那種人做的事。真正
　　的戀愛，是心與心……（低聲輕喚）阿薄。
阿薄：是。
夫人：話雖如此，沒想到他竟是負責飼養那隻白鷹的馴鷹師——這也是一種緣分吧。
阿薄：您們一定特別有緣。
夫人：我也這麼想。
阿薄：夫人，雖然是您說的話，但我實在聽得有些害臊。
夫人：其實我自己也這麼覺得。
阿薄：您又在開玩笑啦——咦，天守下方怎麼一陣騷動？（朝欄杆外探出身，遙望下方）……
　　哎呀，您看看。
夫人：（依然坐著）什麼事？
阿薄：一大群武士生起篝火。哦，武田播磨守也出來了，坐在矮桌旁的就是他。這人動作慢又
　　遲鈍，偏偏性子急又愛湊熱鬧，什麼都想看。一定是等不及上來確認的使者回報，便先
　　出來等了吧。哎呀呀，圖書大人的身影變得好小。夫人，在那群蝌蚪般的凡人之間，他
　　和服上的萍蓬草花紋，就和真的開了花一樣美……快來瞧瞧啊，夫人。

夫人：不關我的事。

阿薄：哇啊，他們開始檢視頭盔了。咦，城主似乎嚇一跳，那道粗得像漆上去的眉毛動個不停。剛才龜姬夫人帶來的禮物，那顆他兄弟的頭顱，他要是看到不曉得會怎樣呢。哎呀，家老[25]也在場。就是靠壓榨百姓致富的那位吧，錢是很多，頭卻是禿的。咦，那群人怎麼把圖書大人包圍起來？是想和他爭功嗎？不對，伸手握刀了，怎、怎、怎麼回事？哎呀、哎唷，夫人夫人！

夫人：夠了。

阿薄：不對，什麼夠了？他們誣賴圖書大人是賊啊。說他偷了頭盔想謀反，說他是叛賊，是想謀殺城主的叛賊。明明就是拜他之賜才拿回頭盔，怎能如此？人類真是難以置信。咦，官兵衝上來要捉拿他。為了忠義與俸祿，圖書大人難道想選擇不動手嗎？不，他解決了對方，並拋出去。真開心，就是要這樣才對。家老脫下肩衣[26]，所有人一起拔刀。這下危險了。好厲害！圖書大人拔刀跟他們交手……砍中一人的手臂。哎呀，身體被劈開。

25 武家的重臣。
26 武士穿的無袖和服。

這些領五兩俸祿，只有兩個手下的官兵，何必這麼勉強幹活？真可憐，腦袋都被斬飛了。

夫人：這種事，秀吉那時不就看多了嗎？妳在嚷嚷什麼？

阿薄：我忍不住啊，這麼多人圍著一個人，以多欺寡。哎呀，逃出來了，圖書大人逃進天守了。追兵跟上，連長槍都拿出來。（沿著欄杆移動）圖書大人衝上第二層，後頭有大批追兵。

夫人：（立起單膝）好吧，去幫幫他。

阿薄：侍女們、侍女們——（一邊喊著，匆匆跑下階梯。）

夫人一手扶著屏風，一邊從屏風後方俯瞰階梯底下。

喝、喝、喝——激烈吶喊的人聲，物品劇烈碰撞聲、腳步聲。

圖書披頭散髮，衣服沾滿鮮血，站在階梯口揮刀後，狠狠往下瞪一眼。肩膀不斷起伏，喘了一口氣，昏厥過去。

夫人：圖書大人。

圖書：（恢復意識，踉蹌起身，喘著氣奔向富姬）公主大人，請原諒在下不顧您的警告，三度前來叨擾。城主的家臣竟指我為逆賊……說我要謀反。

夫人：我懂，昨日今日，甚至直到剛才還互稱朋友的人，光憑城主的一道命令，居然那麼輕易對你刀劍相向。

圖書：是的。為了我根本沒犯下的罪，明明都是人類卻自相殘殺，身為人類的我徹底死心放棄了。既然如此，不如死在您手中——我觸犯了您的禁忌，違背了對您的承諾，我願意認罪，請盡快取走這條命吧。

夫人：是啊，如果我也是你的武士同伴，一定會取你的性命。不過，我並不是。你和我在一起，永遠活下去吧。

圖書：（露出著急的神情）多謝您充滿慈悲的話語，但就算我想活下去，那些追兵也絕對不會放過我。還是請您快點下手吧，死在您手中是我最大的願望，要是死在追兵手中就太遺憾了。（將手放在夫人腿上）請動手吧，取走我的性命——此刻追兵就要到達。

夫人：不，他們不會到這裡來。

圖書：他們正在通往第五層的……通往這層樓的梯子上，像老鼠一樣上下亂竄……由於過去的謠言，把這裡看得比鬼神或妖魔更可怕，所以有點猶豫。不過，他們已目睹我上來，就在我們說話的當口，他們就要上來。

夫人：是啊，這麼說也有道理。如今最重要的，就是先把你藏起來。（取下獅子頭，掀開連在下面的披風[27]）躲進去吧……躲進這裡面。

圖書：噢，這就像是金湯鐵壁。

夫人：不，很柔軟的。

圖書：如您所說，比棉花還柔軟。

夫人：抓住我，緊緊跟上。

圖書：恕在下冒犯，失禮了。

圖書從夫人背後抓住她的衣袖。同時，夫人的身體也藏進披風下襬，捧著獅子頭，披風外的人看不到夫人的臉。

追兵大呼小叫衝進來，一看到眼前的情景又哄然退下。這時，夫人已躲在披風下，舞臺上只看到一頭威猛的青面獅。

包括小田原修理、山隅九平和其他人在內的追兵，紛紛拔出長槍，手持刀劍，還有人小題大作地穿上護臂與護腿。追兵人多勢眾。

九平：（走向燈籠）喝！還以為站在這裡的是妖豔絕美的女人，原來是這玩意。

修理：什麼都是妖怪變的。先前在城內看到吉兆，一隻如仙女般的鶴時，城主大人下令放鷹逐鶴，老鷹卻就此下落不明，唯有一件破簑衣從天而降……只能說是匪夷所思。

九平：沒有別的可能了，姬川圖書那廝一定躲在獅子頭的披風下。喝！城主大人有令，叛賊速速現身。我山隅九平跟你過招。

修理：等等，山隅，要是那傢伙躲進去，怎麼可能一叫就出來？制伏他，把他揪出來吧。

九平：好，大夥上！

修理：當心，要是太大意會受傷。這青面獅並非等閒之物。根據傳聞，從前是城下郊外，群鷺山的地主神宮中的擺飾。上上一代的城主大人外出放鷹狩獵時，騎在馬上，醉眼迷濛中看見一個絕世美女。那女人怎麼瞧也不像鄉下人，倒有幾分城裡人的味道。女人看到城主一行，立刻躲進那座地主神宮。那裡雖然是放鷹狩獵的紅葉山，女人或許是來自某戰敗之國，身分尊貴的夫人吧。總之，女人有著絕世美貌。城主下令「把那個女人抓出來」，於是，侍從闖入神宮，抓住說著「我有丈夫了」拒絕的女人。一被帶出宮外，女人便咬舌自盡。就在那時，女人凝視著獅子頭，恨恨地說：「獅子啊，不可思議的獅子。要是我有和你一樣的力量，就不會落入豺狼虎豹之手。」此後連續三年，國內每

27　原文為「母衣」，防具的一種，有防箭效果。

年都發生大洪水。為那女人收屍的山廟宮司說，他目睹獅子頭倒轉過來，舔舐女人的血和眼中流出的淚，一切災難從此展開。全國上下謠傳，連年來襲的洪水就是那女人的怨恨。女人的劉海上，原本插有一根刻有三朵牡丹的白木髮簪，死去時從頭髮上掉下，被旁人撿起，呈給城主。坐在馬上的城主，立刻若無其事地將髮簪收進懷中，實在是不畏鬼神作祟的粗暴大名。他還一邊說「有意思，要是淹水，就淹到天守第五層上看看」，一邊把獅子頭帶出神宮，放進天守第五層。之後，天守就被視為詭異妖魅之魔域。雖然我從未信以為真，現在親眼所見，果真不可思議，大家一定要當心。

九平：知道了，舉起槍吧。

追兵挺起長槍展開攻擊。獅子發狂舞動，追兵狼狽退縮。修理與九平等人一齊拔刀，同時進擊。獅子再度發狂舞動，眾人復又退縮。

修理：精魂棲宿於木雕中，和活獸沒有兩樣。瞄準牠的眼睛，瞄準牠的眼睛！

九平與修理合力進攻，各自傷了獅子一隻眼。獅子伏在地上，追兵壓住獅頭。

圖書：（撥開披風，揮刀竄出。追兵破口大罵，與他最初的一刀交鋒）啊，我的眼睛看不見！

（眾人壓倒圖書，將他制伏在地。）

夫人：（舉起獅頭，傲然站立。黑髮凌亂，神情淒厲，提著之前那顆頭顱）你們幾個瞧瞧，這是誰的頭顱？有眼睛的人都看仔細了！（朝眾人拋出頭顱。）

追兵齊聲後退，修理戰戰兢兢地撿起人頭。

修理：南無阿彌陀佛。

九平：是城主大人的頭，是播磨守大人的頭。

修理：事情非同小可，各位的項上人頭可還安在？

九平：可怕的妖魔，我們不能再磨蹭，應該盡速離開。

追兵踩著紊亂的步伐，帶著頭顱一哄而散。

圖書：公主大人，您在哪裡？公主大人！

夫人意志消沉地站著，依然沉默。

圖書：（惆悵地伸手摸索找尋）公主大人，您在哪裡？我的眼睛看不到了，公主大人。

夫人：（強忍哭泣聲）我的眼睛也看不到了。

圖書：咦？

夫人：侍女們、侍女們，至少把燈點亮……

眾人皆已盲目，所有人的眼睛都看不見了。

（牆壁另一端，紛紛傳出侍女的哭聲。）

夫人：（和獅子頭一起頹然倒地）他們傷了獅子的雙眼，所以，這裡依附獅子精魂而生的人都看不到了。圖書大人……你在哪裡？

圖書：公主大人，您在哪裡？

摸索找尋著彼此，好不容易觸摸到對方的手，哭著相互擁抱。

夫人：無計可施了。你要做好心理準備，剛才我給他們的那顆頭顱，只要一出天守就會消失，追兵立刻會掉頭回來。如果只有我一個人，還能乘雲馭風，橫渡虹橋離開。可是，圖書大人你沒有辦法。啊，我不甘心。多想讓那群追兵看見我倆穿著簑衣斗笠，宛如神仙眷侶的姿態，他們肯定會在日月夕陽的光芒下誠心膜拜。可恨我已盲目，連你的性命都救不了。請你原諒我。

圖書：我不後悔！公主大人，請您動手了結我的性命吧。

夫人：對，我不會讓別人動手。不過，我也不會苟活，你死去後，我將與這天守的塵埃、煤灰及落葉一同腐朽。

圖書：唉，為什麼連您也非死不可呢。美麗的公主，您在這世上長命百歲就是最好的禮物，我將帶著這份禮物前往另一個世界。

夫人：不，殺了你後共赴黃泉，是我心甘情願。

圖書：公主大人，您是認真的嗎？

夫人：對，當然——真想看到說這番話的你，只要一眼就好……這明明是千年、百年難逢的……我唯一的戀情。

圖書：是啊，我也好想再看一眼您高貴美麗的容顏（兩人緊緊抓著彼此）。

夫人：不需要前世與來生，至少讓我們擁有現在。

圖書：啊，天守下的人在叫囂了。

夫人：（姿態凜然）可恨啊，要是有多一點時間，就能拜託夜叉池的阿雪或遠方豬苗代的妹妹來幫忙。

圖書：我已有心理準備，公主大人，請將我……

夫人：我還放不下你，不，我還放不下救你的念頭。

圖書：再猶豫下去，我就要死在追兵手中，因人類的自相殘殺而死。如果您不願意動手，我就自己——（伸手握住刀柄）

夫人：不能切腹！唉，真無奈。那麼，就由我咬牙為你介錯[28]吧。同時，一刀刺穿我的心臟——我的胸口。

圖書：要是至少能看一眼，此時訴說這番話語的您的嘴，該有多好。

夫人：就算只是一根睫毛也好，我想看到你（放聲哭泣）。

此時，後方柱子中傳出巨響。

「等等，別哭、別哭。」

那是六十歲左右的和藹老人，木雕工匠近江之丞桃六。只見他戴頭巾，穿綁腿袴褲，腰上掛著裝有點火工具的打火袋，搧著扇子現身。

桃六：美麗的人們啊，別哭泣。（一步一步走上前，撫摸獅子頭）我先幫你鑿開眼吧。

說著，桃六從打火袋中取出一把鑿子，為獅子鑿出雙眼。

夫人與圖書同時發出驚嘆聲。

桃六：如何？看得到了吧？哈哈哈哈，雙眼睜開了，獅子高興地睜開眼。哦哦，會笑啦？很好、很好，啊哈哈。

夫人：老爺子。

圖書：這位老人家是……？

桃六：沒錯，我就是幫某人雕了牡丹髮簪，又雕了這顆獅子頭的近江之丞桃六，只是丹波國[29]一個削牙籤的工匠罷了。

夫人：哎呀，（忽然發現自己與圖書相互倚靠）被您看到這副模樣，真害臊。

28 在日本切腹儀式中，為切腹者斬首，免除其受痛苦折磨的輔助者。

29 約為現今的京都、兵庫、大阪一帶。

夫人和圖書一起躲進披風下。

桃六：呵呵，還是看得到，不管是你們害臊或難為情的模樣都一清二楚，不過看起來還是很開心。哈哈哈哈，年輕人感情真好哪（以打火石打火，點燃叼在口中的菸管，抽起菸來）。經過這番折騰，先好好休息，放心睡一覺吧。之後，我再幫你們把眼睛雕得更清明些。

桃六試敲了幾下鑿子，月光照進樓閣。

桃六：光照進來也是理所當然，眼珠啊，看清楚，這是月光。（再試敲幾下鑿子，側耳傾聽天守下方喧鬧的叫喊聲）即使人間陷入征戰，蝴蝶依然飛舞，撫子與桔梗依然盛開，獅子也依然在這裡啊，傻瓜。（呵呵一笑）就把這場紛擾當成祭典吧，（敲下鑿子）槍、刀、弓箭、火砲、城裡的傢伙們啊。

（落幕）

原作發表於《新小說》，一九一七年九月

解說

在與出版社確定了「文豪×怪談」這個企畫概念後，泉鏡花的《天守物語》是第一篇進入我備選名單內的作品。

對我來說，如果將「怪談」侷限在「小說」的形式之下，絕對是有問題的。就像總導讀中提到的，一開始屬於江戶庶民的怪談，帶有強烈的表演性質，落語、歌舞伎、講談，甚至是眾人聚在一起講鬼故事的「百物語」，都構成了怪談這個文類的一部分。因此，就算礙於紙本出版品媒體的限制，只能選擇劇本，我也想要表達這種多元性。

泉鏡花的《天守物語》可說是他的代表作品，向來觀點刁鑽的怪才澀澤龍彥都難得給予高度評價。但就算是對作者本人而言，這也是足以自豪的劇作。他甚至說過「如果有人要搬演此劇，不用給我謝禮，我也會準備禮物送他」，只是這願望在他生前從未實現，直到一九五一年才正式搬上新派劇的舞臺。

這齣劇大致可分為前後兩個部分，前面主要是說明姬路城的天守五樓早已成為妖異聚集之地，眾多妖怪以女主人富姬為核心，簇擁著她。富姬偶爾釣釣花朵、偶爾接待遠方的朋友。這個部分可看見鏡花如何馳騁著想像力，結合殘酷與浪漫，鋪陳出一幅妖異的日常圖景。其中時而透露出的幽默感與玩心，更是小說中看不到的。

然而，第二部分，也就是男主角姬川圖書之助出場後，整個故事就走向江戶妖怪版的「羅密歐與茱麗葉」，圖書之助與富姬可說是「一眼瞬間」。兩人不顧身分上的鴻溝仍舊相戀，迅速到足以殉情的地步，正當讀者以為即將悲劇收場，猛然出現的木匠桃六卻以颯爽的姿態給了個美好的結局。

在現代讀者眼中，恐怕會覺得突兀，若思及泉鏡花的戀愛生活，便會心生理解之情。他和妻子伊藤鈴相戀當時，女方是花名「桃太郎」的藝伎，這段戀情引得尾崎紅葉大怒，甚至說出「你到底要這個女人還是老師我」這種話。深深尊敬著老師的鏡花無可奈何，只好假裝跟女方分手，私底下仍偷偷同居。「幸好」沒過多久，紅葉突然胃癌逝世，兩人方得修成正果。

於是，鏡花將這番經歷寫進劇作中，愛情的熾烈與天降神的奇蹟，見證了他與妻子的愛情，也為怪談留下綺麗的一頁。

佐藤春夫

作者簡介

佐藤春夫（一八九二～一九六四）

出身和歌山，中學畢業後前往東京，師事歌人與謝野鐵幹、晶子夫妻。一九一八年出版第一本小說集《病玫瑰》，獲得谷崎潤一郎激賞，大受矚目。之後發揮詩歌、評論、隨筆、童話、翻譯等等多方面的才能，對於開始發展的偵探小說也有巨大影響。偵探小說、怪談路線的代表作有〈指紋〉、《維也納殺人事件》、〈鬼屋〉等等。

女誡扇綺譚

一、赤嵌城址

khut-thau-kang——漢字寫成「禿頭港」。「攏總禿頭」是句有趣的俗語，指的其實是事物的進行遇到阻礙。禿頭港似乎是安平港最深處的港口，由於位置鄰接臺南西隅的安平廢港，光聽這名字似乎也順理成章。然而，實際上親眼見過此地的人，肯定會懷疑為何將地名取為「港」。那只不過是地勢低且潮濕，蘆草蔓生的泥沼地帶上，一處狀似貧民窟的地方，而且距離海邊將近一里之遙。填滿沼地的垃圾在悶熱的暑氣中發出刺鼻腐臭，是個令人生厭的破落地區。當地人的房子狹小侷促，雜亂林立，難登大雅之堂。在原生居民的城鎮中，這裡是最無用的邊陲地帶。那天我之所以造訪此處，乃是先受友人世外民之邀前往參觀安平港廢市，回程按照世外民帶來當參考的臺灣府古圖，心血來潮來到這裡。

＊＊＊

人們經常頌揚荒廢之美，這個概念我也是有的，只是還未切身體會過。直到去了安平，我才終於明白那種感覺。儘管稱不上悠久，那個地方仍經歷過種種歷史。說到臺灣島上主要的歷史，就不能不提荷蘭人的雄圖與鄭成功的壯志，再近一點的，則有劉永福的野心及其末路，皆與此一港都有關。不過，我想說的不是這些歷史。我那愛好歷史又是詩人的朋友世外民或許有這個能力，但我是辨不到的。安平的荒廢之美打動我的心，未必與這些歷史知識有關。因此，無論是誰都好，什麼都不知道也沒關係，只要一腳踏入那裡，立刻就能親眼目睹衰頹的街景。只消擁有一顆純粹的心，就能感受其中淒然之美。

從臺南出發約莫四十分鐘路程，這段時間只能把自己當成泥沙或土石，任由載貨台車搬運。幾乎呈一直線的平坦道路兩側是安平魚的養殖場，舉目望去既不是水田也不是沼澤。不過，與其說是海域淤積形成的地形，從古地圖上看來，這裡原本就是一片長長的淺水灘。這本地圖以插畫方式呈現觀光名勝，這一帶便繪有水牛拖曳的牛車，車輪一半以上泡在水中。不過，就算是水田，現在也成為名符其實的陸地。於是，台車在這條一成不變的道路上滑行。雖然是熱帶地區四季長青、夏草繁茂的地方，或許是給人荒野般的印象，如今回想起來，總覺得是一片枯草。這就是安平風情的序曲。

下了台車徒步行走，目的地是過去荷蘭人建設的TECASTLE ZEELANDIA，也就是當地人口中的赤嵌城[1]。信步走去，眼前稱得上住宅的房子皆荒廢殆盡，無人居住。這些都是不久前外國人在此經營糖廠時的員工宿舍，該公司一解散，宿舍便成了空屋。每一棟都是使用精美磚材蓋成的氣派西式建築，前庭的小花園仍看得出當時的外型。不過，富含砂質的土壤上只有稀疏雜草。一整排的屋子，沒有一片窗玻璃完整，恐怕是被孩子們惡作劇，丟石頭砸破了吧。屋簷下麻雀數量驚人，黑壓壓地聚集一大群，發出吱吱喳喳聲，似乎是在此築了巢。

我們嘗試進入其中一棟。屋內除了滿地呈粉末狀發光的玻璃碎片、壞掉的窗框和上頭滿滿的塵埃之外，別無他物。不料，二樓傳來說話聲，我們上去一看，發現陽臺上有一個幾乎像是乞丐的老人，正在補一張令人懷疑是否還能用的漁網。老人身旁有個五、六歲的男孩，大概是他的孫子，一邊不斷喃喃自語，一邊徒手耙著地上的灰塵玩。聽見腳步聲，他們驚訝地抬頭，望向我們這兩個闖入者，老漁夫露出畏懼的眼神。他們大概是附近的居民，正在這棟廢屋二樓乘涼吧。總之，竟能看見如此氣派的廢屋櫛比林立的街道，我實在做夢也想不到。（據說兩、三年後，為因應臺灣行政制度改變，臺南官廳必須增員時，曾考慮將這些安平廢屋挪用為官舍，確實非常適合。）

我們登上赤嵌城址，可惜那裡徒留虛名。原本聽聞有混凝土製成的地基遺留，但就連世外

---

1 TECASTLE ZEELANDIA從發音上看來應為熱蘭遮城，即今日安平古堡，而非赤嵌樓。

民也分辨不出哪個是哪個了。城址位於已成為稅關俱樂部[2]的小高丘上。我的朋友世外民在小丘上攤開之前提到的古地圖，一邊指著相當於安平港外七鯤鯓的位置，一邊為我詳細說明古書如何描述赤嵌樓的鬼斧神工，可惜內容我全忘了。最令我驚訝的是，以前稱為安平內港的地方，如今全因淤積而消失——說來也是非常單純的一件事。實際上，當時我還太年輕，對歷史不感興趣，若不是受到世外民的影響，我壓根沒想過要到安平這種莫名其妙的地方來。以我當時這點程度，即使聽了年紀與境遇相仿的世外民頻頻講述並詠嘆昔日歷史，我頂多在心中暗忖，繼承支那血統的詩人果然與眾不同。正因我如此淺薄，就算得知這是當年荷蘭人宏圖建設的遺址，也難以興起一絲思古幽情。關於這一點，只能說是無可奈何。不過，我必須承認，眺望山丘本身仍是一件打動人心的事。單就景色而言，如此荒涼的自然景觀並不多見。假使我能擁有愛倫．坡[3]的文采，描述這片景色，說不定能媲美〈厄舍府的沒落〉開頭那段文章。

於我眼前展開的，是一整面黃褐色的泥海。數不清的細碎浪花翻湧，日語中雖有「十重二十重」的說法，卻似乎沒有一個用來形容波浪重重翻湧的詞藻。浪花一路延伸到水平線，所有波浪朝我們所在的方向襲來。從前赤嵌樓正下方就是海面，現在的海濱則距離這裡兩、三町。由於距離太遠，聽不到海浪聲，可見安平外港淤積得多嚴重。即使如此，受著溫暖的海風吹拂，加上長長淺灘上的泥沙帶動，感覺那一波波無限層疊的泥浪立刻就要湧向腳邊。泥浪表面是徹底的混濁，甚至無法反射熱帶氣候接近正午時分的陽光。這片奇怪的無光之海中——或者該說，在這片水之荒野上，一艘舢舨船正與那漫無邊際、層層疊疊的泥浪對抗，一鼓作氣地朝外海前進。

白亮的正午陽光下，泥海吸走所有光線，重重浪花朝水平線翻湧，顏色令人聯想起大洪水。泥海中小船飄搖，這幅激動洶湧的景色卻是安靜無聲，唯有微風偶爾吹過，悶熱得彷彿瘧疾患者呼出的氣息。這一切構成某種內在風景，帶有象徵意味，使我陷入惡夢般的詭譎情緒。不，這不僅僅是比喻，接觸過這片景色後，幾次喝得爛醉時我總會做惡夢，夢裡出現的便是與這裡極為相似的蕭瑟景象——我就這麼出神眺望泥海好半晌，身旁的世外民或許和我有同樣的感受，否則這饒舌的男人怎會如此沉默？我低垂視線，不禁發出嘆息。雖然可能多少帶點感慨，不過大半是因氣候炎熱而發出的喘息。先前忘了說，這種程度的暑氣，連陽傘也抵擋不了。

「嗚、嗚、嗚、嗚——」

忽然響起一陣微弱的聲音，若要比喻的話，彷彿眼前景色集體發出了呻吟。定睛一看，原來是水平線上如小黑點般的一艘汽船，只憑著煙囪與桅桿鮮明的色彩，勉強可辨識出航行在

2 現今的熱蘭遮城博物館。

3 Edgar Allan Poe（一八〇九～一八四九），美國作家、詩人、文學評論家，以懸疑和驚悚小說聞名。

遠處的海面上。那似乎是行經沿岸航道的船隻，剛才在泥海波濤中浮沉的舢舨船則是它的接駁船，由於預測大船即將到來，才會那麼急著朝外海駛去吧。

「那艘汽船要停靠在哪裡？」

我問世外民，替我們帶路的台車搬運工代替他回答：

「早就停嘍，剛才的汽笛聲就是靠岸的信號。」

「停靠在那邊嗎？那麼遠的地方？」

「是的，不會再駛得更進來了。」

為了確認，我再度朝海面望去，喃喃低語：

「唔，這就是港口啊！」

「沒錯！」世外民回應我。「這就是港口。從前這裡可是臺灣第一港！」

「從前……」我下意識複述了一次，察覺自己有些感動時，不免有些抗拒，又略顯徒勞地改口：

「從前……是嗎？」

下了小丘，我們並未再次踏上來時路。這次走的是看起來比較舊的街道，周遭景色也顯得老舊。附近所有支那式的房屋，看上去全屬於貧窮漁夫，和剛才那棟附帶陽台的雙層氣派空屋根本不能比，小得可憐。此外，這一帶原本似乎是稱為「鯤鯓」的海上沙洲之一，泛白的茶色土壤，連地質也自成一格。不像是沙子，感覺比沙還輕，每走一步，腳邊就會揚起驚人的塵埃。唯有一件事與來時無異，就是我在這附近完全沒看到人影。沿街房舍未必都是空屋，卻沒有看到任何人從門口進出，也沒傳出說話聲。我們在市鎮上走了一遭，唯一見到的只有那棟廢屋陽臺上的老漁夫和小男孩。走在路上，連一次都沒有遇到行人，就算是深夜的街頭也不至於如此杳無人跡。同時，刺眼的陽光又為這股寂寥平添了一番不同的深度。我們默默向前走，不經意聽見路旁某處人家傳出一種稱為「絃」的胡琴聲，大概有人正藉以排遣漫長夏日午後的無所事事吧。

「這比月下笛聲更哀傷。」

詩人世外民隨即駐足傾聽，這麼對我說。對月下笛聲的聯想，固然是他的老調重彈，也是多愁善感，不過這次我贊成他的意見。

我們再次搭上台車，沿著養殖場旁的土堤道路回到臺南市西郊，我接下來要說的這個叫禿頭港的地方。當世外民對我說，如果想完整參觀安平，這一帶也該走一圈時，即使過了用餐時間，感到強烈飢餓的我仍沒有拒絕他的提議，由此可知遊覽半天下來，安平已多少勾起我的興趣。

然而，才剛從台車下來走不到一町，我已開始認為參觀禿頭港是多此一舉。這裡只是多處積水、髒亂不潔的偏僻地區，看不出有何特別。

二、禿頭港的廢屋

沿著道路左轉，我們又來到一片泥濘之處。這條路只有一邊蓋了房子，沿路砌著石牆，牆後的大榕樹枝朝道路伸展。我們精疲力盡地站在樹蔭下，脫了外套點起香菸，再次環顧四周，才發現腳下的這條路，比原先經過的侷促貧民窟地帶更有城鎮的樣子。就拿我們倚靠的石牆來說，雖然看起來陳舊，若非擁有一定程度的家業，附近的房子少見如此氣派的石牆環繞。這麼一想，重新放眼四周，果然此一區域的房屋都使用大量石材。儘管這些石頭都顯得老舊，乍看並不醒目，走在這一帶時，感覺和先前走過的地方完全不同，即使髒亂也散發一股從容，原因似乎正是建築使用了大量石材。

我們站在這條街——說是街，其實不到一町——蓋有房子的一側，大約有五、六座石牆環繞的住宅。至於另一側，也就是我們對面的那一側，又是一攤散發惡臭的泥濘。黑色泥土上積了一點水，水淺處有五、六隻豬在泥巴裡打滾嬉戲，稍深處的水濃稠如油，一群家鴨浮在水面，游過之處泛起陣陣漣漪。和一般水窪不同的是，這些積水應是濠塹（護城河）底部殘留的水窪，可見切割過的大塊石頭密密圍起這片泥池，石牆高度差不多七、八間，長度則相當於整條街，深度至少有十尺。這條濠塹對面，有另一道面水而立的石頭高牆，長長的高牆正中央開了個洞。不，那並非崩坍，而是似乎只有那個部位打一開始就刻意未築石牆。不過，轉角那一處就確實是傾圮了。崩落的石塊散亂重疊，泥水中還露出幾個石塊的邊角。看到這些大石與巨溝，彷彿看見一座小規模的古城廢墟。不，事實上或許這裡真的曾是古城——崩坍石牆另一端的遠處，有一棵樹頂渾圓的大龍眼樹，襯著蔚藍天空的枝葉繁茂，近乎黑色。樹蔭下是高聳的灰白色建築，雖然規模不大，肯定是防禦槍樓。這座圓形槍樓的平坦樓頂，邊緣有一排呈等距凹凸的齒牆，下方開著正方形的槍眼。

「你看！」

我推推再次攤開古地圖的世外民肩膀，想吸引他的注意，同時指向剛才的新發現——

「欸，那是什麼？」

說著，我邁開腳步，朝那座具有防禦作用的小小瞭望塔走去。此時，我發現四周還能看見其他屋頂，整體而言是一座大宅院。我想瞧瞧那座大宅，從石牆崩坍的地方望去，肯定看得見。什麼都好，總得讓我看到一些特殊的東西，否則專程來禿頭港，豈不將空手而歸？

來到石牆崩坍處，不出所料，從這裡望去不僅能看到宅院，而且是正面。這並非巧合，這座宅院乃是刻意如此建造。另外，石牆中央的洞果然不是崩坍，應是原本就特意留下的開口，我猜想大概是水門。怎麼說呢？因濠塹一路延伸進大宅庭院，與崩坍石牆另一端的一塊長方形小濠溝相連，空間足以停放十艘舢舨船。小濠溝正面有三級石階，想來為的是方便靠近水邊，如今濠中的水乾涸殆盡，從外露的濠底到石階的高度，怎麼看都有七尺以上——假如當時水面高及石階，方才豬隻與鴨群嬉戲的那一大片空濠，當年必定充滿了水。話說回來，能在庭園內外築起如此規模的濠塹的這座宅院，正面外觀是以三棟房子組成的凹字形，正好與凸字形的濠塹相對而建。正面望去，屋簷寬度將近五間，如雙翼般左右凸出的兩棟房舍山形牆上，又分別有一道將近四間的屋頂。三棟房舍都是雙層建築——大宅周圍的房子皆為支那式，也就是以幾棟小平房組合而成的低矮建築，由此原則看來，這座宅院堪稱豪華壯觀。我蹲下來想歇歇腿，順便在地上畫了宅院的平面構造圖，再根據目測的距離算出這座宅院至少有一百五十坪大。我對非做不可的事總是拖到不能再拖，遇到無意義的小事反倒莫名熱衷，這種性格在當時發揮得淋漓盡致。

「你在做什麼？」

聽到世外民的聲音，才發現他站在我身後。不知為何，我像惡作劇被逮到的孩童一樣心虛，起身以腳抹掉地上的圖線。

「沒什麼……這宅院真大。」

「是啊，畢竟是廢屋。」

不用他說，我也看得出來。沒什麼特別原因，任誰都看得出這裡荒廢許久。整座大宅有很多窗戶，現在全都緊緊關上，如果有沒關上的，八成是窗框腐朽失落的緣故。

「真是豪華的房子，你看二樓的亞字欄杆，作工實在細緻。再看看那牆壁，建造時用的可不是裸磚，表面還塗上一層美麗的顏色。這一整面牆，漆的都是淺紅色灰泥，周圍描出清晰的天空藍色纖細外框。雖然褪色泛白，不覺得反倒顯得夢幻嗎？走馬樓[4]屋簷下，雨打不到的地方，仍留有一點原本的色彩。」

原來方才我在計算宅院坪數的同時，世外民也用他的方法觀察。他這麼一提醒，我重新仔細審視一番。正如他所說，雙層走馬樓陽臺後方的牆壁上，有著顏色變淡，仍確實展現時代風情的鮮明色彩。事實上，愈去細看房屋的每個角落，愈能感受到源源不絕的美好與奢華。比方說地基，支那人住的泥地屋一般地基都很低，頂多高地面一步左右。相較之下，眼前廢屋的地基卻高達三尺，同樣以切割過的精美石材堆砌而成。若更仔細觀察，像是剛才在水門盡頭看到下水處的三級石階，其後方屋舍的地基也很高，一樣差不多是兩、三級石階。那寬近二間的石階兩側各有一根圓柱，支撐著雙層走馬樓的圓柱……該怎麼說呢，儘管離得有點遠，無法看得很清楚，比起外面尋常的柱子確實壯麗許多。柱子上段似乎雕刻著某些複雜的花紋，柱子底部的地面，則有看似也以石頭精雕細琢而成的左右相稱大水盤。最吸引我注意的，是這些事物將

4　南國特有的建築形式，意指屋內四處都有走廊可通行，連馬都能暢行無阻的建築。

宅院正面襯得富麗堂皇。我心想，那應該就是宅院的正門玄關吧。

這時，我向世外民提出內心的疑惑：

「我問你，屋子的正面是這裡……那是正門玄關嗎？」

「應該是吧。」

「玄關正對濠溝？」

「濠溝？那是港啊。」

聽到世外民口中的「港」，我心頭一驚，「禿頭港」脫口而出。明明是來看禿頭港，我卻在不知不覺中忘了這裡是港口。原因之一，是眼前奇妙的廢屋令人著迷忘我，另一個原因則是附近變遷甚巨，我根本分辨不出哪裡是海，哪裡是港。在這一點上，世外民與我不同，他出身於與本港興亡與共的種族，相較我這個不相干的人，這塊土地對他的意義必然不同。就算不是出於這個原因，至少他到剛才還一直攤開古地圖研究，想必已在腦中描繪出這一帶昔日的樣貌。「港口」一詞帶給我某種感應，彷彿死去的廢屋終於在剛才獲得靈魂，再也不是充滿泥水的濠溝。眼前的廢渠於過去早晚漲潮之際，海水也曾淹沒石階。走馬樓面對波光粼粼的港口敞開大門，表示這個家的正門玄關外就是大海——如此說來，雖然不知這戶人家以何維生，這座宅邸肯定是安平盛世留下的絕佳遺產。我只看見宅院的大小、古老與美麗，渾然未察覺其中真正的意義。

察覺直到剛才都沒有察覺的事，一口氣激起我的興趣與好奇心。

「不如進去瞧瞧吧——裡面肯定沒住人了吧？」我興沖沖地提議，問題是該怎麼跨越濠塹，繞過高聳的石牆進去呢？真教人毫無頭緒。假使是路旁的廢屋，就能像先前在安平那樣擅自闖入了。後來想想，從情趣與事實兩方面看來，無法立即找到入口的原因，與這廢屋宛如隱藏在另一個世界般，散發陣陣陰氣的原因恰恰相同。

我想潛入宅院一探究竟，世外民應該有同樣的念頭。只見他探頭探腦，東張西望，發現環繞我們背後的石牆內側，有個臺灣阿婆坐在房屋陰影下的小木椅上，手持棕櫚葉製成的扇子搧風。他立刻走向阿婆，不曉得說了什麼。不過，從他指向廢屋的手勢看來，不難推測兩人談話的內容。

世外民立刻回到我身邊。「知道了，要往那條路走。」說著，他指向濠塹旁的走道。「阿婆說巷子裡有道後門，雖然路有點複雜，只要走過去就知道了——那裡果然是廢屋，似乎很久沒住人。原本是臺灣南部第一富豪沈某的宅邸，難怪這麼氣派。」

一邊交談，我們一邊找尋阿婆口中的後門。由於世外民問得不清不楚，我們找得沒有把握，一頭鑽進錯落民宅之間的小巷。就算想向人問路，四下也沒看見人影。附近尚稱繁華，畢竟正值下午兩點，日頭正炎，按照本地人的習慣，大概都正貪戀午睡吧。無可奈何，我們只得隨意亂走，反正距離應已不遠，目標又高聳可見。不過，從濠塹另一頭遠望那座宅邸時，看起來僅是一棟高樓，走到後方才知道，高樓後面連著兩、三層較低的屋頂，就是所謂的「五落厝」吧。這下益發肯定昔日住在宅院裡的是一大家族，同時也確定從正面看到的雙層樓房是宅院的主要建築。比起其他場所，我們最想看的就是那棟走馬樓的二樓和圓柱。因此，一踏入後門，我們立刻繞過較低的建築外側，直接朝正門走去。

圓柱果然是石造的。從遠方看見的上段複雜花紋確實是雕刻，兩根柱子上都雕有盤旋的龍，一條往上升，一條往下降。雨沒打到的凹處仍清晰殘留著當初的朱紅金漆，只是如今微微泛黑。就比例來說，花紋圖案太多，整體給人柱子不夠高聳的感覺，此外，和這棟房子的其他部分相比，也嫌太古樸莊重。但對我和世外民而言，能就近撫摸觀察這兩根柱子已勝過只能遠觀，精緻的建築細節自然而然映入眼簾，也使我們更明白宅邸的奢華程度。倘若我確實具備鑑賞的美感，或許會嘲笑這棟建築是殖民地暴發戶畫虎不成反類犬的低俗品味，就算真是如此，經過長年的風雨侵蝕而腐朽褪色，正巧沖淡原本的庸俗做作，好不容易保留下來的一部分，恰恰予人自由想像的空間。此外，在看出各種可悲的不協調之前，從中感受到的異國風情已先為我帶來喜悅。更何況，我早有自知之明，在鑑賞美感這一點上，我不過是標新立異罷了。

以細長石頭交錯組成網狀的地板邊緣寬約四尺，一踏上去就進入雙層的走馬樓。我們試著往上走，雙開式的玄關木門已壞掉一片，伸手推開剩下的那扇門片，我朝屋內窺探——想找尋通向二樓的階梯。住慣支那房屋的世外民很快做出判斷，只見他朝大廳走了兩、三步。

「××××、×××××！」

就在此時，二樓忽然傳來人聲。那是一個低沉卻清透的聲音。原本以為屋內無人，又是正要進屋的瞬間，我不由得大吃一驚。加上那是我不懂的語言，聽在耳中只如鳥鳴，更增添一絲詭異。不過，驚詫的不光我一個，世外民也驀地停下腳步，狐疑地抬頭望向二樓。接著，他與那人對答似地大喊：

「××？」

「××？」

——世外民的聲音在大廳裡迴盪。我們面面相覷，等待二樓再次傳來聲音，卻再也不聞任何聲響。世外民躡腳走到我身邊。

「剛才二樓有人說了什麼吧？」

「嗯。」

「原來這裡有人住啊。」

我們壓低音量，僅交談幾句，便踩著和來時完全不同的步伐——換句話說，非常戒慎恐懼，默默走出後門。兩人沉默好一陣子，直到走出門外，我才開口：

「那是女人的聲音呢。到底說了什麼？我明明聽得很清楚，但一個字也聽不懂。」

「這是當然的，她說的是泉州話。」

一般情況下，這個島上普遍使用的是廈門話[5]。如果是廈門話，我在這裡住過三年，多少學了點——雖然現在大部分都忘了。既然是泉州話，也難怪我聽不懂。

「那她用泉州話說了什麼？」

「我沒完全聽懂，大概是『怎麼了？你為什麼不早點來……』之類的。」

「哦，原來是說這些。那你回了什麼？」

「沒有啦，由於我不太確定，反問一下而已。」

驚疑未定中，我們一方面覺得困惑，一方面又累又餓，便下意識順著原路，走回濠塹邊的那條路。不經意望向前方，發現有個阿婆站在我們當初遠望廢屋的地方，和我們一樣以好奇的眼神，隔著濠塹注視那棟廢屋。走近一看，原來是剛才告訴世外民有路通往宅邸後門的阿婆。

「阿婆，」走到她面前時，世外民板著臉叫喚：「您怎麼亂說話？」

「找不到路嗎？」

「不是——那裡根本就有住人啊。」

「有人？咦，怎樣的人？你們看見了嗎？」

出乎意料，阿婆露出急切的眼神追問。

「看是沒看見，只是正想進去時，聽見二樓傳來聲音。」

「什麼聲音？是女人嗎？」

「是女人啊。」
「她說的是泉州話？」
「對！您怎麼知道？」
「哎呀！她說了什麼？」
「我也聽不太懂，好像是『你為什麼不早點來』吧？」
「真的嗎？真的嗎！你們真的聽到了？聽到她用泉州話說『你為什麼不早點來』？」
「是啊。」

老一輩的臺灣人無論男女，都擅長一套媲美歐洲人的誇張戲劇化表情術。此刻，阿婆正在我們面前表演這套技術。不過，那不只是肢體動作，更是真情流露。她的眼神近乎恐懼，臉色也變得鐵青。突如其來的轉變，甚至令我們一陣毛骨悚然。她沉默下來，像是在等待自己從激動中平息，期間依然凝視著我們，最後她說：

「最好快去驅邪！你們、你們剛剛聽見鬼魂的聲音了！」

---

5 中國福建沿海一帶方言，融合漳州話和泉州話的特色，接近現今所謂的「臺灣話」。

三、戰慄

阿婆終於再次開口，一開口就像是自言自語：

「長久以來，一直有這樣的傳聞，但我第一次遇到真正聽見……像你們這樣說自己聽見那聲音的人。原本年輕男人是禁止靠近那房子的，所以，最初你們問我後門的事時，我其實想要阻止。不過，這話說起來太長，又怕你們笑老太婆亂講話……況且，事情過了那麼久，我沒想到那竟是真的……只是，我始終擔心會發生什麼壞事，才一直站在這裡，觀察你們的狀況。那座宅邸從以前就是眾人口中的鬼屋，附近的居民都不會靠近——你們看，那棵大龍眼樹上結著多漂亮的果實，卻沒人去採……」

她指向對面的大樹，這麼一來，自然會看到下面那座槍樓——

「以前，為了預防海賊來襲，槍樓的瞭望臺上每晚都有人荷槍守衛，可見那戶人家有錢到什麼地步。當年，只要提到財力足以與北方林家抗衡的南方沈家，無人不知無人不曉。是啊，不過是不到六十年前的事。沈家經營船運，是擁有五十艘大型戎克船[6]的大富商，除了往來泉州、漳州與福州之間，生意範圍更拓展到廣東那邊。人人都說：『不知是安平港的沈家，還是沈家的安平港。』你們也知道，當時安平仍是船運興盛的港口，其中禿頭港由於位居安平與臺南市區之間，在整個安平港內堪稱第一碼頭，大家都說連臺南也找不到這麼熱鬧的地方——沈家看起來真的宛如安平港的霸主。然而，隨著沈家的沒落，安平港就像突然熄火似地沉寂下來。據說是沒有沈家就不來安平港的船數量太多，再加上海水不斷因淤積而變淺，轉眼變成陸地。連急遽變化的方式都和沈家一樣……現在上了年紀的人聚在一起還常聊起呢。……你說沈家？那又是另一件不可思議的事。某年夏天，那個家族一夜之間忽然沒落，百萬富翁一覺醒來成了乞丐，連做夢也不會改變得這麼突兀。每次提起，家父就會說『雖然是別人的事，想來還是不勝唏噓』。畢竟當年沈家是絕頂興旺，就說剛才你們去的那座大宅，正好是沒落前三、四年才蓋的，工程浩大，石材和木材都是特地從漳州或泉州運來。沈家旗下的五十艘船，整整來回搬運了兩趟。一切都是為了備受雙親寵愛的沈家獨生女。這番大興土木，主要是替她迎婿做的準備。傳聞沈家小姐是個大美人——雖然我親眼看到她時，她已四十多歲，不光家道中落，人也變得怪怪的。即使如此，聽人談起她昔日的美貌時，還是能夠想像……」

「沈家為什麼突然家道中落？」世外民性急地催促阿婆講重點。

「抱歉啊，我這老太婆講話就是不得要領。」這麼聽下來，我察覺這位阿婆氣質不俗，至

6　日本人對中式帆船的稱呼。

少出身中產階級。「全因遇上可怕的海上颶風啊。那場颶風甚至吹垮不少陸地上的房子，難怪會造成那種後果。瞧，沈家水門下的石牆轉角處都被吹塌了，他們連修補的餘力也沒有，才會保留到現在。聽說，颶風過後，隔了一夜，早上起來看到那道石牆——還是剛築好的新牆，崩了那麼大一塊，沈家主人便心知不妙。不幸的是，前一天出航時是個風平浪靜的月圓之夜，五十艘船都一起出海。沈家主人——當時五十歲左右，看著崩塌的石牆，一定擔心起出海的船隻了吧。船一出海就不容易聯絡上，五天、十天過去，不見船回來，人倒是回來了。只是，回來的只有當初出海人數的十分之一，而且個個衰弱到極點。他們各自帶回遇難的消息，最終沒有一艘船平安返港。傳聞更說，其實當時有三、五艘船停泊港中，並未遭遇颶風，然而，船上的人聽到友船遇難便動了歪念，假裝自己乘的船也遇難，再捏造船員的死訊，把船和貨物一併盜走，遠赴他鄉不再回來。聽說確有其事，證據就是有人曾在廣東遇見本該遇難死亡的某船員，還有，船名與船身的顏色雖然不同，但有人在廈門看過一艘和沈家『杜鵑號』很像的船。不管怎麼說，五十艘載滿貨物的大船都沒有回來，這件事鬧得多大，應該不難想像吧？船上超過一半的貨物不屬於沈家，貨主紛紛上門索賠，拿了錢就走。原本為了興建宅院與女兒婚事就花掉不少錢，再加上沈家主人天性海派，生意又做得大，手邊金銀竟沒有想像中多。人心是很可怕的，一旦到了這個地步，向沈家討債的人把能拿的都拿光，別人欠沈家的債卻一毛也拿不回來。雪上加霜的是，連婚期早已談定的女婿也來退婚。對方原本看上的就是沈家的財產，自然不願與陷入貧困的沈家結親。啊，那樹蔭下看起來挺涼快的，到那邊坐著說吧。」

阿婆找到前院裡唯一的榕樹。隨著太陽逐漸下山，樹影逐漸擴大。她一邊說，一邊率先踩著細碎的腳步移動。原先沒有注意到，此刻才發現，雖然不算特別氣派，阿婆家也頗為體面，不愧是昔日繁華街道上的一戶人家。

走到樹蔭下，阿婆接著敘述。看來，她喜歡說話，也很會說故事。只是聲音小又說得快，對我而言畢竟是外語，有些內容實在無法理解。之後，我又問了世外民一次，才確定她告訴我們的故事是這樣的：

如前所述，沈家漸漸沒落，主人生了重病，迅速撒手人寰。同時，因婚事告吹而陷入悲傷的女兒，在雙重打擊下益發鬱鬱寡歡，終於發瘋。不久，於心不忍的母親跟著病逝，一切彷彿編好的故事，接二連三發生。

實際上，世間原本就有各種沈家的傳聞。

＊＊＊

約莫四代以前，沈家從泉州遷來臺灣中部葫蘆屯附近，儘管原本就小有資產，但能在一代之間成為大富豪，據傳在各方面都使出非常人可及的手段。不曉得是虛構還是事實，總之，當地人是這麼說的——例如，有一次算準收割前的時機，沈家摸黑將自家田地與四鄰田地之間的界碑往外推遠。沈家的幾個手下，只花一個晚上，搬動那些石碑並重新放置，藉此拓展自家田地。隔天更裝成一副若無其事的樣子，派出眾多人手，一口氣收割理應屬於別人田地的農作物。原地主驚訝地抗議，沈家卻仗著移動過的界碑反告對方。由於沈家早與管轄這方面的官署勾結，自然不可能敗訴。靠著與貪官污吏魚幫水、水幫魚的關係，不出數年，臺灣中部廣大的土地都成為沈家的囊中物，勢力所及之處，所有官員都得看他們的臉色才敢做事，幾乎可說建立起一個邪惡的小型國家。當時沈家兄弟都在幹這種事，不過哥哥與鹿港的官員起了衝突後，原本打算謀殺對方卻反遭殺害。有傳聞說，那根本是弟弟設計謀害親兄弟，由此可知，弟弟比哥哥更心狠手辣。事實上，哥哥為人的確比較溫和。有一次，沈家手下試圖運用老技倆將犁推入鄰居田地，見地主來到田裡，依然厚顏無恥地繼續動手。如此膽大包天，是因地主為七十歲左右的寡婦，他們根本不放在眼裡。然而，當他們正要把犁推入田中時，那個上了年紀的女人忽然跑過來，嬌小的身軀趴在犁前的地上哀求：

「饒了我吧，這塊地是我的命根，是先夫和兒子流血流汗打拚過的土地，也是現在我用來養活自己的土地。如果你們想奪走這塊土地，不如先要了老婦這條命！」

儘管在沈家手下做事的都是些壞蛋，也不免停下推犁的手，沒人忍心繼續。眾人回去向沈家兄長報告，他只是苦笑說「沒辦法」。當時，此事並未傳入弟弟耳中，但兩、三天後弟弟去巡田，騎在馬上環顧田地，發現有一處特別荒廢，於是責罵僱來耕田的農工，這才得知是老寡婦的田，並聽完事情的始末。老寡婦這次一樣擋在田裡，弟弟便騎馬上前，向附近的自家長工吩咐：

「去把犁給我推過來。」

深知主人脾氣的長工無法拒絕，弟弟再次下令：

「快把犁推過來，整理這塊荒地啊。喂，我不是說過，不喜歡看到自家田地旁邊，還有沒整好的地嗎？」

老寡婦仍苦苦哀求。夾在堅持下令的主人與拚命哀求的老寡婦之間，長工左右為難。於是，弟弟下馬走進田裡。

「老太婆，滾開。不能放著田地荒廢。」

他一邊這麼說，一邊朝牽引大犁的水牛屁股高舉鞭子。老寡婦抬頭望向沈家主人，一動也不動。

「真的想找死？好啊，反正這把年紀也該死了。」

接著，他將高舉的鞭子，用力抽在水牛屁股上。水牛嚇得忽然往前，老寡婦當然就被這麼輾死了。

「好啦，繼續、繼續，快點幹活——怎能為了一個老太婆，放著這麼大片田地不管！」

語氣與平日沒太大不同，弟弟重新跳上馬背離去。正因是做得出這種事的男人，哥哥死去時，世人才會謠傳是弟弟設下圈套。沒有親自下手，或許是多少還顧念兄弟情分吧。無論如何，哥哥死去之後，沈家的一切全由弟弟一手掌握。家業愈來愈興旺，他活到將近七十歲——這輩子壞事幹盡卻沒有遭到任何報應的他，臨死之前留下的遺言倒是頗值得注意。

「從今算起三十年後，我們沈氏一族必須賣光所有田產，舉家遷至臺南安平，在那裡買船，到本國對岸做生意。」

家人剛想詢問原因，他已陷入昏睡。不過，他的孩子依然遵守遺言，搬到安平的禿頭港。遺言的內容，是在很久之後由沈家族人洩漏出來，才為世人所知。那一夜的颶風過後，沈家也被颶風般的不幸摧毀，世人從這段遺言聯想到他們祖先的惡行，都說是因果報應，連天上聖母也難庇佑沈家船隻免於沉沒的命運。還有人說，當時的遺言彷彿是為了讓子孫遭受今日的天譴而留，也有人說是老寡婦的冤魂附身臨終的仇人所留。更有人穿鑿附會，稱颶風之日正是老寡婦遇害後第幾十年的忌日。人們一方面同情沈家的際遇，一方面散播這些傳聞。不管怎麼說，一場大禍帶來接二連三的悲劇，沈家人幾乎死絕，只剩一個年輕女兒，而且也發瘋了。

無論祖先被傳得多難聽，總不能放著還在世的弱女子自生自滅，附近鄰居總會為她送點吃的。之所以能一直獲得援助，說來也是有錢人的餘蔭。那些送食物來的人當中，有些人每次都會隨手帶走一、兩樣屋子裡方便拿取的裝飾品。隨著家中物品愈來愈少，附近家境較好的鄰居就不再上門送食物——他們不願被誤以為是偷拿東西的人，寧可謹言慎行。這麼一來，厚顏無恥的人更理所當然地將值錢的東西盜走變賣。畢竟，跟一個發瘋的人討東西，往往能得到極大方的回應——小姐總是表示：「好啊，就當賀禮，要什麼自己拿。」於是，高價的東西陸續被奪走，有些不負責任的人甚至說，這是沈家為從前的惡行付出的代價。

沈家的女兒雖然瘋了，仍無時無刻不在等待。她等的應該是那無緣的夫婿吧，只要一聽到腳步聲，就會喊道：

「怎麼了？你為什麼不早點來？」

跟我們當時聽到的是同一句話。據說儘管她年華逐漸老去，唯有聲音永遠青春甜美，正如我們聽到的那樣。

聽了她的呼喊，人們無不被其中深切的哀戚打動，忍不住走進屋裡探望。她會先端詳每個人，然後嚶嚶哭泣，哀怨來的不是她等的那個人。於是，人們只好安慰她，那個人一定明天就會出現，她便重新燃起希望。她總是穿上美麗的衣服，做好迎接的準備。毫無疑問，她等的一定是那渡海而來的夫婿。就這樣，她又活了超過二十年——

「十七歲那年，我第一次去那個家，當時她還活著。」為我們講述這漫長故事的禿頭港老婦人這麼說。老婦人年近六十，算算約莫四十年前嫁來此地。「我沒有從近處看過她，但天氣晴朗的日子裡，常聽到大家說『小姐又出來了』。跟著一瞧，她會站在走馬樓的陽臺上，靠著欄杆，眺望遠方的大海許久。她經常一站就是半天，大概以為這樣就能看到送夫婿前來的帆船桅桿吧。不管怎麼說，或許在那裡就能望見海，小姐總是待在二樓，幾乎寸步不離。大家都習慣『小姐、小姐』地喊她，其實當時她已四十歲左右。後來，好幾天不見小姐身影，有人擔心她是否生了病，進屋一看，躺在床上的遺體已快腐爛。那人還說，小姐死時身披嫁袍，頭上插著金簪。不可思議的是，那人還沒上二樓，便聽見小姐和生前同樣輕柔地問了那句話。對，和你們聽到的那句話一模一樣！所以，那人壓根沒想到她早就死了，才會如此驚訝。之後，不時有人在那屋裡聽到相同的聲音。有人認為，小姐與其說是病死，不如說是餓死，畢竟那個家裡從前隨處可見的值錢東西，一件也不剩。連小姐的治喪費，都得變賣遺體上的金簪來支付。」

四、怪傑沈氏

在這獨特的一天尾聲，我和世外民去了醉仙閣——那是我們常去的酒店。

假使我仍是當初進報社時那個年輕記者，大概會認為挖到一條有趣的獨家新聞，立刻動手寫一篇充滿多愁善感詞句，標題還用小字加上「廢港浪漫史」注釋的文章吧。可惜，我已失去寫一篇好報導的雄心壯志，連每天按時上班都辦不到，成天和酒鬼世外民混在一起，從早喝到晚。我有自知之明，各位想必也從我的文章中找到種種草率隨便的地方，這都是當時耽溺酒精，不求文字精進的後果。

總之，我們在醉仙閣喝了起來。

世外民似乎打心底認為，禿頭港那棟廢屋有鬼。這麼一想，那故事確實很有支那風格。描述留在廢屋或廢墟的倩女幽魂，是支那文學中的一種固定模式。這樣的設定對出身同一民族的他來說，一定很有共鳴。然而，從我的角度來看，可不是如此。在那個故事裡，我比較喜歡的是壯闊的背景與俗豔的色彩。若真的將這些部分表現出來，或許能勝過浮世繪畫師芳年[7]的狂想。故事中的人物皆具有典型的大陸風格，其醜陋之處與故事本身之美並存，野蠻中帶有近代性。明明是個鬼故事，卻發生在光天化日而非黑夜月光下，也是可取之處。只是整體來看，根本沒有做為鬼怪奇談的價值。儘管如此，世外民卻表現出高度的興趣，甚至可說顯得非常害怕。或許，他真的以為自己跟幽靈對話了。

我嘲笑世外民的荒誕無稽——會這麼說，是我對那故事早有合理的解釋。我不禁後悔當時立刻折返，為什麼不走進廢屋一探究竟呢？要是那麼做，現在就不需如此努力說服世外民。之所以沒那麼做，一方面是世外民顯得很抗拒，更重要的原因是我肚子餓了，也相信事情的真相

7　月岡芳年（一八三九～一八九二），日本的浮世繪畫師。

不必拖著飢腸轆轆的身體去確認就能解開。假使我當場看出其中玄機就罷了，這麼簡單明瞭的道理，竟花了一小時才想通。大概是事情措手不及地發生在剛踏入大宅時，二樓傳來的又是外國話，再加上老婦人誇張的驚恐神態，導致事態變得有些異樣。說來心有不甘，一時之間，我竟也受到驚嚇，顧不得發揮理智。事實上，一棟廢屋裡傳出人聲，表示裡面肯定有個不住此處的人。我們無須顧慮對方而放棄進屋，就像在安平那棟廢屋時，明明聽到補網人的聲音，仍滿不在乎地闖進去一樣。既然如此，我們這次為何躊躇呢？因世外民說了那句『原來這裡有人住啊』。世外民為何會那麼說？要討論這個問題，必須考量他的心理。其中一個原因，或許是那聲音恰好在我們踏進屋子的瞬間響起，彷彿在譴責我們擅自闖入。然而，我後來才知道那句話的意思完全相反。再者，那棟廢屋比安平的廢屋氣派數十倍，就算已荒廢，仍散發著不可侵犯的權威。最後也是最重要的一點，那是年輕女人的聲音，致使身為年輕男人的我和世外民下意識迴避。於是，在沒有對那個聲音深入思考的狀態下，帶著驚訝的情緒就回來了。

「早知道不管怎樣都該進去看看。什麼聽到鬼魂的聲音，這種話簡直太愚蠢。那應該是還活著、心臟仍在跳動的年輕女人——我猜大概年輕又貌美，在那裡的肯定是這樣一個女人，如此而已。只有活人才會說話……」

「可是，那句話和傳聞中一模一樣，並且是泉州話。為何那個女人只對我們說了這麼一句話呢？」世外民提出抗議。

「泉州話不是鬼魂專用。只要是活著的泉州人，誰都會講泉州話吧。哈哈哈，那只是巧合。不過，碰巧和傳說中的鬼魂說同一種語言，其實挺不可思議的——但也僅止於此。正因你認定那句話是衝著我們說的，才會想不透鬼魂的真面目。事實上，只是對某個在屋外的人說的話，偶然被我們聽見罷了。不，應該是她把我們誤認為那個人，才說了這句話。接著，她察覺認錯人，所以說了一句就不再開口。這種事常有，根本不是什麼鬼魂……」

「那麼，先前有人聽過同一句話，要如何解釋？」

「我哪知道。」我說。「聽見的又不是我——不過，大概都是像你這樣喜歡怪力亂神故事的人吧。所以，我完全不管過去那些不知道的事，純粹從今天聽到的聲音推測，那的確是活生生的年輕女人！世外民啊，你的想法就是太詩意了。舊式傳統深植腦中沒關係，但人在月光下就只能看到朦朧的事物。雖然不曉得那樣是美還是醜，總之，若想看明白，仍得攤在陽光下。」

「別老是拐彎抹角比喻，說清楚一點。」頑固的世外民顯得有些憤慨。

「那我就直說了。『住在凋亡荒廢屋子裡的昔日鬼魂』，這種說法符合支那傳統的審美觀，在我看來……你聽了可別生氣——我認為那是亡國者的品味。滅亡的東西怎麼可能永遠存在？沒有消逝的東西，還能算是凋亡嗎？」

「我說你啊！」世外民嗓門也大了起來。「凋亡和荒廢不一樣吧？或許你的話沒錯，凋亡的東西確實會消逝，但也有即使荒廢仍存在的東西，而其中肯定留有活生生的精神魂魄。」

「原來如此，這一點倒是沒錯。但不管怎麼說，荒廢和真正活著還是不同，對吧？關於荒廢的定義，我或許說錯了，可是荒廢當中不會永遠有死靈橫流。反倒應該說，步向荒廢時，從陰影下會誕生另一股活躍的力量，利用腐朽重生，你說是不是？就像腐木上簇生各種蕈菇一樣啊。與其困在荒廢當中，讚嘆荒廢之美，何不讚美嶄新誕生的東西——算了，嘴上說得好聽，要是這種人生觀確實存在我內心深處，我也不會跑到遙遠的臺灣來，變成這麼一個頹廢的酒鬼。所以呢，姑且先將我的生存之道放在一邊好了。」

「所言甚是。話說回來，如果那真的不是禿頭港的幽魂，發出聲音的女人和大宅又有什麼關係？」

「扯了一堆歪理，其實我想講的很簡單。你還記得吧？我們聽到的聲音，說的是：『怎麼了？你為什麼不早點來？』這句話不管誰來聽，都聽得出她是在等人。現在，讓我們先拋開關於那地方的傳說，虛心思考。一個年輕的女人——活生生的女人喔，獨自待在那種不會被發現的地方，一聽到腳步聲就吐出這句話，任誰都會懷疑她在等男人吧？按順序來看，得出此一推論是天經地義的事，不這麼想反倒奇怪。如果當時我聽到的是日語，肯定會瞬間做出這個推論。何況，那個地方早有詭異的傳聞，普通人絕對不會輕易靠近，加上又是附近居民午睡的時段，這麼想來，廢屋豈不是戀人幽會的大好場所？我認為這對情侶必定十分相愛，而且兩人住的地方都離廢屋不遠，早就知道那棟大宅的傳說有多陰森。身為迷信的臺灣人，竟無懼傳說，刻意選擇這種地方，就我看來，兩人大概已利用同一時段在那裡幽會很多次。否則，一個女人哪有膽量獨自先到這種地方等待？男人也不可能同意，太不體貼了。難怪你聽到那聲音時，立刻判斷對方住在宅院中。正因認定廢屋是只屬於他倆的場所，待在那裡既安心也習慣了，女人才會一聽到我們的腳步聲就輕易開口——除了他們，八成從來沒有人靠近過那房子。由此可知，那房子是女人單獨進去也毫無所懼，沒有任何鬼怪的地方。年輕美麗的女人……或許是像藝伎玉葉仔那樣的女人吧。不，或許不年輕了……」

「聲音聽起來很年輕啊。」

「這可說不準。聲音聽來年輕，搞不好其實是厚臉皮的老女人，要不然就一定是年輕熱情的少女——這不重要，反正我也無從得知。總之，儘管今天無法確定那聲音的真相，但能肯定的是，整件事顯然無關鬼神，只是一對情侶選擇廢屋當幽會場所。而且，正因如此，那裡有的想必只是無稽之談，沒有任何古怪可言。至少我對此毫不懷疑——唉，早知道就該進去一探究竟。」

「你愛講道理的老毛病又犯了——聽起來確實頭頭是道，只不過啊，對於安撫我的神經一點幫助都沒有。」

「是嗎？真傷腦筋。」

世外民還是不認同，我有那麼一點……只是一點不高興。我有個奇怪的毛病，酒喝愈多愈愛講道理，非得說服對方不可，於是變得喋喋不休。自認頭腦愈來愈清醒，其實只是醉鬼的誤會，在旁人眼中一定很好笑。總之，我繼續說：

「既然如此，也沒辦法，隨便你怎麼想。不過，今天這段遭遇根本不值得稱為鄉野奇談。就算是在禿頭港聽到的故事，難道能因此牽扯出前世今生、因果報應的話題嗎？這種看法頂多當報紙第三版的題材，有趣的反倒是，在如此粗糙鬆散的故事裡，體現出支那人的性格與生活……」

「你是指沈家趁夜移動田地界碑的事嗎？要知道，臺灣的大地主幾乎都被這麼說過，那才正是全臺共通的傳說呢，事實上——」世外民因喝酒而發白的臉上露出苦笑：「我家也被人這麼說過。」

「是嗎？那就有意思了。不管怎麼說，其中總有一些案例是事實吧。沈家的傳聞或許就是。話說回來，這種故事能套用在任何一個大地主身上才真是厲害，實際上也足以說明所有富豪的行徑。唔，是這樣嗎？可是，比起這一點，我認為更有意思的是故事中用犁殺害老寡婦的部分——沈家祖先固然是個粗鄙惡人，我卻認為他稱得上是怪傑。你想想，這樣才說得通吧？再怎麼說是清朝末期的政府，又或者是在殖民地臺灣，總不可能所有派來的官吏，都是腐敗庸碌的貪官污吏。然而，沈氏卻有本領收買所有官吏，表示他不單有錢，更有優於官吏的經營才能——你別激動，先聽我解釋，這不過是我的想像罷了。提到葫蘆屯一帶，應該是這座島上最適合開墾的地區吧。『……我不是強調過，我不喜歡看到自家田地旁邊有沒整好的地……老太婆，滾開。不能放著田地荒廢……妳真的想找死嗎？好啊，反正這把年紀也該死了』，他是這麼說的吧？滿不在乎地說著這種話，翻身下馬親手殺死老寡婦。我總覺得這段故事中，側寫出一個具備強大行動力的男人。正是靠著這種人的手腕，才能順利開墾原始山野。草創時代的殖民地需要這種人，官吏或許還是有眼光的，他們期待他的事業能為政府帶來利益。而政府回報給他的，就是對諸般惡行視若無睹，甚至可能暗中獎勵——這男人肯定深諳此道。他的遺言更有意思，從『三十年後』的說法可知，早已預見殖民地政治必將逐漸步上軌道，最後肯定會出現一個比自己殘虐凶暴的人物，對好不容易開墾得到的土地造成影響。這番見識多麼驚人啊——他像個社會學者，對所謂政治原理的定義瞭若指掌，並且懂得加以利用。他先掠奪別人的東西，再將那一切包裝成自己的田園或土地，然後賣掉換取金錢。最後，拿著這筆錢投入商場。事實上，商業交易正是文明開化後世上唯一的戰爭，也是最安全的戰爭——本錢雄厚的人注定戰勝，他是事先將這套必勝戰略傳給子孫哪。他的所作所為全部充滿生命力，值得讚嘆。豈知，連如此有先見之明的男人，也無法預料到大自然的變化。這就是人類的淺薄之處。長久以來，不斷揮霍大自然豐沛的資源得到的巨富，一夜之間就因颶風回歸塵土，這是我最喜歡的情節。活該啊——這麼看來，真的是因果報應。哎呀，我本來沒打算在這種事上說教……」

不知何時，我醉得一塌糊塗，舌頭打結，自以為益發清醒的腦袋奇怪地不受控制，於是脫口而出：「那冰冷的屍體是穿著嫁袍腐爛的？這很常見嘛。以新娘之姿死去，然後漸漸腐爛，是嗎？就算是活著的人，也會愈來愈冷酷，愈來愈腐敗啊。她頭上插著金簪？唔……」

一如往常，世外民沉默得像座深淵，這是他的習慣。別提斥責我胡言亂語，簡直就像充耳不聞，舉著注入老酒的酒杯，雙眼凝視半空。

「世外民啊，世外民，你這男人舉杯的模樣，倒是有些走火入魔的感覺。」

＊＊＊

我忽然發現，從一開始就不曾對「世外民」這有些奇怪的名字進行任何說明。他幾乎稱得上是我在臺灣唯一的朋友，這奇妙的名字原本是個匿名，也是他的筆名。看了他的投稿，我決定採用為報紙的內容。對於他的詩——當然是漢詩，我雖然不十分理解箇中文采，卻很喜歡他的叛逆氣慨。不過，報社只採用過一次他的詩。後來受到主管當局警告，我也因做出這違反常識、有礙統治的舉動被叫去究責。再次收到他的投稿時，我老實寫信告知原委，並將稿件寄回，於是世外民來拜訪我。別看他外表是優雅的年輕人，卻意外是名酒徒。杯觥交錯之間，我們成為交情深厚的朋友。他的老家位在從臺南搭火車約一小時車程的龜山山麓，是一富豪之家。家中代代秀才輩出，遠近馳名。說來無聊，當時我因失戀自暴自棄，對世上一切抱持著否定的態度，才會與世外民成為朋友，畢竟能讓我永遠不缺酒喝的只有他。不過，從未有人認為，我是在他身邊阿諛奉承的傢伙。最主要的原因是，世外民這男人需要的不是馬屁精，而是真正的朋友，這也是我敬重他的地方。說這些沒什麼目的，只是想留下我的交友紀錄。至今仍清楚記得，他在我倆訣別時贈與的詩——儘管不是很好的詩，但對我而言，一點也不重要。

登彼高岡空夕曛
天邊孤雁嘆離群
溫盟何不必酒杯
君夢我時我夢君

五、女誡扇

世外民再次造訪臺南時，我硬是勉強心不甘情不願的他一同前往禿頭港廢屋，打定主意這次一定要進去。此時，距離我們第一次找到那座大宅還不到五天——世外民每星期至少來找我兩次。

「走吧，今天就讓你看看，我的想像到底正不正確。倘若運氣好，或許能見到讓你憂慮不已的鬼魂真面目。」

我發下豪語，選擇與上次相同的時段造訪大宅。雖然我堅信那裡沒有鬼魂，一開始也擔心這麼做，會不會像蛇一樣，驚嚇在高處雕欄找到凹陷處築巢的燕子，不過，最後我又覺得無所謂。我已做好準備，如果真的在那裡遇上一對男女，只要根據對方的態度，再決定要裝成沒發現，或把他們當成那裡的居民，為我和世外民的闖入道歉即可。我們並未刻意放輕腳步聲，從門前豎有石柱的地方，走和上次一樣的入口進去。當下，即使是我也不免暫停腳步，側耳傾聽。不用提，自然沒聽見誰用泉州方言說話。麻煩的是，世外民突然害怕起來，不願率先進去。正面大廳光線昏暗，我找不到通往二樓的階梯設在何處。世外民只願意口頭指引，說從大門進去，走到正廳後方，忘了左邊或右邊有扇小門，打開應該就是通往二樓的階梯。正廳約莫二十張榻榻米大，光線從四扇緊閉的窗戶破洞透進來，就著光線可看出家中確實什麼都沒有。我先進去，一瞬間忍不住發出呻吟，但並不是聽見說話聲，而是緊閉的屋內散發一股臭味。很難形容那種氣味，只能說是密閉空間裡的臭氣。其實這棟建築本身蓋得很好，室內並不燠熱，反倒有種陰涼的感覺，所以我也不知該怎麼形容那股悶臭。世外民對氣味似乎並不在意，我抬頭仰望天花板，只見滿布白色粉狀黴屑，或許那氣味正是黴味。我們先打開右邊那扇門——果然有道階梯。寬兩尺左右的細窄階梯筆直往上，有些陡峭。樓上的光線顯得分外明亮，沒有任何令人心生恐懼的要素。雖然我本來就沒把傳說放在心上，但拜明亮的光線之賜，心情確實振奮許多。儘管說內心發毛是誇張了點，我仍不免讚嘆自己真有勇氣，把世外民再次找來。縱然只有一個人，我也打算再次造訪，但若真的單獨前來，我可能無法保持沉著。這麼一想，對於深深迷信那個傳說的人而言，即使第一次確實是兩人結伴前來，能夠鼓起勇氣踏入這房子還是很不簡單。不，真虧他們有勇氣選擇這裡啊。我想像那對戀人相互依偎，戰戰兢兢踏上階梯的樣子。

我回頭催促世外民，一邊爬上階梯。那裡鮮有能滿足我想像的東西，但我仍不懷疑曾有人在此上下樓梯。之所以這麼說，是因樓梯上沒有明顯的腳印，真要比喻，就像冬日草原上自然浮現的小徑，覆蓋白色塵埃的階梯上只有一部分顏色比其他地方深，隱約透出底下鋪設的地板顏色。感覺不出樓上有人的氣息。我暗想著，今天大概不可能看到鬼魂的真面目，率先踏上二樓。

二樓意外明亮，但也因此感覺忽然變得悶熱起來。不見任何人影，冷靜下來的我得以鉅細靡遺地觀察一切，發現地板上也有人走過的痕跡，留下一條筆直的路徑。房間整體呈L形，帶狀光線從牆影上流瀉而過。那道牆上的窗戶為房間提供了光線，人走過的痕跡也朝那扇窗延伸。我總覺得有誰正緊貼著牆影躲藏，於是邁步走向窗畔，腳邊揚起的塵埃在光帶中飛舞。難得有風撲面，我才看見那扇明亮的窗戶敞開，也看見牆邊放著一張檯子。檯子以極厚重的黑檀木打造，四角各有一根高約五尺的細長柱子，約莫是一張床檯。

「是一張床呢。」

「是啊。」

這是我和世外民進入屋子後，第一次開口交談。床上沒有積灰塵——除了少數塵埃之外。黑檀木黑得發亮，散發穩重冷冽的氣息。我回頭看世外民，朝床上伸出手指，厚實發亮的黑檀木床板上映出手指泛白的影子。

世外民點點頭。

除了這張床之外，無論醒目與否，屋內稱得上家具的東西連一樣都沒有。故事裡身披嫁衣、頭插金簪的瘋女，應該就是躺在這張床上逐漸腐爛吧。這麼一想，氣派十足的檀木家具至今仍留在這裡，原因肯定不是出於憐憫，終究還是出於恐懼。

床檯後方的牆上爬著大大小小的壁虎，偶爾沿牆面爬動。這並不稀奇，在此一地區，家家戶戶的天花板上多少都看得見壁虎，和日本內地的蜘蛛差不多。只不過，由於這面牆還算寬大，以比例來說，壁虎的數量實在多了點。六坪左右的牆上，爬了至少三、四十隻。

世外民怎麼想我不知道，但我對目睹的情景心滿意足，想著已可離開。其他地方都太陰沉，臨走之前我朝窗外藍天再度投以一瞥。正欲離去之際，不經意望向腳邊，恰巧在床底下發現一把像是扇子的東西——約有四、五根扇骨的扇子就這麼打開著。我蹲下撿起，和手帕一起塞進口袋。這時，世外民已趁我不注意時離開房間，背對著我邁出四、五步了。

世外民和我下樓時，腳步都莫名匆促。一走出正門口，一股壓抑至今的詭譎感受爆發出來，我們下意識地快步前進，保持沉默，從大宅的後門離去。

「如何？世外民，根本沒有什麼鬼魂吧？」

「嗯……」世外民心不甘情不願地承認。「不過，你剛才應該也看到黑檀床上的大紅蛾了吧？簡直有巴掌大，不知從哪裡飛來，伏在那張黑得發亮的木床上。乍見很美，看久了卻噁心起來，我才迫不及待離開。」

「是嗎？我沒看到那種東西，只看到壁虎。你啊，又不是在寫詩，是不是在幻想？」

——我認為，世外民試圖用紅蛾來美化死在床上的瘋女。

「不，是真的。第一次看見那麼大的紅蛾。」

我一邊走，一邊想起剛才那把扇子，便拿了出來。扇子出乎意料地精美，但也令我產生困惑。

那是女人用的扇子，扇柄以象牙製成，上面還有水仙圖案的淺淺雕花，花瓣與花蕾則是鏤空的。光是這些細節就夠精緻了，打開一看才發現做工有多講究。扇面描繪近乎滿滿一整面的紅白蓮花，背面透出底下的象牙扇骨——只有正面貼了扇紙，直接露出背面的扇骨。扇骨上以金泥雋刻一段文字。

「欸！」我翻回正面看了看，朝世外民叫喚一聲。

「你聽過名叫王秋豐的畫家嗎？」

「王秋豐？沒聽過，為何這麼問？」

我不發一語，直接把扇子遞給他。世外民的驚訝不言可喻。一時之間，我也不知道該說什麼——我這人雖然離經叛道，這次總覺得偷了人家的東西，有一股罪惡感。將事情始末告訴世外民後，他竟不以為意，邊走邊仔細端詳起扇子。

「王秋豐？這畫看來水準不高，應該不是職業畫家。不蔓不枝……」他讀起畫上的題字。「不蔓不枝，這是〈愛蓮說〉裡的句子，怎會題在女人的扇子上？這可不是什麼吉祥話。對女人來說，哪有比不蔓不枝更悲哀的事？怎麼不題富貴多子之類的話呢——是覺得那樣太平庸嗎？」

「所謂幸福往往都在平庸當中。你剛才說的『富貴多子』，是指什麼？」

「牡丹代表富貴，石榴代表多子。」世外民翻過扇子背面，嘴裡繼續嘟噥。「咦，這是曹大家[8]《女誡》中的一節。名為〈專心章〉，原來如此，難怪會選題『不蔓不枝』……」

出乎我的意料，世外民對這把扇子很感興趣。當他把玩著扇子自言自語時，我腦中想的是與扇子完全無關的事。

檢視過這把扇子後，至少可確定不是現代製作的。從那講究的設計細節與做工看來，約莫是父母在掌上明珠出嫁時贈送的禮物——肯定是沈家的東西，不會有錯。瘋女死時，這把扇子恐怕就拿在她手上。我的思緒馳騁，從這把扇子上想像出，某個住在禿頭港庶民區的奔放無知女孩。想像她在本能的驅使下，連這棟有著悽慘傳說的房子也不畏懼的模樣。她忘了那張豪華床檯上死過怎樣的人，也忘記那個人以什麼方式死去。她不知情的手，把玩起明刻暗示了婦德的扇子，為身上沾滿她香汗的情夫搧風送涼……她將自己交給氾濫的生命力，對一切視若無睹——我無意評斷她的善惡，我想說的是「善惡的彼岸」……

六、終曲

由於這層緣故，那棟廢屋多少引起我一點興趣。當時，我對什麼都提不起勁，就算只是三分鐘熱度也屬難得。綜合前後所有故事情節，我想像出三個主要角色。一個是堪稱市井英雄的沈家祖先，一個是在瘋狂中永遠凝視明天的女人，一個是受野性驅使而顛覆傳統的少女——大概可以這麼說吧。總之，在腦中活靈活現地想像這些角色，對我是件愉快的事。我甚至打算將

8　即班昭，東漢文學家，也是中國第一個女歷史學家。

想像的內容寫成劇本，連「死新娘」或「紅蛾」之類的標題都想好了。不過，終歸只是想想，沒有真正付諸實行。該說是不去做，或做不到呢？反正我就是個沒有行動力的人。像我這樣的人，滿腦子想像上述三個角色是件可笑的事，或許真正的意義就在這裡。至於說到我自己，別提用盡各種方法都無法征服世界，甚至時時刻刻都被來自世界的壓力擊垮，逐漸被世界放棄。更何況，我本來就毫無能力，偏偏又極端任性，如果只是某種程度內的事，或許還能勉強應付。既然如此，究竟是什麼令我好不容易擁有些許堅強呢？自暴自棄，這種可悲的堅強不同於其他事物，絕對無法讓我感到愉快。事實上，我無時不過著不愉快的生活。有個我早該遺忘的女人身影，始終在眼底盤旋不去。

我首先該做的是戒酒，非戒不可。畢竟我喝酒不是要讓自己開心，做讓自己不開心的事很不好。當然，比起戒酒，我更想放棄報社的工作。可是，我又擔心結果會使我活得不開心。不過，如果真是那樣，說不定活著本身就不正確……

或許有人會認為，這不像我會有的想法，然而，有時我真的很鑽牛角尖。那天也稍微陷入這種狀況，就在那時，世外民恰巧來找我。

「欸！」世外民忽然非常興奮地大喊：「你知道嗎？禿頭港的上吊……」

「咦？」儘管未經深思，畢竟當時我正在思考與死亡有關的事，這樣一來，不免覺得詭異。「上吊？上什麼吊？」

「你不知道嗎？報紙都登了。」

「我不看報，況且，到今天為止已四天沒去報社上班。」

「禿頭港那裡有人上吊自殺——就在我們去過的那間廢屋，一個年輕男人吊死在那裡。報導內容只有十行左右，由於我剛好有事去了那邊一趟，聽到不少傳聞，所以很清楚。據說是踩著那張黑檀木床上吊的，還是個年輕美男子呢。死時嘴角泛著一抹微笑，大家都認為，他一定是受那傳說中的聲音吸引，『新娘終於等到夫婿了』。屍體似乎已腐爛，稍許發臭才被人發現。我不禁毛骨悚然，立刻想起我們聽到的那個聲音和那隻紅蛾。」

我忽然覺得鼻端嗅到屍臭——大概是鼻子擅自憶起當時正廳的黴味吧。世外民再次說起那棟屋子鬧鬼的事，對我撿到的那把扇子懼怕起來，力勸我丟掉——上次明明那麼感興趣，還說過想要呢。可是，當我要送給他時，他又心生畏懼，還是拒絕了。對我來說，本來都願意送給世外民了，就算丟掉也不可惜，只是不想承認罷了。然而，一旦真的要丟，想起那精緻的做工又覺得可惜。此時，我嘲笑世外民的迷信：

「若是大馬路中央有人吊死，到屍體腐敗都沒人發現，確實不可思議。不過，去沒人的地方自殺或幽會，不是理所當然的事嗎？只是，市區裡有那麼冷清的地方確實不妙。」

這麼說著，關於那棟屋子內部的記憶清楚浮現。

同時，我對這樁上吊案件的曝光產生一個疑惑。那就是，無論屋子裡發生什麼事，除非有別人進去，否則不可能發現。雖然有一扇敞開的窗戶，從屋內望出去只看得到藍天——換句話說，除了老天，沒人看得到屋裡發生什麼事。宅院占地如此廣大，若說是臭氣四溢被人察覺也不合理。一路思考下來，原本不感興趣的我大大起了好奇心。

「胡說八道。不，或許真有死人，但怎麼知道是年輕的美男子？屍體是美是醜、是老是少，要如何分辨？」

「可是，大家都這麼說啊。」

「那我問你，死者是誰發現的？從外面任何地方都看不到那裡，也不可能有誰碰巧經過。」我驀地想起同一地點發生過的事。這個吊死的人——大家口中俊美年輕的男人，和我想像並斷定發生過的那起幽會，似乎有某種關係。於是，我對世外民說：「這件事不急，下次請順便幫我問問發現屍體的是誰吧。如果對方是泉州出身的年輕女人，就八九不離十了——包括男人上吊的原因，和上次我們聽見的聲音主人身分，答案都將水落石出。如果死者真是年輕男人，自殺的原因恐怕是失戀吧——畢竟比起被鬼魂聲音引誘自殺，失戀尋死才是更常見的事實。不過，兩者有個共通點，皆是出於自身的幻想。」

我對此沒有太大興趣，世外民卻興致勃勃。我不想判人罪名，這是真的。但事實上，世外民實在太熱衷，導致我受到影響。世外民對我的觀察表示認同，立刻決定動身調查發現屍體的是誰。他說，只要去附近一問就知道。

很快地，世外民回來了。聽了答案的我，再次為臺灣人的天真感到驚訝。根據他們口中的傳聞，發現屍體的是一個黃姓批發糧商的女兒——她家距離禿頭港有段距離，但她偶然夢見一個男人，正是上吊自殺的死者。夢中她走進一座不可思議的大宅，便是禿頭港那棟廢屋。根據這些提示，搜尋失蹤男人的人們才終於發現他。大家開始謠傳，這個女孩能通靈。

無知人們對他人深信不移的程度，令我感到驚訝，同時認為編造這種故事將人玩弄於股掌之間的少女，肯定是厚顏無恥之徒。這個念頭使我產生揭穿一切的衝動。當下我還年輕，不懂人情世故，現在回想起來，那不過是年輕女人運用機智編出的可笑謊言，我卻無法以同理心看待。

「世外民啊，給你一個任務。」

我將上次那把扇子放進口袋，確認身上還留有印著記者頭銜的名片就出門了。當然，我的目的地是黃姓批發糧商家。只要一見到那姑娘，就將這把扇子遞到她面前加以質問，真相自然會水落石出。就怕父母不願讓她和報社記者見面，即使見了面，也可能從旁監視我們的對話。世外民應該會想辦法為我製造機會，儘管如此，萬一那姑娘只會講泉州話就沒轍了。想到這一點，剛才湧現的興致又變得可有可無。我竟對派不上任何用場的事感興趣，自己都覺得好笑。

「真無聊，還是算了吧。」

世外民勸我，既來之則安之，再過三戶人家就是那批發糧商家。原本以為接下來的事都在意料中，沒想到事實遠遠超乎我的想像。

首先，這糧商的生意規模，比我以為的大上許多。再者，主人非常歡迎我的到來。這男人和臺灣許多成功商人一樣，似乎樂於和日本內地人往來。尤其最近人們盛傳他的女兒能通靈，報社記者來採訪也讓他很高興。於是，他一路帶我們到店後方的屋內。

「汝來仔，請坐。」

發出這聲音的不是黃家女兒，而是一隻沒有關籠、站在裸木上的白色鸚鵡。

不過，黃家女兒看到我們來訪似乎很驚訝，接過我名片的手微微顫抖，臉色也顯得蒼白。儘管她一心想掩飾，依然徒勞無功。她年約十八，長得並非不美。我默默觀察她的神色。

「啊，歡迎您來。」

沒想到的是，這姑娘會說一口流利的日語。我一邊坐下，一邊問：

「小姐，妳會講泉州話嗎？」

「不會！」

面對這突兀的問題，她十分訝異，抬頭看著我，那對美麗的瞳眸中沒有虛偽。我從口袋取出扇子，打開一半放在桌上，再問：

「妳認得出這把扇子吧？」

「咦？」她好奇地拿起來端詳，然後讚嘆：「好漂亮的扇子。」

「妳不可能認不出這把扇子。」我試著強硬一點。

「咯、咯、咯、咯、咯！」

鸚鵡像是想與我對抗般豎起頭冠。

就在眾人的沉默中，忽然傳出激烈的啜泣聲。聲音來自鸚鵡後方的簾幕下，一邊哽咽抽泣，一邊說：

「小姐，您就全說出來吧，都無所謂了。不過，那把扇子可以給我嗎？」

「………」沒有人知道該如何回答，世外民與我面面相覷。

那女子並未現身，繼續哭道：「我不曉得您是誰，但小姐什麼都不知道。她只是不忍心看我繼續痛苦下去罷了。不過，請您將撿到的扇子——那把蓮花扇，還給我好嗎？我會坦白一切，當成報答。」

「不，不必做到那種地步。」我面向那聲音回答。「我什麼都不想聽了，扇子還給妳。」

「其實，那也不是我的……」謎樣的女子囁嚅：「只是我的回憶。」

「再見了。」我們站起來。我一度將放在桌上的扇子拿起，又重新放回去。「請把這扇子交給後面那位。我不知道她是怎樣的人，但請好好安慰她。還有，我不會在報上胡寫。」

「非常謝謝您，真的非常謝謝您。」黃家小姐熱淚盈眶。

＊＊＊

幾天後我去了報社，一個同事從警方那裡打探到消息，得知黃姓糧商家中有個十七歲的婢女，拒絕主人安排她嫁給日本內地人的婚事，服食大量罌粟種子身亡。她自幼是孤兒，被鄰居黃家撿來扶養。寫這篇報導的男人，將焦點放在臺灣人拒絕嫁給內地人上，敘述的口吻頗不以為然。關於那個在廢屋與人幽會的女子，我在不可思議的因緣際會下二度聽到她的聲音，卻始終沒能一睹她的芳容。現在我認為，事實上那少女與我想像中的人物，或許大相逕庭。

原作發表於《女性》，一九二五年十月

解說

一九二〇年，盛夏的七月初，佐藤春夫搭船抵達基隆港，即將展開為期三個月左右的南國之旅。

當時的他，因「有個心愛的人，但又有個令人厭惡的老婆」而感到痛苦不堪。他移情別戀的對象，正是谷崎潤一郎的第一任妻子千代。據說，佐藤春夫長年看到谷崎對千代的冷淡與不聞不問，甚至還用手杖打她，不禁心生憐惜，加上與妻子不睦，故轉為男女情意。

這樣朦朧曖昧的情慾讓佐藤春夫內心焦灼不已，精神極度衰弱。中學時期的友人，也是在高雄開設診所的牙醫東熙市，見狀覺得不行，於是邀請他前來臺灣一遊，他也如約成行。或許就是這樣，如果讀他當時寫的〈殖民地之旅〉遊記，跟後續因來臺而啟發的幾篇創作，都可感受到強烈的厭世傾向或憂鬱。

在這樣的狀況下，他寫出〈女誡扇綺譚〉。

正如小說開頭提到的愛倫．坡〈厄舍府的沒落〉一般，〈女誡扇綺譚〉也是以哥德小說的結構寫成——一個外來者無意間入侵一幢自成結界的建築物，進而與妖異事物相遇，只是敘事者並不只是闖入物理性的領域，他還一頭栽進關乎於臺灣歷史的泥淖與傳統土俗的漩渦中。有趣的是，正當讀者以為僅是一則鬼故事的同時，敘事者居然搖身變成偵探，開始拆解一切的不合理。而且，除了還原現實之外，他還一併找出致使臺灣人輕易相信這是鬧鬼，而不去尋找更合理的答案的原由。

那麼，為什麼這篇會放到怪談選集裡？

如果思考鬼／幽靈在各種故事的來歷，或許可發現，所有鬼魂都是歷史的殘餘，正因發生不義之事，於是鬼魂冒出頭來，提醒這邊有尚未完結的歷史，期待伸張正義的可能性。〈女誡扇綺譚〉的大宅，便是一處不義之地，它的存在銘刻了地理的變遷與家族的傷痛，甚至還有殖民政府促使的不得已的轉移。但在敘事者否認鬼魂的存在後，歷史的鬼魂受到壓抑，伸張正義的可能性也因而消弭。

說到底，對日本人而言，是用理性拒斥於外的荒涼圖景，卻是臺灣人身處的現實處境。也因此，小說的結尾，只能以一種「故事發生在遠方」的轉述語氣完成。畢竟日本人完成的，終歸只是確立自身存在位置的正義而已。

鬼屋

儘管幾乎是二十年前的往事，記憶皆已褪色，猶記當時婚姻生活接連失敗的我，暫時恢復單身，到弟弟家叨擾。在那之前已有兩次離婚經驗的我，得知弟弟的家庭面臨同樣的抉擇時，為了逃避那個場面，只得出外旅行。後來，弟弟的離婚終於成立，住的房子也打算退租。接獲此一消息與後續商量的聯絡時，除了展現帶有好意的冷淡之外別無他法，只能丟下一句「你高興就好」。唯獨不能用這種態度面對的，是我留在他家的雜物。他說那些破銅爛鐵相當占空間，我便要求他在附近另租一、兩個倉庫或房間存放，若還是放不下就租一幢小房子吧。果然，一、兩個房間終究容納不下那些東西，若是租一幢房子只拿來放東西又太誇張，總得有人負責看家。於是我提議，不然從當時經常進出家中的那批書生裡找個叫石垣的，拜託他住進那棟房子吧。偏偏家人又說，不能讓那麼隨便的人看家。既然如此，乾脆全賣掉好了。聽我這麼回應，弟弟吐露他倒是賣了自己的東西，但賣不了多少錢很可惜，勸我最好別這麼做。我覺得麻煩，說隨便放著就好，最後弟弟拍了電報給我，總之要我先回去一趟。在這麼無趣的信件往返之間，錯過了預定出發旅行的日子。這趟出門明明是想逃避，可不希望目的還沒達到就回去，況且，又不是我回去就能想出什麼好辦法。回拍了「不整理也不回家」的電報後，我就不再搭理。處理那些破銅爛鐵會很麻煩，我早在出門遠遊前就預料到，原本堅持要賣掉，是為了排解弟弟家庭問題而趕來東京的姊姊嚷嚷太浪費，計畫才沒能實現。按理，整理那些東西應該是姊姊的責任。書桌周邊的東西，出發旅行前已拜託過石垣，在拍電報給弟弟的同時，我也寄了明信片給石垣，一方面是提醒，一方面是再次請託。

四、五天後，收到石垣回信：「老師想何時回東京都沒問題。雖然不曉得這樣處理您是否滿意，在令姊指示下已將您的東西搬進某棟宿舍。書桌周邊的物品一起放在那棟宿舍裡的閑靜小房間中。房間窗明几淨，只等您回來。請您回東京時拍個電報到下列地址，我會偕同池田和東等人前往迎接。」

石垣是個愛熱鬧的傢伙，要是他真帶著一群人敲鑼打鼓來迎接固然令人困擾，假如沒有半個人來接我，我又無從得知新居究竟在何處，那也傷腦筋。對我來說，光憑地址要找到住處極為困難，只好隨他高興。想帶幾個人來，就帶幾個人來吧。害石垣一個人枯等也過意不去，若是人多勢眾，等個一時半刻不算什麼，還能多些人手幫我搬運行李，倒也方便。石垣想必是這麼打算的。

如同我在電報中的要求，下午兩點半抵達品川時，石垣已帶四個人在那裡等著迎接我。除了池田、東和濱野外，還有他們的另一個朋友。那男人我見過一、兩次面，但不記得名字。想來是石垣為了壯聲勢，把所有同伴都找來了吧。不過，後來聽石垣解釋才知道，他們都沒等石垣開口便自發性地隨行，說是順便出來散步。我發給石垣一個人的電報，效果等於發給所有人。之所以這麼說，是因他們全和石垣住在一起。換句話說，所有人都和我的那堆破銅爛鐵住在一起。說得更正確一點，那棟宿舍大部分的房間由石垣和他的夥伴占據，我和我的東西則進駐其中兩間房，兩間房裡放不下的東西，就由眾人各自提供自己壁櫥的部分空間存放。這都是我後來才慢慢搞清楚的。放棄當弟弟家食客的我，就這樣與一群自稱我弟子的青年住到了一塊。我問，家姊在哪裡？他們回答，她住下來整理一、兩天東西之後，似乎覺得很無趣，又不知道我什麼時候才會回東京，前天晚上，在石垣接到我電報不久前就回老家去了。

在青年們的帶路下，我們在澀谷下了車。那棟宿舍位於偏遠地帶的花街一角。在喧鬧的笙歌聲中，石垣半開玩笑地描述那是一棟足以「北眺筑波、西望富士」的宏偉三層樓房，實際抵達一看，倒是不誇張。光是入口的兩扇玻璃門，每一扇就有將近兩公尺寬，玄關口的泥地也有兩坪大，踏上玄關之後，接續一道寬敞的走廊。從地點來看，當初這棟屋子應該是想建設為餐廳。聽說我的房間在二樓，我便趕著先上去，想看看自己的房間長什麼樣。沿著入口左側牆壁望去，可看到一座樓梯。正想上樓時，不知為何，我第一時間便直覺不太對勁。從地面樓層到二樓的階梯，與從二樓到三樓的階梯連成一直線，或許是這樣，儘管樓梯並不特別陡，卻仍令人感到一陣伴隨暈眩的不適。沿著這道樓梯上到二樓，由於隔間的關係，樓梯轉角處頗為狹窄，小得教人懷疑是否不到三尺。從那裡往旁踏出一步，就是四尺寬的二樓走廊，我的房間就在通往三樓的階梯下方，是一個三坪左右的房間。不知是雨窗緊閉，還是行李雜亂堆放的緣故，房內給人一股陰森森的感覺。另一間房則隔著走廊在另一側，家姊原先暫住在那裡。不過，兩個房間差不多，我忍不住想不中用地大喊：「這房間哪裡窗明几淨了！」

「這房間不行嗎？」

石垣很快察覺我的臉色變化，故意裝傻問道。畢竟是暫時租用的地方，原本請人代找住處時的條件，就是事前不指定、事後不抱怨，我只能壓抑內心的不滿。就像漸漸把進了宿舍大門之後，感受到的那股說不上是憤怒或窩囊的各種情緒揉成一團，接著在表面塗上一層名為寂寞的情緒。明明平常很少產生這種心情，當下我卻忽然好想念姊姊和弟弟，想必是旅途太疲累了吧。

「有點陰森哪。」

我的喃喃自語立刻進了石垣的耳朵。

「說不定三樓您會滿意。總之，請先看看吧。喜歡哪個房間，都可以跟您交換，一開始大家就是這麼打算的。」

我並未懷抱太大的期待，姑且跟著石垣走上三樓。不料，三樓光線充足明亮，一掃之前陰森的感覺。其中池田和濱野合住的那間靠外側的四坪房，不愧是蓋在高地的三樓房間，正如石垣所說，約莫兩公尺長的朝北簷廊視野良好。放眼望去，可見一座山佇立在雲霧繚繞的地平線上，應該就是筑波山。與那座山之間的平地上，是一片起伏的丘陵與山林，此刻看來像是浮在夕陽上。聽說入夜之後，地平線上隨處可見繁星般的燈火。在即將邁入盛夏的此時，自眼前景物之上吹拂而過的風，亦堪稱可貴。簷廊上擺有藤椅，在這裡睡午覺一定很棒，我非常中意這個房間。不過，得知池田和濱野也相當中意這裡，我就無法忽視先來後到的順序，暗自打消奪走這份權利的念頭。相對地，我又打定主意，只要不時來玩，把這裡當成自己的房間就好。靠內側的另一個四坪房間，恰恰在我二樓的房間上方，雖然沒有靠外側那間好，從朝南的窗戶望出去，仍能看見梧桐樹梢的風景，也算不錯了。到了冬天，我一定會喜歡這間房。於是，我擅自決定，夏天去池田他們房間，冬天就來東住的這間，把這裡當成自己房間使用是我的特權。這個決定對石垣本身毫無影響，他不僅立刻爽快贊同，還表示會去跟兩人解釋。最後參觀的是樓梯口旁石垣的房間，這是北面與西面各有一扇窗戶的三坪房間，他將書桌面窗而放，窗外可看見小小的富士山。石垣不屑地說，那只是一座俗不可耐的山。我坐在石垣的書桌旁，向他談起旅途中的見聞，被眾人挑走更好的房間而心生的不滿，則盡量絕口不提。姊姊為人善良，一定是在石垣的花言巧語下，接受了條件最差的房間，反正只是要放行李，哪個房間都一樣吧。話說回來，那個房間的陰森感，至今仍殘留在腦海未曾消失，真是不可思議。

「總覺得這棟房子有點不對勁，沒有發生什麼怪事吧？」

我試著詢問石垣。

「哎呀，老師，您別嚇我啊。」石垣照例半開玩笑地回答，接著正色說：「為什麼您會那麼覺得呢？這棟房子寬敞明亮，氣氛不是很好嗎？」儘管毫不掩飾他的關西腔，語氣倒是非常認真嚴肅。

「為什麼會這麼覺得，原因我也不明白。不過，第一印象就是不太好。站在玄關仰望那道又高又長的階梯時，就感到不太對勁。再到二樓房間一看，實在太過陰森——三樓倒是不會，三樓的房間都很好，反倒更奇怪。畢竟每個房間都有一定的水準，整體來說，這棟房子也不老舊啊。」

「會覺得二樓陰森，是房間門窗緊閉，而且無人居住的關係吧。再加上，二樓是這棟房子裡人口最少的地方——三樓住了四個人，一樓三個人，二樓至今只有兩個人，不，應該說是不到一個半。」

這是一棟將狀似螢籠[9]的同坪數四方形房屋，堆疊三層而成的建築，石垣卻將重點放在人口數，這種奇怪的論點是他說話的特色。即使如此——

「『不到一個半』是什麼意思？」

「由於是一個母親帶著一個小孩，母子倆身體都有些缺陷——沒錯，他們也都有點陰沉（這句話明顯是石垣的自問自答）。母子的房間就在老師的房間隔壁。那個母親是腳不好的寡婦。不過，有人說她是寡婦，也有人說其實是丈夫和別的女人好上，於是跟她分居。不清楚哪種說法才是真的。」

「年紀多大？」

「約莫三十五、六歲吧。」

「長得如何？」

「不能看啊，一點也不能看。」

石垣毫不留情地丟下這句評語，點燃一根ＢＡＴ牌香菸。

「各位搬來差不多十天，誰都不曾覺得哪裡不對勁嗎？」

「沒聽大家說過呢。」

「這樣啊，那就不必介意了。」

「不過，我遇過一次怪事。忘了是搬來第二天或第三天的晚上，坐在這裡熬夜寫稿時，忽然感到有人輕輕拉開那邊的紙門，回頭一看，卻什麼人也沒有。但我總覺得是有人跑來偷窺又下樓，留意好一會，再也沒人上來。我不禁納悶，猜想可能是池田那傢伙四處亂晃，又或者跑去偷窺樓下的寡婦了吧。隔天早上詢問，昨天誰跑來偷看我的房間，然後下樓上廁所了嗎？依

9 飼養螢火蟲的籠子。

然是沒半個人。這樣的話，我真的覺得就直說了吧，有點奇怪啊。是的，就那天晚上而已。」

和石垣提及這件事後，忘了是隔天還是再隔一天，一樣是閒聊到傍晚時分，我忽然很想約大家出去散散步。就當答謝之前他們來接我，心想不如請大家喝個啤酒吧。為了換穿浴衣，我朝自己房間走去。此刻，正是夏天傍晚外頭還很明亮，房間裡卻開始變暗的時候。我踏進房間，忽然察覺南側紙窗外有個黑影，於是拉開紙窗想確認外頭的狀況，卻驚見向外凸出的窗框上掛著一個東西。來不及看清楚，我就嚇得衝出房間。別提換穿浴衣，連關上紙窗的多餘力氣都沒有。衝上三樓，青年們看到我的模樣似乎嚇到了，紛紛簇擁上來問發生什麼事。據說，我當時臉色極為蒼白。吐露看到自己房間窗上掛著不明之物後，我帶著石垣、池田和東再次回房察看。打開房內的電燈，眾人一起檢查，但什麼也沒有。不過是木屐的橡膠鞋面，被釘子勾著，掛在窗框上隨晚風飄盪罷了。置身在眾人的笑聲中，我不禁為自己的膽小，感到既可笑又難為情。然而，無論是最早隔著紙窗瞥見的黑影，或打開窗子重新確認時看到的東西，都比這張鞋面還要大。那天晚上，我忍耐著石垣的揶揄，懇求石垣讓我在他房中過夜。由於發生這件事，我備受驚嚇，再也不想一個人待在自己的房間。在屋裡坐上一陣子，心情安穩下來時還好，若是出門在外，只要一想到非得回自己房間不可，就會湧現一股難以忍受的寂寞。即使踏上通往自己房間的階梯，無論如何也無法單獨走進去。連在他人陪伴下，仍覺得那不是自己的房間，就像入侵屬於他人的密室般，緊張又不愉快，彷彿做了什麼虧心事。按照以往的經驗，鬼屋共通的可怕之處，就在於回去時的這種心情，會讓人想一直待在同伴身邊，害怕落單。只想在除了自己房間之外的地方，盡可能和他人待在一起，那是一種難以形容的寂寞心情。我終於放棄在二樓自己的房間生活，搬到三樓石垣的房間與他同住。生活了三個月，住在三樓的夥伴身上陸續出現異狀。首先，是池田的室友濱野精神有些異常。起初，濱野帶著不知從何處拾回，像是牛骨之類的東西，宣稱武藏野一帶四處都能挖到人的骨頭，還說這是考古學上的大發現，不過大概是狗叼來的吧。接著，他又帶回貓的頭骨，堅持是人類的骷髏，甚至抱著那副頭骨闖入東的房間，隔著窗外的梧桐樹，將貓頭骨朝後面人家的屋子裡丟。好不容易勸服了他，這次又說骷髏不行的話，別的東西總行吧，於是撿回路旁石臼的碎片。那石臼一般人得靠雙手之力才抬得起來，只見他用一隻纖細的手臂輕鬆舉起，拋擲瓦片似地，試圖朝窗外丟。我們實在制不住他，拍電報請他的父兄前來東京。醫師診斷的結果，認為必須暫時住院。第二個出事的，是向來體弱多病的東。除了早晚微微發燒之外，燒著燒著竟咳出血，東慌了手腳，逢人哭訴自己身體衰弱，即將不久人世，證據是每晚睡前照鏡子時，鏡中映出的不是自己，而是一張陌生的蒼白臉孔。看來，他的精神也出現異常。

騷動接二連三發生的那陣子，有天晚上，石垣來找我，說是住在一樓的舍監請我到客廳去，舍監和他的妻子似乎有事與我商量。這時我才從石垣口中得知，舍監的妻子原本是附近的藝伎，由於已有家室又是中年女子，每個月頂多只有一、兩次工作機會，才動念經營宿舍，想藉此增加收入。一開始是東透過朋友的介紹，想用合宜的價錢租兩、三間空房暫放我那堆雜物，而後，舍監太太好意提議，讓這群充滿朝氣的年輕人也住進來。就算對方是中年女子，好歹曾是藝伎，壓抑不住好奇心的四個年輕人從此展開宿舍生活。換句話說，除了飯錢之外，只付了借放我那堆雜物的房租，其他人等於免費入住，這棟屋子肯定有什麼不可告人的問題。看來是這名中年藝伎，替這棟聲名遠播的房子想出的計策。一臉惶恐的舍監起先緊閉嘴巴，一句話都不敢說，當石垣提及我對這房子的第一印象時，他才佩服道：「老師果然眼力過人。這陣子，我老婆也每晚都害怕得哭個不停。究竟是怎麼一回事，請先過去看看吧。」那傢伙頭都磕到榻榻米上，幾乎是跪著拜託——以上是石垣轉述的內容。

一到樓下的客廳，外表約莫四十五、六歲的舍監滿臉通紅，大概晚酌時喝掉了一整瓶酒吧。一看到我出現，他便彎腰低頭：

「非常抱歉，喝成了這副德性。這裡實在太陰森，為了轉移注意力不得不喝兩杯。況且，這些話趁著酒意才說得出口。首先必須向老師道歉，不過，真不愧是老師，眼力過人啊——為什麼您會發現這棟屋子不對勁呢？」

「沒別的原因，就區域性質和建築物外觀來看，這麼體面的房子當初八成是蓋來當餐廳用的，如今淪為出租宿舍，肯定有什麼緣由。」

「原來如此、原來如此，真是無話可說，完全如您所言。這裡原本是一棟有隱情的閒置空屋。我老婆聽人說，只要願意住進這棟房子，就算是一個月、兩個月都好，住愈久當然愈好，持續住在這裡，不管住多久都不收租金。向屋主確認此事無誤之後，她立刻動了經營宿舍的念頭，應該說沒有其他方法了，總比當小偷或詐欺好。別看我現在這樣，當年官拜陸軍中士，三十七、八年的戰爭中[10]，以二軍身分上過戰場。我根本不相信會有什麼鬼屋，何況，入住的各位都是受過教育、身強體健的年輕人，不像會神經錯亂的樣子。看到宿舍裡熱鬧有活力，我老婆也很高興。唯一的煩惱是找不到女管家，畢竟不管走到哪都會聽到關於這裡的事啊。至今換了四、五個女管家，每個都做不到三天就待不住。待了三天的人，肯定會在第三天向附近的人打探消息，然後立刻逃跑。這麼一來，由於請不到女管家，為各位房客跑腿和打掃宿舍的活全得由我老婆一手包辦。儘管她一直嚷著不想幹了，但既然得靠這份收入吃飯，這點辛苦又算什麼？我也斥責她，只要把自己當成下女就行。或許實在太辛苦，她不光精神上撐不住，身體也愈來愈差。如果只有我和老婆遭到作祟，只能無奈接受，現在卻連濱野先生和東先生都出了那樣的事，實在萬分抱歉。我也想過是不是太迷信，但事實顯而易見。其實，今天我去找了一位占卜師。這邊都還沒開口，那位大師就問『是不是住的房子有什麼煩惱啊』，教人不得不甘拜

10　指明治三十七年與三十八年間的日俄戰爭。

下風。他又接著說，這樣下去不行，必須盡早搬離。你碰巧八字重，所以沒事，夫人卻快要撐不住了。一刻也不能拖延，愈早搬離愈好。住在那棟屋子裡的所有人都一樣，若不搬走，將會按照八字輕重的順序輪流出事。你或許不清楚，那棟房子裡住著兩、三個死靈，不是一般人抵擋得住的——話說回來，這位大師雖然厲害，也有沒料準的事。他說我或許不清楚，其實是他沒看穿我早就摸清這棟房子的底細。姑且不管這些，總之他也算說中一件事，所以我決定搬出這棟房子，回來的路上順便再看了兩、三幢房屋。今天找老師來不為別的，就是為了這件事。這次一定會找可靠的房子當宿舍，請不要因我這個詐欺老頭而放棄，再相信我們一次吧。只要能養活我們夫妻，無論是為老師保管物品，或是照顧各位的生活起居，一切都和現在一樣，我們夫妻會腳踏實地好好幹活。雖然很厚臉皮，我老婆說還是得向各位坦承一切，只要取得各位的同意，一日也不可再耽擱，最好盡快從今天看的幾幢房子裡選出滿意的，明天就確定下來，立刻搬過去。搬家的事全交給我們，各位只要先過去等待即可。」聽完這番話，正當我也大力贊成，正在隔壁房裡對鏡梳髮的舍監老婆，探出頭來。她外表看上去四十歲左右，除了罹患婦女病之外，腎臟似乎也有毛病，蒼白的臉浮腫得像顆冬瓜。只見她一邊說「一切正如外子所言，真的非常抱歉」，一邊就要趴下來謝罪，我們趕緊勸阻，並趁機打聽這棟房子到底有什麼隱情。他們卻說，連在這棟房子裡說出口都嫌可怕，還是等搬到新家後再告知吧。儘管只在這裡多停留一個晚上，一旦得知真相，心裡想必會不舒服。

隔天，我們一行人便逃出這棟高地上的三層樓房。唯獨帶著不會說話兒子的瘸腳女人，當初因尚有空房，舍監夫妻心想多住一個人就多一份精氣，一方面也是為了積德，便讓她免費住了下來。不過這次搬家，舍監拒絕繼續照顧這對母子。石垣帶了另一個人來代替生病住院的東，舍監太太的臉色雖然沒能立刻好起來，順利僱用管家之後，她也能夠輕鬆養病了。原先的那棟房子，舍監不需付給屋主房租，又收了五個房客的飯錢，加上存放我物品的兩間房，每個月至少付了二十圓的房錢，難怪支付新宿舍的押金之後，夫妻倆手邊還能有些存款。

爾後，我追問鬼屋的由來到底是什麼，才知道那棟三層樓房是某人看準高地視野開闊而設計的餐廳，只是在興建過程中，工程費用超出負擔，為了籌錢只得將建築物抵押給地主（就住在房子後方），種下日後的糾紛。建築完工，餐廳盛大開幕的同時，居然遭到地主押收。起造人惱羞成怒，嚷著要給這棟房子觸霉頭，隨即爬上三樓，在能瞭望筑波山的簷廊上切腹自殺。聽說，切腹時人沒死透，還爬著下樓，其妻與其弟之間也發生某些事，詳情不明，後來其中一人很快病死，另一人上吊自殺。

原作發表於《中央公論》，一九三五年十月

解說

日本怪談原本就有眾人聚在一起講鬼故事的「百物語」傳統，隨著《遠野物語》的暢銷，這樣的活動隱然有復興之風。當中，柳田國男與泉鏡花相當熱衷於組成「百物語」的聚會。由於親交多為文壇中人的緣故，無形中推動了「怪談實錄」這一種類型的大量出現。

所謂怪談實錄，就是強調「實際發生的故事」。雖然無法確知到底是不是真的，但至少在形式上需要做出相應的表現，例如，多以第一人稱為敘事者、會給出明確的時間與地點、以口語講述故事而非過於矯飾的文字。這樣的敘事風格逐漸滲入怪談中，並跟日本既有的「私小說」傳統——取材自身經驗，作者亦不諱言與角色的疊合，甚至強調這種關係的小說形式——合流，許多作家在書寫怪談之餘，也放入了過剩的自己。

如〈女誡扇綺譚〉解說所述，佐藤春夫愛上谷崎潤一郎的妻子千代，誰知道谷崎也愛上千代的妹妹聖子，因此提出離婚，並將妻子讓給佐藤的想法。但聖子對谷崎根本毫無興趣，於是谷崎反悔，兩人絕交。直到後來谷崎認識古川丁未子，有了新歡後，才又決定離婚將妻子讓與佐藤，甚至寫了篇公告發文周知，稱為「細君讓渡事件」（「細君」

即妻子之意）。

由於這件事牽涉到兩位知名作家，可說是當時的大事件。當佐藤春夫的〈鬼屋〉開頭主角提及婚姻失敗時，很簡單就能提醒讀者他的私生活，再加上曾與弟弟同住、弟子眾多、十多年前有趟逃避之旅。儘管都與佐藤春夫的現實經歷有段微妙的差距，加總起來卻可成功帶給讀者一種「我正在窺視知名作家的見鬼實錄」的效果。此外，〈鬼屋〉裡從未有人見到鬼的蹤影，也加深了說服力。

怪談研究者東雅夫曾經想辦法找到故事中的那棟鬼屋，後來發現可能位於澀谷圓山町的某個偏遠角落。

鬼屋的故事或許還未完結。

太宰治

作者簡介

太宰治（一九〇九～一九四八）

出身青森縣望族。最有名的作品莫過於一九四八年發表的《人間失格》，可謂以一生墮落放蕩的生活方式來實踐自身的小說風格。雖然被貼上「墮落派」、「無賴派」的標籤，仍有如《御伽草紙》、《越級申訴》般風格和「墮落」二字截然不同的作品。

哀蚊

我見過奇怪的鬼魂。由於是我剛上小學不久時的事，或許會有人認為，那可能只剩下幻燈影片般模糊的印象，實則不然。儘管彷彿投射在蚊帳上的幻燈影片，我總覺得隨著年齡的增長，原本模糊的記憶卻是一天比一天更清晰。

彼時家姊出嫁，啊，正好是設宴慶祝那天晚上，家裡來了許多藝伎。我還記得其中一個美麗的實習藝伎幫我縫好破掉的紋附和服[1]，也清楚記得那天晚上，目睹父親在昏暗的偏房裡與一個身材高䠷的藝伎玩相撲。隔年父親過世，如今成為家中牆上掛著的眾多大幀相片之一。每次看到那幀相片，我便會想起那天晚上的相撲。我的父親絕對不是會欺負弱小的人，肯定是藝伎做出什麼過分的舉動，才會受到父親懲罰。

對照記憶中的各種事，我很確定是發生在設宴慶祝家姊新婚的夜晚。說來真的非常抱歉，由於一切都像投射在蚊帳上的幻燈影片，大概沒辦法說出一個令人滿意的故事，只是一番夢話

1　有家徽圖案的和服。

罷了。不，可是，那天晚上告訴我哀蚊之事的婆婆那雙眼，還有那幽魂……唯有那幽魂，不管誰怎麼說都絕對不是夢。如此清晰浮現眼前的景物，怎麼可能是夢？婆婆的雙眼，還有……

是的，我沒看過比婆婆更美的老婦人。婆婆在去年夏天過世，她的遺容簡直美得不可方物。白蠟般的雙頰，連夏天茂盛的樹影也遮不住。明明是這麼美的人，卻一輩子雲英未嫁，小姑獨處。

「萬貫家財都靠我這口白牙保住。」[2]

婆婆生前總會用因勤練富本節[3]而變得低沉的嗓音這麼說，想來背後也有一段宿命的因緣吧。到底是什麼樣的宿命，就請不要追究了，婆婆會哭的。說起來，我這位婆婆品味非常高尚，每天都穿著絹織刺繡的外套，請富本節師傅到家中來上課的習慣也行之有年。打從我懂事，就經常一天到晚在婆婆彈唱〈老松〉或〈淺間〉等曲目時，彷彿嗚咽哭泣的音色中打盹。人們都說，她是大隱於市的富本節名家。聽聞這話，她會露出美麗的笑容。不知為何，我從小備受婆婆寵愛，剛離開奶媽身邊不久，就投入婆婆的懷抱。母親原本就體弱多病，沒辦法花太多精神在孩子身上。其實，父親和母親都不是婆婆的小孩，婆婆也不常到父母住的主屋，鎮日待在偏房裡。我跟著婆婆生活，三、四天見不上母親一面是家常便飯。因此，比起姊姊，婆婆更疼愛我，每天晚上都讀草雙紙[4]給我聽。其中最令我印象深刻的便是八百屋阿七的故事，當時內心的激動至今難以忘懷。婆婆也會用故事中人物的名字戲稱我「吉三」，我總是很高興。

是的，在昏黃的檯燈下，讀草雙紙給我聽的婆婆美麗的身影，如今依然歷歷在目。

尤其是那天晚上睡前講的哀蚊故事，不知為何，我從未忘記。這麼說來，正好是發生在秋天。

「入秋後仍存活的蚊子稱為哀蚊，人們這時不點蚊香，就是同情牠們太可憐的緣故。」啊，婆婆說的一字一句，我都還記得。她一邊躺著，一邊無精打采地這麼說。對了、對了，婆婆抱著我睡覺時，一定會把我的兩隻腳夾在她雙腿之間，為我取暖。遇到特別冷的晚上，她還會脫掉我的睡衣，自己也赤身裸體，露出美麗得幾乎發光的肌膚，直接為我取暖，相擁入眠。婆婆就是如此珍愛我。

「怎麼，哀蚊說的不就是我嗎？如此不確定的生命……」

婆婆這麼說著，定定凝視我。我沒看過比那更美的眼睛。設宴的主屋裡，喧囂已平息，四下安靜無聲，時間似已進入深夜。秋風沙沙撫過雨窗，每每牽動屋簷下的風鈴，發出微弱的

---

2 當時已婚婦女有將牙齒染黑的習俗，這段話暗指主角這位「婆婆」的家人為了不使家財落入外婿手中而禁止她嫁人。

3 淨琉璃人偶劇使用的一種三味線音樂。

4 泛指大眾書刊。

嗚響，更加深了幽微的氣氛。沒錯，我就在那天晚上看到幽魂。忽然從睡夢中醒來的我說想小便，卻沒聽見婆婆的回應，揉著惺忪睡眼左右張望，也沒發現婆婆的身影。儘管忐忑不安，我仍悄悄下床，沿著黑得發亮的櫸木長廊，戰戰兢兢地朝廁所前進。雖然腳底冰涼得可怕，在昏沉的睡意中，我只覺得自己宛如在濃霧中徬徨。就在這個時候，我看到幽魂。遠遠望見一個白色的東西，蹲坐在長廊的一隅，小得像放映機裡的人。然而我很肯定，我很肯定那東西正在今晚新婚的姊姊和姊夫房外偷窺。幽魂，是的，那不是夢。

引用自〈葉〉，原作刊載於《鷭》，一九三四年四月（十九歲時所寫）

解說

這一篇怪談不是獨立作品，而是太宰治在〈葉〉這篇取消線性劇情，讀起來可能更像隨筆或手記的集結的小說中，講到了自己的成長經驗。他想起一篇十九歲時寫的作品，「是理解他渾渾噩噩的生涯的關鍵」，於是將全文放了進去。由於情節完整，後來被人抽出，當成一篇獨立的小說。

要理解這篇小說，得先大致瞭解太宰治的人生。

用現在的說法，太宰治就是標準的人生勝利組，他出身青森津輕的大地主津島家，具體來說多有錢呢？太宰治的父親源右衛門繳稅多到成為貴族院議員。如果有機會去五所川原市，由津島家改建的斜陽館（也就是太宰治紀念館，以小說《斜陽》為名），很快便能在視覺上領會到這曾是多意氣風發的家族，除了豪奢大概不會想到別的形容詞。

這樣的太宰治，小時候也是成績優異，人們一向以「秀才」稱之。但到了高中，他與文學邂逅，造成此後的人生轉變。一九二〇年代的日本，是左翼文學與普羅文學流行的時代，前者暴露資產階級的剝削性格，後者強調勞動階級應該要聯合起來對抗剝削者，都是充滿理想、期待改變世界的文學。或許是其中蓬勃的生命力吸引了太宰治，他深受影響，並且厭惡起自己的出身，認為有錢的家庭就是他的原罪。但他骨子裡的浪漫主義，卻又無法寫出這樣立意高昂的小說。

〈哀蚊〉就是折衷的結果。

日本向來有女性化為鬼魂的傳統，能面中的「泥眼」、「生成」、「般若」、「蛇」就是女人如何因嫉妒或欲望，一步步化為厲鬼的過程。太宰治說過「女性幽靈是日本文學的香辛料」，增添了許多難以言喻的滋味。〈哀蚊〉裡當然沒有鬼，我們卻看得到一個為了守護自家資產，放棄做為一個人的女性，只能以家族代言人的身分生存。所以她表面慈藹，內裡卻燃燒著熊熊烈火，不僅對自家孫子講著女性為愛不顧一切的「八百屋阿七」的故事，還藉由他未成熟的身體獲得一些溫暖。

那個在自家姊姊與姊夫新房外偷窺、蹲坐的背影，就是太宰治對自己的老家最早提出的控訴。

魚服記

一

本州北端有個梵珠山脈。其實，這只是一座頂多三、四百公尺左右的起伏丘陵，一般地圖上少有記載。據說，古時這一帶是遼闊的海，源義經帶著家臣朝北亡命，渡船遠渡蝦夷之地時，船隻曾行經此地。當時，他們乘坐的船撞上山脈，撞山的痕跡至今仍看得到，就在山脈中段一處隆起小山的山腹間，約一畝大小的紅土山崖便是了。

那座小山被稱為「馬禿山」。說是從山腳下的村子仰望山崖時，山的形狀就像一匹脫韁野馬。事實上，更像老人的側臉。

馬禿山山陰的景色好，使得這地方益發出名。山腳下的村子是個寒村，僅有二、三十戶人家。村莊一隅有條河川，只要溯河而上，約莫兩里左右路程，就能來到馬禿山的另一側，那裡有道將近十丈高的瀑布。自夏末到秋初，山中紅葉生得極美。每逢這個季節，附近城鎮的人便會到山中賞景玩樂，為寂靜的山中平添幾許喧囂。瀑布下方甚至開了小茶館。

今年夏天結束時，這座瀑布曾淹死人。不是刻意跳水自殺，完全是一場意外事故。那是個皮膚白皙的城市學生，來此採集植物。由於這附近有不少罕見的羊齒植物，不時會有像這個學生一樣的採集者造訪。

來到瀑底，三面是高聳山壁環繞，唯獨西側開了一條窄縫，山泉就從那裡的岩縫中鑽流出來。由於瀑布飛濺，山壁總是濕的，上面到處生長著羊齒類植物。一年四季都可聽到瀑布轟隆作響。

那個學生爬上絕壁採集植物。雖然是下午，初秋的日光仍將山壁照得相當明亮。學生爬到絕壁中段時，踩上一顆約有人頭大的石頭當踏腳石，卻因石頭崩落而跌下山崖。下墜的身體勾住絕壁上的老樹枝，樹枝斷折，發出淒厲的聲音連人一起跌入瀑底深淵。

待在瀑布附近的四、五人，正巧目睹事故發生。不過，將整件事看得最清楚的，莫過於瀑布旁茶館的十五歲女孩。

那個學生先是沉入瀑底，接著上半身躍出水面，緊閉雙眼，微微張著嘴巴。藍色襯衫破破爛爛，採集包還掛在肩上。

接著又沉入水底，再也沒有上來。

二

從春伏到秋伏之際，每逢天氣晴朗的日子，馬禿山上就會冒出幾縷白煙，身在遠方也能看得一清二楚。這個季節山上的樹充滿精氣，最適合用來燒成煤炭，因而也是燒炭工匠最忙碌的時候。

馬禿山上有十間左右的燒炭工房，瀑布旁也有一間。這間工房距離其他工房較遠，是由於燒炭工匠來自外地的緣故。茶館裡的女孩是這個工匠的女兒，名喚諏訪。諏訪和父親一整年都住在山中，相依為命。

諏訪十三歲時，父親在瀑布旁用圓木與竹簾蓋起小茶館，準備彈珠汽水、鹽味仙貝和麥芽糖等兩、三種零食。

接近夏天時，山中漸漸有零星遊客造訪。做父親的每天早上將那些商品裝在提籃裡，準備運到茶館中販售。諏訪跟在父親後面蹦蹦跳跳到了店裡，父親馬上趕回燒炭工房，只留諏訪一人顧店。一看到入山遊客的身影，她就會大喊「要不要休息一下再走」，是父親教她這麼攬客的。然而，諏訪動聽的嗓音幾乎被瀑布的轟轟聲響掩蓋，大部分的遊客往往頭也不回地走掉，茶館經常一天都賺不到五十錢。

黃昏時，父親帶著一身煤灰從燒炭工房出來，接諏訪回家。
「賣了多少錢？」
「沒半文錢。」
「這樣啊、這樣啊。」
父親若無其事地嘟噥，抬頭仰望瀑布。接著，兩人再度將商品收進提籃，回到燒炭工房。
這樣的日課會一直持續到深秋霜降的季節。
即使將諏訪一人留在茶館也不用擔心。她是在山中成長的野孩子，不會踩空岩石跌倒，也不會不慎掉進瀑底。遇上天氣好，諏訪會裸身跑到靠近瀑底的地方游泳。游著游著如果看到遊客，就精神抖擻地撩起一頭短髮，大喊「要不要休息一下再走」。
下雨的日子，她會在茶館角落包著草蓆睡午覺。一棵大樫樹茂密的枝葉恰恰橫越茶館上方，形成絕佳的遮雨棚。
諏訪總是望著轟轟奔流的瀑布暗想，每天落下這麼多水，總有一天會落光。儘管懷抱如此期待，瀑布的形狀卻永遠不會改變，令她滿心不解。
直到最近，她產生一個新的念頭。
她發現，瀑布的形狀絕非始終沒有改變。無論是水花飛濺的模樣或是瀑布的寬度，都不斷轉變，教人眼花撩亂。最後，諏訪得出一個結論，瀑布不是水，而是雲。看到水從瀑口落下時雪白蓬鬆的樣子，就能察覺此事。畢竟水怎麼可能這麼白？諏訪心想。

那天，諏訪也站在瀑布旁看得出神。那是個陰天，秋風吹得她臉頰刺痛。她想起從前的事。父親曾抱著諏訪，在看顧炭窯時給她說了個故事。主角是一對叫三郎與八郎的樵夫兄弟，某天弟弟八郎在川邊抓了幾隻山女魚回家，沒等哥哥上山砍柴回來，就先烤一條吃。一吃之下，非常美味，於是八郎意猶未盡地吃下第二條、第三條，最後把所有的魚都吃光。八郎口渴得要命，喝乾井裡的水，又跑到村子角落的河畔，喝著喝著，全身冒出鱗片。三郎趕達時，八郎已變成一條可怕的大蛇，在河裡游來游去。三郎喊「八郎啊」，河裡的大蛇就哭著回應「三郎啊」。哥哥站在河堤，弟弟在河裡，就這樣「八郎啊」、「三郎啊」呼喚彼此。是這麼一個故事。

聽到這個故事時，諏訪哀傷得把父親沾滿炭灰的手指放進小嘴裡，嚶嚶哭泣。

從回憶中清醒，諏訪眨著狐疑的眼睛，彷彿聽見瀑布裡傳出微弱的聲音：「八郎啊」、「三郎啊」。

父親撥開垂落山壁的紅色藤蔓走出來。

「諏訪，賣了多少錢？」

諏訪沒有回答，用力揉了揉被瀑布濺濕而發亮的鼻頭。父親默默走進茶館。

這裡離燒炭工房約有三百多公尺，諏訪與父親踩著山路上的山白竹葉往前走。

「把店收了吧。」

父親將右手的提籃換到左手，籃裡的彈珠汽水瓶匡啷作響。

「待秋伏過後，不會再有遊客入山。」

天色將黑，耳邊只有山風的呼嘯聲。橡樹與杉樹的枯葉好似雪雨，從兩人身邊飄落。

「爹啊。」

諏訪從父親身後呼喊。

「你活著是為了什麼？」

父親繃緊肩膀，頻頻窺看諏訪嚴厲的表情，然後才喃喃低語：

「不知道啦。」

諏訪啃著手中的竹葉說：

「不如死掉算了。」

父親高高舉起手，諏訪以為要挨揍了。然而，父親吶吶地放下手。他早已察覺諏訪的怒氣，不過，這表示諏訪終於成為女人。想到這裡，他才忍了下來。

「這樣啊、這樣啊。」

聽到對父親不置可否的回應，諏訪頓覺愚蠢不堪，呸地吐出口中的竹葉，破口大罵：

「笨蛋、笨蛋！」

三

中元節過後不久，收起茶館，諏訪最討厭的季節就來臨了。

最近，父親每隔四、五天就會揹起木炭去村裡兜售。其實也可請人去，但不免要付給對方十五錢或二十錢的酬勞，不算一筆小錢。他只好留下諏訪一人，親自到山腳下的村子賣炭。

天晴的日子，諏訪會外出採菇類。父親燒的煤炭，一米袋頂多賣五、六錢，光靠那些收入實在生活不下去。諏訪採回來的菌菇，父親也會帶去村裡賣。

有一種表面滑膩，狀似豆子的滑菇很值錢。這種菇多半生在羊齒植物叢生的腐木上。諏訪總望著腐木上的苔蘚，想起唯一的朋友。她喜歡把青苔撒在裝滿菇類的籃子上，再帶回工房。

只要木炭或菇類賣了好價錢，父親必定會帶著一身酒氣回家，偶爾也會給諏訪買些附有鏡子的紙製錢包等禮物。

吹起西北風時，整座山都不安寧，小屋的掛簾從早到晚搖晃。那天，父親一早就下山去村子裡。

諏訪在家待了一整天，難得把鬈曲的頭髮綁起來，再繫上父親送的波浪形髮飾。接著她生起火，等父親回家。風吹得樹木沙沙作響，好幾次夾雜著野獸的叫聲。

入夜後風停了，天氣愈來愈冷。這種莫名安靜的夜晚，山裡一定會發生不可思議的事。一下聽見天狗砍樹時，大樹咿呀倒下的聲響，一下彷彿聽見小屋門口有誰在洗紅豆。遠處傳來山妖的笑聲，清晰可辨。

諏訪等待著父親回家。她裹著塞有稻草的棉被，在火爐旁睡著。睡得恍恍惚惚時，隱約感到有人掀開門口竹簾，窺看室內。八成是山妖吧，她佯裝熟睡，默不作聲。

就著爐火，朦朧中看見白色的東西紛紛飄入門前泥地。是初雪！諏訪在半夢半醒中這麼想著。

傳來一陣疼痛。她的身體被重重壓住，同時聞到熟悉的酒氣。

「笨蛋！」

諏訪發出短促的叫聲，在不明就裡中衝出門外。

好大的風雪！雪重重打在臉上，她不由得跌坐在地。白雪轉眼覆蓋了頭髮與衣物。

諏訪爬起來，喘著氣向前走。狂風將衣服吹得凌亂不堪，她依然不斷往前走。

瀑布聲愈來愈大。她一步一步往前走，手心一次又一次抹去鼻水，不知不覺間，瀑布聲已在腳下。

樹木在暴風雪中發出狂亂的低吼。

「爹！」

諏訪低聲嘶喊，衝進樹林。

四

回過神時，四下一片昏暗，只隱約聽見瀑布的隆隆聲，感覺就在頭上。諏訪的身體被瀑布聲帶動，緩緩漂浮，寒冷竄入骨髓。

啊，我身在水底。察覺這一點，不知怎地，忽然感到神清氣爽，一切都無所謂了。不經意地伸展雙腿，身體便無聲向前移動，鼻頭險些撞上岸邊的岩石。

是大蛇！

我成了大蛇，好開心，這樣就回不去小屋了。諏訪自言自語，嘴邊的鬍鬚竟大大擺動起來。

原來我僅僅變成小小的鯽魚，只能將嘴巴一開一闔，動動鼻子上的疣。

鯽魚在瀑底深淵四處游動。搖擺胸鰭浮上水面，轉眼又用力擺動尾鰭，游入深深的水底。

鯽魚在水中嬉戲，時而追逐小蝦，時而躲進岸邊葦叢，時而啃食岩石上的青苔。

後來，鯽魚就不動了。頂多偶爾搖擺胸鰭，似乎在思考什麼。就這樣過了一會。不久，變成鯽魚的諏訪，扭動身體游向瀑底，隨即像樹葉一樣被吸入瀑布。

原作發表於《海豹》，一九三三年三月

有時候，會遇到一些作家，私生活爛到土裡去，小說卻能在塵埃中開出花來，太宰治肯定就是其中之一。

他為了上大學，離開青森到東大，憧憬法國文學而進入一竅不通的法文系。又為了成全自己少年革命的夢想，整天跟左翼運動人士混在一起不去上課。嚷嚷著要和藝伎結婚，甚至搞到分家除籍，結果居然與酒吧服務生跑去海邊自殺，對方死了，他卻活了下來。最後，總算決定要以作家為終生志業，願意脫離左翼運動，好好過日子。

在覺醒的同時，他寫出〈魚服記〉，發表於同人雜誌《海豹》。

太宰治說過「妖怪是日本古典文學的精粹，狐狸嫁女兒、狸貓拍打腹部如鼓，只有這種傳統至今仍綻放著生動的光彩，一點也不會感到古老」（〈古典龍頭蛇尾〉），話雖如此，他的小說中述及妖怪的部分少之又少，〈魚服記〉算是相當難能可貴的一篇代表。

在民間故事傳統中，「變形」是一個重要的母題，無論是希臘神話的達芙妮為躲避阿波羅而變成月桂樹，或是中國傳說女子違背誓言變形為蠶，都賦予人與「動／植物」

模糊的邊界。根據太宰治的說法，〈魚服記〉篇名脫胎自馮夢龍《醒世恆言・薛錄事魚服證仙》，後來上田秋成將這故事改編成〈應夢之鯉魚〉收入《雨月物語》中。太宰治讀了之後，相當羨慕人能化為魚優游自得，於是希望變成一條魚，來嘲笑那些曾經辱罵他的人，只是「這樣的期待顯然是失敗了，嘲笑他人的這個念頭，仔細想想或許不是好主意吧」。

在太宰治的眼裡，變形成為一個躲避的出口，於是在〈魚服記〉中，他創造出一個生無可喜、死亦何懼的封閉狀態。女主角的生命與山共存，毫無任何期待可言，只能抱持著「瀑布的水會流乾」的期待活下去。當她長大到足以理解父親對自己做的事情的時候，之前的學生墜崖帶來純潔美好的印象，彷彿在鼓勵她往下跳。

於是她跳了，也好似得到解脫。

對太宰治而言，世間的惡意終歸無法避免，面對惡意最積極的方法，或許就是變形成無人知曉的型態，逃遁到不知名的地方吧。

聖誕快樂

「東京瀰漫著一股哀傷的活力」，我懷著或許能在文章開頭寫下這句話的期待回到東京，映入眼簾的卻是毫無新鮮感，一如往常的「東京生活」。

在這之前，我回津輕老家住了一年三個月，今年十一月中旬才帶著妻小，舉家遷居東京。然而，感覺上只像出去旅行兩、三個星期就回到東京。

「久違的東京談不上好，也談不上壞，這個大都會的個性毫無改變。當然，形而下的改變是有的，唯就形而上的性質來說，這個都市一點也沒變。如同笨蛋到死也不會變聰明一樣吧。明明改變一點也無妨啊，不，應該說必須改變才對。」

我在給老家某人的信裡這麼寫，同時我自己也毫無改變，依然穿著久留米絣織的和服，披上長大衣，漫無目的地徘徊東京街頭。

十二月初，我去了東京郊外某電影院（與其說是電影院，不如說是臨時搭建的放映小屋還比較恰當，就是這麼一幢可愛的簡易小屋），觀賞美國電影，離開時已是下午六點左右。東京街頭充滿宛如白煙的夕霧，身穿黑衣的行人熙來攘往，行色匆匆。城市裡已感受得到濃濃的年末氛圍，東京的生活，果然一點都沒變。

我走進書店，買了一個有名猶太人的戲曲集，放入懷中，不經意地望向書店門口，發現一個年輕女人站在那裡，露出鳥即將展翅飛起那一瞬間的表情看著我。她的櫻桃小嘴微張，似乎想說什麼。

這事不知是吉是凶。

假設是我從前追求過、如今已毫無興趣的對象，就是最大的凶事。而我有過太多這樣的對象。不，應該說盡是些這樣的女人。

新宿的……那個誰？要是她就傷腦筋了。不過，或許是那個誰？

「笠井先生。」女人喃喃吐出我的名字，轉過身來，微微低頭行禮。

她戴著綠色帽子，帽帶繫在下巴處，一身大紅色雨衣。我愈是看著她，腦中愈是浮現出她更年輕時的樣貌，最後，眼前的她彷彿變成十二、三歲的少女，和我的記憶完全重合。

「妳是靜惠子。」

是吉。

「我們先出去吧，先出去。還是，妳有什麼想買的雜誌？」

「沒有。我原本是想來買一本叫《愛麗兒》的書，不過，現在不用了。」

於是，我們踏上歲末的東京街頭。

「妳長好大了，我都認不出來。」

不愧是東京，也會遇上這樣的事。

我向路邊小販買了兩包花生米，一包十圓。收起錢包後，想了想又拿出錢包，再買一包花生米。從前，我總會先為這孩子買個什麼伴手禮，再去拜訪她們母女。

女人的母親和我同齡。記憶中的那些女人裡，她是極少數就算現在不經意重逢，也不會令我產生絲毫恐懼困惑的人。不，說是唯一僅有的一個也不為過。假如要問為什麼，我就試著提出四個答案吧。出身貴族世家、貌美多病，這兩個條件太做作又煩人，無法獲得「唯一僅有」的資格。那麼，可以用「和有錢丈夫分手，過著落魄的生活，帶著一點財產與女兒住在破舊公寓相依為命」來說明嗎？不，我對女人的身世毫無興趣，證據就是，連她為何和有錢的丈夫分開、所謂的「一點財產」又是多少，我根本一點都不清楚，就算聽過也忘了。或許曾被太多女人戲弄，無論聽到對方有多悲慘的身世，總覺得內容肯定多少經過加油添醋，難以使我流下一滴眼淚。換句話說，無論對方出身多高貴、長得多美，後來變得多落魄又多可憐，這些所謂羅曼蒂克的條件，都無法形成我視對方為「唯一僅有」的原因。我的答案只會是以下四點：第一，愛乾淨。外出回家後，必定先在玄關洗淨手腳。就算過著落魄的生活，住的至少還是有兩個房間的公寓，總是把家中每個角落都擦得一乾二淨，尤其注重廚房用具的清潔。第二，對方一點也不迷戀我，而我也一點都不迷戀對方。如此一來，就可以不用經歷那些關於性慾的，狼狽、下流又麻煩的，說不出是體貼還是自戀的情緒，也無須面對那些想引起對方注意或唱獨角戲的行為，更不用投入那一切的一切，別提是十年如一，簡直就是千年如一的老掉牙男女戰爭。就我看來，那個女人依然愛著分手的前夫，內心仍深以身為對方的妻子為傲。第三，她總能敏感察覺發生在我身上的事。每當我認為世界上一切都很沒趣，無聊得受不了時，如果有人對我說「你最近過得十分充實嘛」，我就會感到不是滋味。然而，她不一樣。每次去找她，她都能說出符合我當下狀況的話。有時也會說些諸如「不管什麼時代，吐露真話都會被殺呢，就算是使徒約翰或耶穌基督都一樣」之類的話，甚至還說「約翰連復活的機會都沒有」。關於日本仍健在的作家，她一句話都沒提過。第四，這或許是最重要的一點，就是她家隨時備有種類豐富的酒。我並不認為自己吝嗇，但難免會面臨在每間酒館都賒了帳的憂鬱時刻，只好鼓起勇氣去找免錢的酒喝。戰爭拖久了，日本愈來愈難買到酒，即使如此，只要去她家就一定會有東西喝。我每次都帶點不成敬意的小東西，給她女兒當禮物，然後在那裡喝到爛醉如泥。以上四點，就是她之所以「唯一僅有」的原因。若是問我，難道這不就是你們戀愛的方式嗎？我只能裝傻回答「或許吧」。如果所有親近的男女之間都是戀愛關係，或許我們也算是情侶。然而，我從來不曾為她感到苦悶，她也很討厭逢場作戲的麻煩事。

「妳母親呢？還好嗎？」

「嗯。」

「沒生病吧？」

「嗯。」

「妳倆依舊一起生活？」

「嗯。」

「家在附近嗎？」

「不過，屋裡很髒亂喔。」

「不要緊。我想趕快去造訪，然後帶妳母親一起出來，找個餐廳大喝一場。」

「嗯。」

女孩愈來愈無精打采。每走一步路，看上去就更成熟一些。這孩子在她母親十八歲那年出生，而她母親與我同為三十八歲，如此算來……

我不由得自作多情，心想她肯定是嫉妒起自己的母親了，於是轉移話題。

「妳剛才提到的《愛麗兒》是……？」

「說來不可思議呢。」果然不出所料，她又神采奕奕起來。「好久以前，我剛上女中那陣子，笠井先生來我們家玩，約莫是夏天吧。您和媽媽談話的內容裡頻頻出現『愛麗兒』這個字眼，我聽得一頭霧水，卻莫名難以忘懷──」說到這裡，她忽然像是覺得這話題很無趣，語尾愈來愈小聲，最後又默不吭聲了。我們繼續走一會，她才拋出一句：「那是書名，對吧？」

我益發自作多情，心想肯定沒錯。她的母親確實沒有迷戀過我，我對她母親也確實從未有過遐想，但眼前這個女孩，說不定……

儘管過得比從前落魄，她的母親是那種非吃美食不可的人。太平洋戰爭開打前，她早一步帶著女兒，撤退至廣島附近食物豐富的地區。剛撤退不久，我曾收到她母親寄來的簡短明信片，只是當時的生活也不好過，我始終提不起勁給已撤退的人寫回信。那段期間中，圍繞著我的環境不斷改變，於是整整五年沒有她們母女的消息。

就在今夜，睽違五年且完全出乎意料地與我相逢，不曉得會是做母親的比較高興，還是做女兒的比較高興呢？不知為何，總覺得這女孩的喜悅一定比母親更純粹，也更深刻。果真如此，我有必要趁現在釐清自己屬於誰，畢竟我不可能分成兩半，分屬她們母女。從今夜起，我或許將背叛母親，成為這孩子的伴侶。即使她母親露出不悅的表情也無所謂，誰教我戀愛了。

「什麼時候到這邊來的？」我問。

「十月，去年。」

「哦，那不是戰爭剛結束嗎？也對，像妳媽媽那樣任性的人，大概無法忍受鄉下的生活吧。」

我故意惡狠狠地說她母親的壞話，為的是討她歡心。

然而，做女兒的卻沒有笑。無論內容是褒還是貶，看來，只要提起母親就是禁忌。這嫉妒心真強烈啊，我擅自解釋。

「真虧我們能遇見，」我趕緊轉換話題，「簡直像約好在那書店碰頭一樣。」

「真的。」

這次，我用甘美的感慨輕易贏得她的認同。

於是，我益發得意忘形。

「簡直像我先去看電影打發時間，然後在約定好的五分鐘前，到那書店……」

「電影？」

「對，我偶爾會看電影。描述馬戲團空中飛人的電影，由藝人扮演藝人，演起來就高明了。無論演技多差的演員，只要扮演藝人總能演出一股味道。畢竟演員根本上就是藝人，下意識表現出身為藝人的悲哀了吧。」

說到戀人之間的話題，還是非電影莫屬。不，這是最適合的。

「那部電影，我也看過。」

5 指的應是法國小說家安德烈．莫洛亞（André Maurois）的著作《愛麗兒：雪萊的一生》（*Ariel ou la vie de Shelley*）。

「才剛相逢，兩人之間就起了風波，導致兩人分離。那一段也演得很好。因著那樣的緣故再次永遠分開，人生就是可能發生這種事啊。」

要是無法輕易說出這種浪漫的話語，就無法勝任年輕女人的戀人。

「如果我在那一分鐘前離開書店，或者妳再慢一分鐘進書店，我們可能永遠……不，至少十年內不會重逢了吧。」

我盡可能為今晚的邂逅增添羅曼蒂克的氣氛。

路狹窄又昏暗，地面還有些泥濘，我們無法並並肩行走。女孩走在前面，我將雙手插在外套口袋裡，跟在她後面。

「還有半町？一町？」我問。

「其實……我不知道一町有多長。」

坦白講，我同樣不懂如何測量距離，然而，戀愛時嚴禁暴露愚蠢的一面。我表現得像個科學家，理所當然地說：

「還有一百公尺左右？」

「不知道耶。」

「用公尺來說，就比較能掌握距離感了吧？一百公尺差不多是半町。」我嘴上這麼教她，內心總覺得不安，偷偷計算一下，實際上一百公尺差不多是一町。不過，我沒有更正。畢竟戀愛時嚴禁暴露滑稽的一面。

「不過，就快到了。」

那是一棟鐵皮搭建、破爛不堪的公寓，穿過陰暗的走廊，走到左邊第五或第六間房門口，門牌上寫有貴族的姓氏「陣場」。

「陣場女士！」我朝屋內大聲呼喚。

確實聽見「是」的應答聲。接著，隔著門上的霧玻璃也看到黑影晃動。

「啊，在家、在家。」我說。

女孩僵立不動，臉上失去血色，下唇歪曲得難看，忽然哭了起來。

她這才坦白，母親早已死於廣島空襲[6]，還說「母親臨死之際的囈語中，提到笠井先生您的名字」。

後來女兒獨自回東京，在擔任進步黨議員的母系親戚開設的法律事務所工作。

今日與我重逢，她一路上找不到時機告知母親的死訊，不曉得該如何是好，於是姑且先帶我回家。

6　即為廣島原子彈爆炸事件。

只要我一提起母親的事，靜惠子就會臉色難看地沉默下來，也是這個緣故。既非出於嫉妒，也無關戀愛情感。

我們沒進屋，直接回頭，來到車站附近的鬧區。

她母親特別喜歡吃鰻魚。

我們找了個賣串燒鰻魚的路邊攤，掀開攤車上的簾子鑽進去。

「歡迎光臨。」

站著的客人只有我們，後方有位坐在攤車旁喝酒的紳士。

「大串的好嗎？還是要小串？」

「小串的，三人份。」

「好的，請稍等。」

年輕的老闆看來是道地的江戶人，手腳俐落地朝著七輪炭爐點火搧風。

「盤子也要三個，三份分開裝。」

「咦，另一位客人稍後到嗎？」

「這裡不是有三個人了嗎？」我笑也不笑地應道。

「欸？」

「這位小姐和我中間，不是還有個一臉擔心的美女嗎？」說著，這次我微微一笑。

不曉得年輕老闆如何解讀我話裡的意思。

「哎呀，真拗不過您。」

只見他一手摸摸頭巾打結的部分，如此笑著回應。

「有這個嗎？」我的左手做出舉杯喝酒的姿勢。

「有上好的喔。不，也沒那麼好啦。」

「杯子一樣要三個。」我說。

三盤小串的串燒鰻魚擺在面前，我們跳過中間那盤不動，各自拿起筷子吃左右兩盤。不久，裝滿酒的三個杯子端了上來。

我拿起最旁邊的一杯，仰頭喝下。

「幫她喝乾吧。」

我以只有靜惠子聽得見的音量說著，拿起她母親的杯子，仰頭又是一口。接著，我從懷中取出先前買的三包花生米。

「今晚，我要再喝一點。妳就吃吃花生米，陪我一下吧。」

我依然小聲地這麼說。

靜惠子點頭，之後我們再也沒有交談，連一句話都沒有說。

我默默喝了四、五杯。這段期間，坐在裡面的紳士和老闆大聲講起笑話。那是拙劣得不可思議、毫無品味可言的笑話，只有紳士本人笑得最開心，好像那是多麼有趣的笑話。攤販老闆附和著，一邊陪笑。「……就說了……之類的啊，所以我就出神了啊，只好說些蘋果真可愛，我懂我懂之類的啊，哇哈哈哈，那傢伙頭腦好嘛，說什麼他家住東京車站，真是傷腦筋，要是我說小老婆住在丸之內大樓，就輪到對方傷腦筋了……」就像這樣，綿綿不絕地延續著這種一點也不有趣的笑話。日本的醉漢缺乏幽默感，我實在感到非常厭煩。無論那位紳士和老闆如何談笑，我依舊板著臉，笑也不笑地喝酒，怔怔凝望歲暮中忙碌的人潮越過路邊攤旁。

紳士忽然察覺我的視線，同時隨著我的視線望向攤車外的人潮，唐突地放聲大喊：

「哈囉，聖誕快樂。」

原來一旁有個美軍士兵走過。

沒來由地，紳士滑稽的舉動逗笑了我。

被他喊住的士兵一臉意外，搖搖頭，又大步離去。

「把這串鰻魚也吃了吧。」

我朝中間那盤多出來的鰻魚伸出筷子。

「嗯。」

「一人一半。」

東京一如往昔，與從前絲毫無異。

原作發表於《中央公論》，一九四七年一月

解說

「生而為人，我很抱歉。」

這大概是太宰治最紅的一句話。雖然老是被人當成出自於《人間失格》，實際上是出自〈二十世紀旗手〉。更尷尬的是，這句話並非太宰治原創，而是輾轉抄襲自一個比較沒有名氣的詩人寺內壽太郎。由於太宰治比較有名，儼然成為原作者，這也造成寺內抑鬱不滿，甚至消失在眾人視野，至今下落不明。

但這句話定義了太宰治在讀者心中的形象和位置，導致我們一提到他，就會想起某個歪著頭撐著下巴的憂鬱側臉（不過，這張照片也是太宰治刻意模仿偶像芥川龍之介的結果），認為他的作品就是厭世、悲觀、負能量到爆炸的風格。

不過，就像輕小說《文學少女》第一集提到的，「有些人只讀了《人間失格》，便以為太宰治的作品充滿陰暗憂鬱又不健康的色彩，結論未免下得太早。僅僅看過《人間失格》，是無法評論太宰治的作品的」，儘管無力感充斥著太宰治的創作，他畢竟是個聰敏而有幽默感的人，創作也不全然都那麼晦澀灰暗。

一九四六年十一月某日的晚上，太宰治在三鷹車站前的書店遇到友人林富子的女兒林聖子。兩家關係甚篤，聖子是因太宰治的介紹而進入出版界工作，只是戰爭時期動盪不安，一直沒有機會聯絡上。這次的巧遇顯然帶給太宰治靈感，於是揮筆寫就〈聖誕快樂〉，並帶著刊載這篇小說的《中央公論》新年號前去拜訪林家，表示「這篇小說是給你們的聖誕禮物」。

由於懷著這樣的心思，小說裡的確洋溢著聖誕氣氛。靜惠子穿著「綠」色帽子與「紅」色大衣，是標準的聖誕節配色；主角笠井（日文發音為Kasai，與太宰的Dazai相近）原本的惴惴不安與情慾的念頭，也在疑似看到靜惠子母親的靈魂影跡後，轉為對死者的追想，甚至有了一頓不正式卻溫馨的聖誕大餐。

當然，太宰治和林富子並無男女情感上的糾葛，而遇到聖子時，富子也只是臥病在床，並未過世。我們沒辦法確定太宰治到底是以何種心情寫下這樣的故事（或許帶點惡作劇感？），但最後的那句「聖誕快樂」，及那一盤分食的鰻魚，展現出太宰治的溫情與對這世界殘存的想望。

國家圖書館出版品預行編目資料

曲辰編選；邱香凝譯 .-- 初版 .--
臺北市：獨步文化，城邦文化出版：家庭傳媒城邦分公司發行，
民 108.05　冊；　公分　ISBN 978-957-9447-25-6（平裝）
文豪怪談——從江戶到昭和的幻想引路人：
小泉八雲、夏目漱石、泉鏡花、佐藤春夫、太宰治怪談精選集
861.57　　　　107022442

書　　名／文豪怪談——從江戶到昭和的幻想引路人：
　　　　小泉八雲、夏目漱石、泉鏡花、佐藤春夫、太宰治怪談精選集
作　　者／小泉八雲、夏目漱石、泉鏡花、佐藤春夫、太宰治｜編　選／曲辰｜翻　譯／邱香凝
編輯總監／劉麗真｜責任編輯／張麗嫺、陳盈竹

總 經 理／陳逸瑛
榮譽社長／詹宏志
發 行 人／凃玉雲
出 版 社／獨步文化
　　城邦文化事業股份有限公司｜ 104 台北市中山區民生東路二段 141 號 5 樓
　　電話：(02) 2500-7696 ｜傳真：(02) 2500-1967
發　　行／英屬蓋曼群島商家庭傳媒股份有限公司｜城邦分公司｜ 104 台北市中山區民生東路二段 141 號 2 樓
網　　址／ www.cite.com.tw
讀者服務專線／ (02) 2500-7718；2500-7719
服務時間／週一至週五：09：30 ～ 12：00 ｜ 13：30 ～ 17：00
24 小時傳真服務／ (02) 2500-1900：2500-1991
讀者服務信箱 E-mail ／ service@readingclub.com.tw
劃撥帳號／ 19863813
戶　　名／書虫股份有限公司
香港發行所／城邦（香港）出版集團有限公司｜香港灣仔駱克灣道 193 號東超商業中心一樓
電　　話／ (852) 2508-6231 ｜傳真／ (852) 2578-9337 ｜ E-mail ／ hkcite@biznetvigator.com
城邦（馬新）出版集團
Cite (M) Sdn Bhd
41, Jalan Radin Anum, Bandar Baru Sri Petaling,
57000 Kuala Lumpur, Malaysia.
Tel: (603) 90578822
Fax:(603) 90576622

版型設計／倪旻鋒
排　　版／陳瑜安
印　　刷／中原造像股份有限公司
● 2019 年 5 月初版
● 2021 年 8 月 23 日初版三刷
售價 450 元

封面設計／祖父江慎
Cover designed by Sobue Shin

文豪散步

在現代的東京與文豪相遇

怪談賦形之處：

小泉八雲與新宿

小泉八雲舊居

這邊離不管哪個地鐵站都有段距離，不妨先在網路上查好公車資訊，以免耗費太多體力於走路上。也別忘了日本的高中校園並未開放給人參觀，不要無禮闖入，造成無謂的紛爭。

Add：東京都新宿区富久町 7 － 30　Open：24H（全年無休）

如今說到新宿，多半會想到繁華的購物街、高樓林立的商業區、或是燈紅酒綠的風化地帶，總之給人一種熱鬧而喧嘩的形象。但是回顧整個東京的歷史，新宿卻是在不到一百年間便發展到現在的樣子。

江戶時期，東京以江戶城（也就是如今的皇居）為核心發展，新宿地處邊緣，本來只是個人煙稀少的地方。直到後來開設宿場（可以想像成休息區加上驛站的組合），才開始變得比較熱鬧，而宿場的名字「內藤新宿」也就是這區的取名由來。不過即使開設了宿場，也頂多算是東京郊外，真正讓新宿改頭換面的，是一九二三年的關東大地震，大量的人口與資源流入了剛建好鐵路的新宿。加上後來新宿在第二次世界大戰中遭遇的空襲較為輕微，保存了一定元氣，使得復興更為容易。

不過在新宿發展得如此蓬勃前，會選擇這地方移居的，多半是看中地價不高，可以有較為寬闊的生活空間這點。而小泉八雲一八九六年搬到東京後，選擇新宿而非當時文人群居的文京或上野區，恐怕就是基於這個道理。

畢竟不管我們怎麼看，他自四十歲抵達日本，到四十六歲遷居東京的將近七年間，都很難說生活多麼無憂無慮。這段時間內，他拒絕繼續擔任哈潑出版社派駐員，於是跑到島根縣普通中學（現為松江北高等學校）與師範學校（現為島根大學）英文老師，當了一年多後接到熊本第五高等中學（現為熊本大學）的邀約，又千里迢迢前往九州當英文老師。三年多後，轉往神戶擔任記者，做不到幾個月又辭職，這才接到帝國大學（現為東京大學）的聘書，來到日本的核心——東京。

他在東京前後住了八年，雖然在人事上有些紛擾（例如被夏目漱石搶走工作），但多半都是在大學內任教，生活相對穩定許多。或許可以這麼說，在東京的這八年，是他五十四年的人生中，最為安穩與舒適的歲月。

在都營新宿線的曙橋與新宿三丁目的中點，就是小泉八雲初到新宿的住處，他在這邊大概住了六年。如今已經變成「成女學園」，只剩下放在學校外面的指示牌告訴大家這裡曾經住著一位如此重要的文豪。但也因為變成女校的原因，如果想去探訪的人千萬不要像我一樣，在校門口一直往內張望想看看到底有沒有留下小泉八雲的宅邸遺跡，結果被路過的警察當成怪人而盤問了半天。

之後由於以相對便宜的價格買到了

小泉八雲終焉之地

小泉八雲是因為心臟病發而過世，因此並未來得及送到醫院就在家辭世，不過以他愛家的個性，搞不好這也是他喜歡的方式呢。

Add：東京都新宿区大久保1-8－17
Open：24H（全年無休）

板倉子爵的舊宅邸，小泉八雲一家就往北遷移，搬到西大久保去，並就此住到過世為止。非常巧的，這個舊家如今也變成了學校（大久保小學），但也同樣在學校側門邊有「小泉八雲舊居跡」與「小泉八雲終焉之地」的石碑。當想到《怪談》就是在小泉八雲還住在這房子時出版的時候，恍惚間總有種見證了某種歷史痕跡的感覺。往西北方向走不到一分鐘，則可以看到一九九三年落成的「小泉八雲紀念公園」。這公園以希臘的古代神殿柱與英國的花園為主題，強調小泉八雲的混血身分（父親是愛爾蘭人，母親是希臘人）。園中還有英國駐日大使贈送的小泉八雲半身胸像，以紀念這位將日本推向世界的作家。

如果還有時間的話，不妨去拜訪一下小泉八雲筆下的故事舞台。最方便的大概是位於赤坂見附周邊的紀伊國坂，這是《怪談》中〈貉〉發生的地方。開頭提到的，「旁邊是深壕，另一邊則是過高的牆垣」，指的就是德川御三家（可以想成擁有備位繼承候選資格的貴族）的紀州藩宅邸的外部圍牆與深壕。雖然現在已經變成迎賓館赤坂離宮，但走在紀伊國坂上仍舊可以感受到這就是故事中那條漫長而寂寞的坡道，只是不知道會不會遇到臉像顆雞蛋般光滑潔白的女子與路邊攤老闆。

最後，有興趣的話，還是可以去雜司谷靈園參拜一下小泉八雲（對，沒錯，小泉八雲、泉鏡花、夏目漱石都葬在同一座墓園中），感謝他讓日本意識到怪談這個文類的獨特性，也感謝他啟發了日本文人的想像力，織就一個陷入就很難脫身的幻境。

紀伊國坂

這是條長長的坡道，如果只是要體驗，建議從赤坂見附過來跟指示牌拍個照就差不多了，不要像我在雪地中走完整條坡道才發現牌子在坡底。

Add：東京都港区元赤坂 2 丁目 1 都道 405号線
Open：24H（全年無休）

小泉八雲紀念公園

大概是因為紀念公園的關係，裡頭沒有遊樂設施，也因此沒有太多小孩逗留，顯得十分清幽。

Add：東京都新宿区大久保1-7
Open：08：00-17：00（全年無休）

雜司谷靈園

小泉八雲跟他太太小泉節一起葬在小泉家的墓地上，可以看出其中的夫妻情深。

Add：東京都豐島區南池袋4丁目25-1
Open：05：00-17：00

無能的人仍未遇見那朵微笑的花：

太宰治與三鷹

館內的志工頗為熱情，如果會日文的朋友建議可以跟他們閒聊一下，會獲得不少關於太宰與三鷹的情報。

Add：東京都三鷹市下連雀3-16-14
Open：10：00-17：30（每個月會不定期休館，建議先上官網確定休館日）

如果仔細觀察東京近郊的發展史，可以發現一九二三年是個關鍵，關東大地震不只讓人們家破人亡，也重新繪製了空間的意義。其實自江戶以來，近郊就一直陸續開發，開化後更是有意識地將鐵路、大眾交通工具延伸至郊外。而在關東大地震後，促使人們遷移到這些新市鎮，帶動了一波近郊的都市開發。

三鷹就是一個明顯的例子，除了車站前少數的高樓大廈，這地方多半都是比較低矮的建築物或是平房，感覺步調比較悠閒，也沒有市區的擁擠。事實上，從三鷹這地名據傳來自於德川與御三家進行鷹狩的鷹場便可知道，過去這邊有多麼遼闊。而這個自然景觀也一直保留到明治年間，事實上，自國木田獨步以後，位於東京西側的武藏野地區，便成為日本文人眼中的能量景點，此處充沛的自然環境可以提供多所奔忙的心靈一個休憩的地方，便於尋找靈感的創發。

因此，位於武藏野的三鷹，就聚集了許多

作家，例如武者小路実篤、三木露風、山本有三等，也包括了這次散步的主角——太宰治。

青森縣金木町（現為五所川原市）出身的太宰治，是有錢人家的孩子，但對這世界過度敏感的他，卻把自己的生活搞得一塌糊塗。不但因為沉迷左翼運動而沒有辦法自東大畢業，就連自己唯一擅長的寫作，也會因為沒有拿到芥川獎一事，跟當時文壇上相當有影響力的川端康成在雜誌上有相當幼稚的筆戰。和女性的關係更是讓人咋舌，娶了藝伎，同時跟認識沒多久的咖啡館服務生在海邊吞藥殉情（結果對方死了），而這段期間內恐怕還有不定期的複數異性關係。

簡單來說，太宰治的生活就是亂七八糟。

還好他的恩師井伏鱒二仍未放棄，介紹了當時在女校教書的石原美知子給他。兩人結婚後沒多久，也就是在太宰三十歲時，搬到了三鷹。這時，精神狀況堪稱穩定的他，接連創作了不少佳作，〈跑吧，梅洛斯〉、〈女學生〉廣獲好評。各方邀稿激增，也讓他對經濟與自

玉川上水

據說太宰與富榮自殺的前幾天下了連綿大雨，故而水勢湍急，致使屍體在六天後才在下游打撈起來。相應如今的淺淺水面，頗有唏噓之感。當初投水處可以參考玉鹿石的位置。

玉鹿石

Add：東京都三鷹市下連雀 3 丁目 6 －54

Open：24H（全年無休）

己的才華都有了自信。

也從此，不管是自然而然或是人為操作，三鷹跟太宰治的命運就纏繞在一起了。

當我們從三鷹站南口往南走沒多遠，就會遇到由曾經出現在太宰小說〈十二月八日〉中的伊勢元酒舖，現在已經改裝為「太宰治文學沙龍」。雖然占地面積很小，卻盡可能地塞了許多珍貴的照片或原稿資料。如果願意的話，還可以在這邊買一些太宰治相關的周邊產品（資料夾、T恤之類），增加自己作為一個文藝青年的物質基礎。

離開沙龍後往玉川上水走去，這邊本來是東京重要的水源引道，如今只剩下遊憩功能；更因為河邊走道是從三鷹車站走到吉卜力美術館的最快路徑，也被稱為「風的散步道」，河兩旁更是開了不少選物店或咖啡廳。看似清幽的環境，很難想像是太宰治與情婦山崎富榮投水自殺的地點，附近還放置了來自太宰故鄉金木的玉鹿石以為悼念之意。

而後重新走回住宅區，可以找到太宰生前的住家，不過原址已經蓋了新的房子。為了不打擾新住戶，並沒有設置指示牌，如果有打算拜訪也請注意

舊家的百日紅

每年初夏到秋天，都還有機會看到這株百日紅開花。

Add：東京都三鷹市下連雀2-10-48

Open：24H（全年無休）

禪林寺

由於這附近還有一間神社跟一間佛寺，加上門戶眾多，請留意一下山門，不要走錯了。

Add：東京都三鷹市下連雀4-18-20

Open：08：00-17：00（全年無休）

太宰治的墓

從遺族選擇在墓碑刻上「太宰治」而非本名「津島修治」，約可看出太宰治在他們心中的定位。

不要影響到當地居民。或者你也可以到就在斜對面的井心亭，這裡雖然是三鷹市的公共設施，卻移栽了昔日種在太宰宅邸玄關的百日紅，聊可懷想。

我們最後要走上一段路，往禪林寺去，太宰治生前就曾經表達過希望能葬在森鷗外對面的意願，於是家屬真將其墓地安置在該處。興許是來拜訪的人太多了，寺方甚至還在門口標示了兩位文豪的墓地位置。每年的六月十九日（當年發現太宰遺體的日子）還會舉辦櫻桃忌，從各個地方來的書迷總會將禪林寺擠得甚為熱鬧。

太宰治在《潘朵拉之盒》中曾經提到，「與死比鄰而居者，比起生死問題，一朵花的微笑更刻骨銘心」，我們不管如何猜測也沒辦法真正知道他自殺的動機，但或許可以確認的是，他到最後仍未遇到那朵微笑的花吧。

森鷗外的墓

怪談散步

在現代的東京遇見江戶的怪談

愛與背叛：四谷怪談紀行

於岩稻荷田宮神社

看似隱藏在住宅區內的小神社，實際上則是充滿故事的都市一隅。平日通常沒有工作人員，不用擔心自己是不是私闖神社。

Add：東京都新宿区左門町 17　Open：08：00-17：00（全年無休）

四谷怪談是關於一個愛與背叛的故事，而當我們試圖在現實的東京找到對應的空間座標時，也會發現，這是一個關於怪談與歷史如何協商的過程。

最初的版本《四谷雜談集》（一七二七）中，浪人伊右衛門被媒人欺瞞，因此入贅到了住在四谷的同心（警察，可視為下級武士）的田宮家。但是妻子阿岩容貌極醜，夫妻生活並不愉快。這時上司與力（警察局長）因為不喜歡自己懷孕的小妾，就要伊右衛門接收，並承諾會多多照顧他。於是伊右衛門將阿岩騙出家中，順利將上司小妾帶回家，而發現自己被騙的阿岩則陷入瘋狂而失蹤了。在那之後，伊右衛門家接連出了許多事，直到田宮家斷絕……

所以，我們的第一站，便是「於岩稻荷田宮神社」，搭東京地下鐵到「四谷三丁目」站，走路約七分鐘就到了。乍看安靜的住宅區內，出現一個不知該說是破舊還是帶著歷史感的小小神社，神社內林木不到蔥鬱，但都相當挺拔，增添了相當多的幽深氣氛。

不過，這個神社裡拜的阿岩，是個撐起田宮家經濟，帶領家族重新興盛的成功女性。雖然可能是「四谷怪談」的故事的元素之一，但與那個作祟的女鬼關係不大。只是後來怪談名氣太大，導致歷史向創作傾斜了。除了原本祈求夫妻圓滿的香客外，更多出了許多希望男人不要花心的花柳界女子前來參拜，形成了一定的經濟規模。

也就是如此，才會在神社的斜對面，走路不到十秒鐘，出現一間明顯比較氣派的「於岩稻荷陽運寺」。與神社不同，戰後才出現的陽運寺全面擁抱「四谷怪談」，主打求姻緣、斬惡緣，還在寺廟境內有一個「阿岩結緣水井」，御朱印與御守應有盡有。

於岩稻荷陽運寺

經營完善的陽運寺，幾乎可以說是「四谷怪談」的周邊專門販售點，同時也是知名求姻緣的「能量景點」。

Add：就在於岩稻荷田宮神社對面
Open：08：00-17：00（全年無休）

而在前述的《四谷雜談集》後一百年左右，知名歌舞伎作家鶴屋南北也創作了《東海道四谷怪談》。他針對前人傳說進行了大幅改編，阿岩容姿上好，與伊右衛門原為夫妻，因為丈夫行為不檢而離婚。伊右衛門為求復合並報丈人當眾指摘其劣跡之仇，殺了阿岩的父親並以要代為復仇的名義成功復合。阿岩產後身體不好，這時有個大官的孫女看上伊右衛門，叫他誣陷阿岩與男人私通，並且誘騙阿岩吃下毒藥，面部生瘡。阿岩痛苦之餘，聽到了伊右衛門的計畫，於是自殺。而後就在伊右衛門結婚當晚，他覺得阿岩前來復仇，不小心殺死了新娘與其父親。清醒後的伊右衛門趕快逃走，但仍然不斷看見阿岩在他眼前，最後慘死。

鶴屋南北將所有男人負心的情

阿岩老家

江戶時期，這邊以平民居住的大雜院（長屋）為主，如今大概只剩下每一戶都顯得較為狹長可以做為佐證。這邊日前都是民家，所以請不要隨便對著人家家中拍照喔。

Add：日本東京都豐島區目白 2-13-13（此為推測地址）
Open：無時間規制

鬼子母神堂

其實全名應該是「法明寺鬼子母神堂」，但大家都習慣省略法明寺，鬼子母神堂於二〇一六年被指定為國家重要文化財。如果想要求子或期望安產，不妨買個紀念品。神社境內的上川口屋創立於一七八一年，是日本現存最古老的零食商店，也是吉卜力動畫作品《兒時的點點滴滴》的商店原型。

Add：日本東京都豐島區雜司が谷 3-15-20
Open：06：30-17：00（全年無休）

鬼子母神堂前橫匾

注意看會發現鬼的上面少了一點，那是取自鬼子母神受佛祖感化向善的典故，拿掉一點就像拿掉鬼的角，象徵其改過成佛。

節都掰碎揉雜在這齣劇中，成功透過戲劇化的效果得到大眾的喜愛，並讓「四谷怪談」成為最有名的怪談。不過南北改了設定，讓故事開始於「雜司ヶ谷四谷町」（也就是阿岩老家）。翻開江戶時期的地圖，可以發現四谷町是在清戶道（現在的目白通り）旁邊，於是我們只好從新宿移動到池袋的「雜司が谷」站，再沿著目白通り走大概十分鐘出頭，就可以看見「應該是」阿岩的老家所在。

當然現在這個位置都是普通的現代民房，不過如果再往北走個十分鐘，就可以到「鬼子母神堂」，這裡在「四谷怪談」的許多版本中都是阿岩家的重要宗教信仰。如果你是京極夏彥的書迷的話，這也是《姑獲鳥之夏》的重要場景，小說家甚至借用了鬼子母神的概念來解釋了書中的某段情節。

如果你還意猶未盡，想要有個完美的結尾，那可以考慮到巢鴨的妙行寺。一進寺廟你就可以看到旁邊的石碑寫著大大的「四谷怪談お岩の寺」（四谷怪談阿岩之寺），對，阿岩就葬在這裡。標示清楚，只要進墓地應該滿容易找到的。但是其實非常有可能這個阿岩其實也不是那個阿岩，而是某個田宮家也剛好叫做阿岩的女性親屬而已。

但是也沒必要介意，因為你已經無意間，參與了一個由前人眾多的想像交織而成，而你正持續下去的一個美好的集體幻想，這不是很有趣嗎？

妙行寺

法華宗陣門流的寺院，一六〇四年於 町清水谷創建，後幾經搬遷，於一九〇九年遷移至現址。

注意：妙行寺前這條路上有連著三四間寺廟，請注意門口標示，不要跑錯。

阿岩之墓

雖然有學者考證認為這並非是真的阿岩的墓，但對怪談迷而言，這邊仍然是聖地巡禮的重要景點。

Add：日本東京都豐島區西巢鴨 4-8-28
Open：08：00-17：00（全年無休）

女人一逾越，就會化成鬼：番町皿屋敷紀行

昔日的武士宅邸區，如今統統變成了高樓大廈。

日本的社會學者，同時也是女性主義者的上野千鶴子曾經說過，「女人一『逾越』，就會化成鬼」，意思是女性在男性設計的社會結構中總被框限住，一旦想要突破限制與規矩，就會被描述為「鬼」，好驅逐這些女人於正常社會之外。日本三大怪談全都是「女鬼」，多半跟這種社會形式脫不了關係。

其中，「皿屋敷」大概是最能代表這種女性被欺壓，唯有化為鬼才能為自己伸冤的故事。

故事往往發生在一戶武家宅邸（屋敷指的是有院子的宅邸，多為有地位的人的住處）。女僕阿菊向來認真踏實地工作，不過由於長相姣好，引來主人的注意。在多次求歡未果後，被女主人發現丈夫的不軌行徑，於是常藉機責罰阿菊。某次有個貴客前來宅邸，主人於是拿出祖傳的豪華盤子十件組招待客人，阿菊準備時不注意，打破了其中一個盤子。主人與女主人大怒，「少了一

個盤子就用妳的手指來賠！」，切下了阿菊的手指，把她關到後院的房間裡去。阿菊受此屈辱，想盡辦法逃出小屋，跳井身亡。之後，後院的水井就經常傳來如泣如訴的女子聲音，嗚咽地數道：「一個、兩個……八個、九個，還有一個沒有了，好悲慘啊！」消息傳出之後，這戶人家的主人也受到了懲罰，但即使整座宅邸都在荒煙蔓草中，阿菊的數數聲仍未停過……

皿屋敷的故事原型約可上溯至室町時代末期（一五七〇年左右），而後經歷了時代的遞嬗與流布，從東北到九州，我們都可以看到類似故事的變形與在地化，因此日本學者飯倉義之甚至用「OKK48」來稱呼這個龐大的怪談體系（阿菊的日文拼音為OKiKu）。在這其中，最具知名度占據C位的，大概就是關東的「番町皿屋敷」與關西的「播州皿屋敷」了。

既然這是「東京怪談之旅」，那我們就去拜訪一下「番町皿屋敷」的相關景點好了。

從市ヶ谷站二號出口往路對面看，可以看到一條坡道，傳說當年的阿菊曾經因為不堪虐待而在這條坡道上披頭散髮、腰帶垂落地奔跑著，故而名之「帶坂」，坡道上側路旁還有「帶坂之碑」標記此事。

當年阿菊是否真在這坡道上奔跑過，我們不得而知，但從這邊往東延伸到皇居、往西到中央本線，往南到新宿通り的這塊區域，在江戶時期稱為「番町」，以昔時專門負責保衛將軍的旗本階級「大番組」為名。所以我們也可以想像，這地方多半是武士宅邸，具備官員或準官員的身分。在故事中不是孤兒就是罪人之後的阿菊，在這種環境中遭到欺壓，恐怕也只能忍氣吞聲，直到死後才能為自己伸張正義吧。

不過這塊地方如今都是高樓大廈，天際線也早已被割裂成現代都市的形狀了。

接下來，我們搭地鐵到飯田橋站，大概走個五分鐘，就可以到桐生稻荷神社了。這間小小的神社原本是地主在宅邸內自建的家族神社，後來捐贈給當地，於是就從家宅的守護神變成當地的守護神了。但是我們之所以會來這裡，是因為這間神社過去的名字為「皿明神」，也就是祭祀阿菊的神社。只是這個祭儀傳承後來斷絕了，因此也就另行劃歸築土神社，主要以祈求豐收的「倉稻魂神」為主。僅餘

桐生稻荷神社

位於巷子內，非常樸素的神社，很容易就會忽略，我大概經過了第三次才發現正確位置。附近有個東京大神宮，如果有空也不妨去看看。

Add：東京都千代田区富士見２丁目３－７
Open：無時間限制（全年無休）

帯坂

普通的坡道、普通的街景，只剩下指示牌提示我們曾經的歷史痕跡。

Add：東京都千代田区九段南４丁目８－１
Open：無時間限制（全年無休）

看似破舊的建築物見證了過去屬於阿菊的歷史。

這附近有個跟怪談很合拍，不過頗為冷門的歷史景點推薦可以去看看，就是四谷三丁目站附近的勝興寺。這個乍看很不起眼的寺廟墓園門口，就是在江戶時代有名的「斬首的淺右衛門」山田淺右衛門的家族墓。說到山田淺右衛門家，由於是官方認證的劊子手，於是相應而來的許多頭銜都增加了他們的神秘感。一方面是工作所需，讓他們的子弟往往也是權威的刀劍鑒定師；另一方面則由於罪人屍體歸山田淺右衛門家所有，他們不但能販賣身體給其他武士試刀，也能販賣用屍體內臟（如肝臟、腦、膽囊、陰莖）所製作而成的「人丹丸」、「慶心丸」這類藥品，據說對肺病有奇效。某種程度上，甚至可以說這家就是江戶時期的陰暗面的縮影。

畢竟不管阿菊或是山田淺右衛門，都是無法被大歷史涵括，只能靠著傳說般的耳語傳承至今而已。

勝興寺

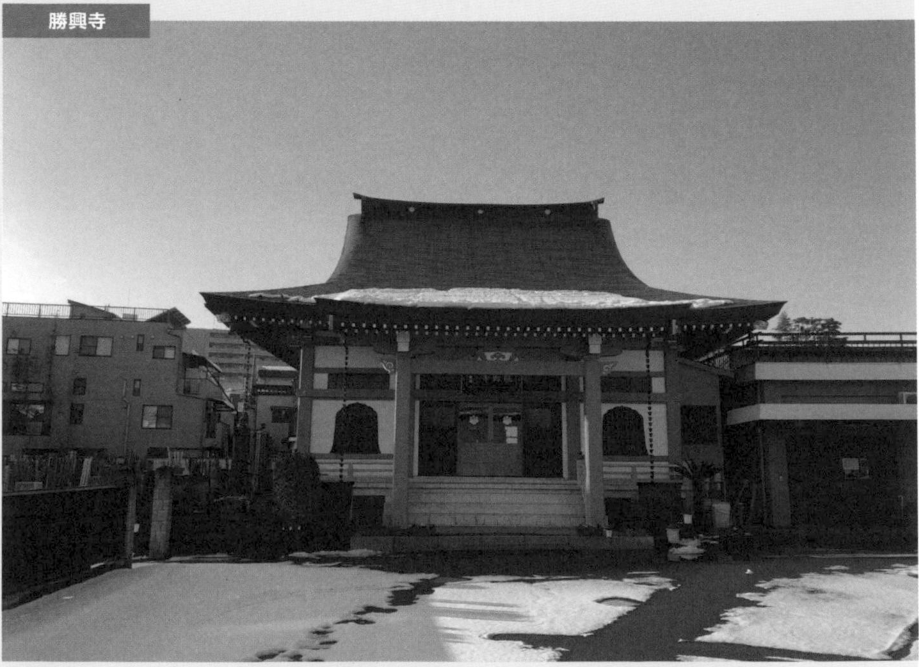

這附近幾乎都是寺廟，找的時候請留意一下匾額或指示牌。
另外，這附近是以動畫電影〈你的名字」裡那個以知名階梯聞名的須賀神社，也可以過去參觀一下。

Add：東京都新宿区須賀町 8
Open：08：00-17：00（全年無休）

山田淺右衛門一家之墓

就在墓園的入口處，沒什麼特殊設計，
所以需要留意一下墓碑上的字。

情到深處，生者可以死，死者可以生：牡丹燈籠紀行

谷根千散步近來正夯，根津神社也總是遊人如織。有七座建築物被列為日本國家重要文化財，特別是華麗的樓門，走過路過千萬不要錯過。

Add：東京都文京区根津1-28-9　Open：08：00-17：00（全年無休）

「牡丹燈籠」的故事原作來自於中國瞿佑《剪燈新話・牡丹燈記》（一三七九），後被淺井了意翻譯並改寫進他的《伽婢子》（一六六六），上田秋成的《雨月物語》（一七七六）再度譯寫了一次，可見這故事多麼受到日本人的歡迎。相較於此，《剪燈新話》在中國不被重視的程度，簡直要讓人為瞿佑掬一把同情的淚水。

不過不管是淺井了意或是上田秋成，他們筆下的女鬼性格都帶著點淒厲。男人先是說盡甜言蜜語誘騙她們上床，卻又在發現她們的真實面貌後如糟糠般棄之不管，進而引起女子的報復之心，將男人拖往陰曹地府。

直到落語家三遊亭圓朝，在他二十五歲時（一八六五）將這個故事搬上舞台，不但讓背景發生在江

戶下町，而且增加強烈的自由戀愛要素。

浪人萩原新三郎偶然遇見了旗本之女阿露，兩人一見鍾情，但由於身分地位的差距，不可能在一起。後來新三郎聽說了阿露染上重病，沒多久就死了，正在黯然神傷之際，卻見阿露帶著她的婢女阿米，提著牡丹燈籠雙雙站在他門前。原來阿露只是回鄉下養病，而不是外傳的病死，現在痊癒了，就前來與他同結連理。

自此，阿露與阿米每天晚上都提著燈籠來找新三郎，但卻引起隔壁鄰居的好奇，猜疑為何單身的新三郎家中每晚都很熱鬧，故而前來窺看。只見新三郎在被褥中擁著一個上身枯槁只有骨頭，而下半身不見蹤影、披頭散髮的女子。大驚之餘，鄰居在隔天告知了新三郎他所看到的畫面，新三郎連忙拜託廟裡的和尚寫了符咒，貼在門上讓阿露與阿米不得其門而入。

豈料阿露用百兩黃金拜託鄰居將符咒撕掉，鄰居照辦，結果隔天一早前來查看新三郎狀況的和尚，就只見到空蕩蕩的屋中躺著新三郎與阿露、阿米的屍體，以及兩個燈籠橫躺在地。

這故事增加了兩人相愛的理由，讓阿露留在人間是基於愛，而非基於恨。而結局與其他兩大怪談相比，甚至可以說帶著點浪漫的美好。都可以看出，三遊亭圓朝如何努力地恢復阿露身為女性的樣貌。

也因此，我們這次的行程就從根津神社開始。在落語中，新三郎的住處就在根津神社附近。這一帶從江戶時期開始就是谷根千地方的信仰中心，周邊繁華的商業街與門前的遊廓（風化場所）很適合單身的浪人隨遇而安地打零工為生。如果你是在四月中旬到五月上旬來到這裡，還有機會看到根津神社知名的杜鵑花景色，屆時倚著神社的丘陵上可以說是千紅萬豔，讓人感嘆韶光易逝。

從神社北口出來之後往東北方走，就可以到三崎坂，這條安靜而閑散的坡道，是阿露與阿米死後成鬼時的居處。之所以選擇這邊，除了因為是平民住宅區，比較不會有人

三崎坂

三崎坂是條很樸素的坡道，但是沿路會有一些有趣的手工藝店家可以逛逛，眼尖的朋友不妨留意一下。

Add：東京都台東区谷中 3 丁目 1 都道452号線
Open：24H（全年無休）

懷疑這兩個總是晝伏夜出的女子的身分外；也大概由於這條坡道的兩側有著很多的佛寺，墓園連成一片，一直蔓延到谷中靈園，頗有與同類相近的意味吧。附帶一提，三崎坂往西走就會碰到团子坂，這邊是亂步剛來到東京時跟兄弟一起開的舊書店「三人書房」的所在地，也是他的知名短篇〈D坂殺人事件〉的故事背景。

三崎坂再往上走一點，就是全生庵。在一連串的佛寺間，全生庵的外型並不獨特，但是由於三遊亭圓朝的墓就在這裡，因此成為落語界的重要聖地。每年在圓朝的忌日八月十一日前後，都會舉辦「圓朝祭」。不但有一連串的落語活動，還會將他用以提供靈感的幽靈畫收藏擺出來展覽，是對鬼怪妖魔有興趣的朋友絕對不可錯過的活動。

雖然與怪談無關，不過都到了根津、千駄木一帶了，有個地方或許可以去體驗一下，那就是在根津神社南邊的「妖怪階梯」（お化け階段），又名「根津的

全生庵

除了墓地外，全生庵的坐禪指導也相當有名，會於每個星期天的傍晚舉行，第一次去的朋友請記得上官網預約。

Add：東京都台東区谷中5-4-7
Open：08：00-17：00（全年無休）

三遊亭圓朝墓

作為落語中興之祖，墓地可說不過不失，但在圓朝祭時會擠得水洩不通。

幽靈坡道」。聽起來很恐怖的樣子，但之所以會以「妖怪」「幽靈」為名，是因為從下往上走數的階梯數量會與由上而下數出來的不一樣數字。雖然冷靜下來想想就會發現造成這個現象的原因，但第一次上下各算過一次發現真的不一樣時還是挺興奮的，歡迎大家一起來找找到底為什麼呢？

不過，就好像妖怪階梯隱藏於住宅區一樣，「牡丹燈籠」的迷人處也正在他強烈的生活感，我們都會遇到過度依戀的狀況而遲疑自己的腳步，但有時好像努力往下走，才是對自己與對別人都比較好的選擇。

妖怪階梯

名字聽來可怕，但因為剛好是地勢較高的住宅區通往地鐵站的捷徑，所以往來的路人還不少，很難說有任何恐怖的氣氛。

Add：東京都文京区根津1-20
Open：24H（全年無休）